타인의 수명

타인의 수명

제1판 1쇄 2024년 12월 16일

지은이 루하서
펴낸이 이경재
책임편집 비비안 정

펴낸곳 도서출판 델피노
등록 2016년 8월 11일 제2020-000082호
주소 서울시 양천구 신정중앙로 86, 덕산빌딩 5층
전화 070-8095-2425
팩스 0505-947-5494
이메일 delpinobooks@naver.com
ISBN 979-11-91459-94-4 (03810)

타인의 수명

루하서
장편소설

델피노

①

수명 나눔의
시대

[삑. 오늘의 수명은 73세입니다.]

작은 측정기에서 흘러나온 기계적인 음성에 순간 움찔하고 말 았다.

"내 수명이……."

얼마 전에 측정했을 때만 해도 분명 75세였다. 최근 들어 연달 아 술을 마시긴 했지만, 그렇다고 2년이나 줄어들다니…….

"진짜 허무하네. 수명 늘리느라 내가 운동을 얼마나 열심히 했 는데."

느는 건 한참 걸리는데, 줄어드는 건 이렇게 한순간이다. 괜스 레 측정기를 노려봐도 무심한 기계는 답이 없다. 애꿎은 내 속만 타들어 갈 뿐.

"이딴 건 왜 나눠줘서 사람 신경 쓰이게 만드는 거야? 차라리 모를 때가 더 속 편했던 것 같아."

매일 아침 수명을 진단한 지 벌써 1년이 넘었다. 이제는 익숙 해질 때도 됐는데, 여전히 적응이 안 된다. 손가락보다 작은 이 놈의 측정기가 덩치가 20배도 넘는 나의 심장을 단숨에 쫄깃하 게 만드니까.

"하, 어제도 술 괜히 먹었어. 정우 그 녀석이 힘들다고 울고불 고만 안 했어도. 이번 달만 해도 그 녀석 때문에 술을 대체 몇 번 이나 마신 거야. 으이그. 원수 같은 놈."

그래도 처음 진단했던 날보다는 수명이 꽤 연장된 편이다.

"도로 2년 늘리려면 죽도록 운동해야겠네. 내가 또 술 마시면 사람이 아니······."

혼자 투덜거리던 그때, 시끄러운 벨 소리가 알람처럼 울려댔다. 휴대폰 화면에 뜬 이름은 내 수명이 줄어들게 만든 장본인.

"속은 좀 괜찮냐? 나는 속 쓰려서 죽을 것 같아. 며칠 동안 술 마시는 게 아니었어. 이게 다 너 때문이잖아. 인마."

죽마고우인 정우였다. 내 말이 끝났는데도 수화기 너머로 녀석의 목소리가 곧바로 들려오지 않았다. 평소 같았으면 속사포로 앓는 소리를 하거나 너 때문이라고 한 나한테 섭섭하다며 다다다 하고도 남을 녀석인데, 무반응이라 의아했다.

"민정우, 왜 말이 없어. 같이 해장하자고 전화한 거 아니야?"

[도훈아, 혹시 너 몇 살로 나왔어?]

한참 후 들려온 목소리는 미세하게 떨리고 있었다. 이걸 물어본 적은 단 한 번도 없었는데······.

"설마 수명측정기 말하는 거야?"

[그래.]

"73세. 안 그래도 훅 줄어들어서 기가 차던 참이야. 갑자기 그건 왜 물어? 너는 몇 살로 나왔어? 그러고 보니 처음 물어보네. 언제는 수명측정기 같은 거 안 믿는다며?"

[35세.]

"뭐, 뭐라고?"

[나······ 3개월 남았어.]

9월 30일, 올해가 얼마 남지 않았다.

인생의 시작과 끝이 언제일지는 그 누구도 예측하지 못한다. 여태껏 그게 당연하다고 여기며 살아왔는데, 내 인생에서 절대 일어나지 않을 것 같은 기막힌 일이 실제로 일어나고 말았다.

《오늘부터 수명측정기를 전 국민에게 배부합니다. 이 측정기만 있으면 자신의 수명이 언제까지인지 쉽게 알 수 있습니다.》

저런 말도 안 되는 멘트를 뉴스에서 듣게 될 줄이야!

《이제는 자신의 수명을 타인에게 나눠줄 수 있습니다. 단, 한 사람에게만.》

"마, 말도 안 돼. 이게 무슨……."

4월 1일. 거짓말 같은 소식에 온 세상이 들썩였다. 시민들은 물론 의료계, 법학계, 문화계, 종교계까지 전문가들이 여러 목소리를 냈다. 정확한 진단을 위해 수명측정기가 필요하다는 의료진들과 생명의 존엄성을 해치는 행위라며 반대 시위를 벌이는 종교계 및 시민단체가 대립했고, 관련 법안을 제정해야 한다며 국회에서는 연일 씨름 중이었다. 그 와중에 호기심에 가득 찬 사람들은 처음 나오는 수명측정기를 빨리 받고 싶어서 새벽부터 대기 줄을 서는 장관을 이루기도 했고, 너도나도 SNS에 인증하거나, 유튜브로 자신의 수명을 연신 떠들어대기도 했다.

의외의 결과에 충격을 받아서 삶을 비관하는 이들이 있는가 하면, 반대로 버킷리스트처럼 자신의 수명에 맞춰 미리 인생 계획을 세우는 이들도 있었다. 한편에서는 수명을 늘리는 방법을 서로 공유하는 모임이나 수명 연장 운동이 유행하기도 했다. 수명측정기를 맹신하는 사람들과 불신하는 사람들, 딱 그 중간쯤에 있던 나는 전국의 난리통이 지나고 한차례 이슈가 꺾였을 때쯤, 논란의 중심인 수명측정기를 받아왔다.

"흠, 진짜 이런 단순한 거로 수명 측정이 된다고?"

나 역시도 사람인지라 살짝 궁금하기는 했다. 하지만 여태 모르고도 잘 살아왔는데, 괜히 신경 쓰이는 일을 하나 더 만드는 것 같아 썩 내키진 않았다. 내 수명을 직접 확인한다는 것 자체가 왠지 모르게 두려웠다.

"남들은 좋다고 난리인데, 나만 보수적인 건가? 시간 참 빠르다. 이런 기계까지 나오는 시대에 살게 된 걸 보면."

신세 한탄같이 혼잣말을 주절거리던 나는 테이블 위에 올려진 수명측정기를 물끄러미 바라보았다.

"뭐, 한번 해본다고 큰일 나는 것도 아니잖아."

나름 굳은 결심을 마치고 네모난 종이 케이스를 조심스레 열어보았다. 불투명한 은박포장지에 단단히 감싸져 있는 모습이 은근 호기심을 자극했다. 마지막 포장지까지 마저 뜯어내자 나의 상상과는 전혀 다른 모습을 마주하게 되었다. 뭔가 특별할 거라고 생각했던 나를 한 방 먹이듯 오히려 볼품없이 보일 정도로 아주 작고 평범했다. 흔히 볼 수 있는 하얗고 기다란 플라스틱 기계. 어찌 보면 당뇨측정기와도 비슷해 보였다. 사용 방법 역시

별반 다르지 않았다.

〈수명측정기 검사 방법〉

1. 구성품을 준비합니다.

2. 검사 전 손 전체를 깨끗이 씻고 채혈할 손가락을 알코올 솜으로 닦
   아냅니다.

3. 수명측정검사지를 측정기에 삽입합니다.

4. 준비된 채혈기를 손가락에 대고 마름모 모양의 버튼을 누릅니다.

5. 수명측정검사지에 묻은 혈액을 측정기에 있는 혈액 투입구에 충분
   히 흡입시켜 줍니다.

6. 화면에 카운트다운이 표시가 되면 측정이 시작되고 5초 후 안내
   음성을 통해 자신의 수명을 확인할 수 있습니다.

"의외로 측정이 간단하네."

검사 방법을 다 읽은 후 맨 아래 주요 사항으로 눈길을 옮겼다.

〈주요 사항〉

• 수명 확인은 5세부터 가능합니다. 5세 이전은 수명 측정이 불가합니다.

• 매일 아침 공복에 측정하는 것이 가장 정확합니다.

• 한번 측정된 수명이라도 상황에 따라 바뀔 수 있습니다.

• 과도한 음주나 흡연, 불규칙한 생활 패턴은 현재의 수명을 단축시킵니다.

• 반대로 적절한 운동과 올바른 식단은 수명을 연장시킬 수 있습니다.

• 사고와 같은 특수사항은 수명 진단과 아무런 연관이 없습니다.

• 현재의 건강 상태에 따른 수명만 측정이 가능합니다.

• 검사자의 연령에 비해 일반적인 수명보다 현저히 낮게 나왔다면 가급적 빠른 병원 방문을 권해드리며 정밀 검사를 통해 정확한 진단을 받으시길 권장합니다.

맨 아래에 적힌 문구를 보니 갑자기 긴장감이 감돌면서 심장이 빠르게 뛰기 시작했다.

"이 조그만 게 뭐라고 왜 이렇게 떨리는 거야."

종이 케이스 안에 있던 설명서와 함께 수명 나눔 안내문이란 것도 하나 더 들어있었다.

"어차피 난 나눔 할 생각 없으니까 이건 필요 없고."

안내문은 읽지도 않은 채 옆으로 무심히 제쳐두고 심호흡을 크게 들이켰다. 마치 중요한 의식을 치르듯이 설명서에 적힌 대로 손을 씻은 후 알코올 솜으로 손가락을 깨끗이 닦았다. 채혈기를 손가락에 대자 금세 새빨간 핏방울이 생겨났다. 수명측정검사지에 혈액을 묻히고 측정기에 있는 혈액 투입구에 흡입시키자 곧바로 화면에 카운트다운이 나타났다.

5, 4, 3, 2, 1.

[삑. 오늘의 수명은 68세입니다.]

"뭐? 내 수명이 68세라고? 이거 잘못 나온 거 아니야?"

앞으로는 100세 시대라기에 나도 거뜬히 80세 이상은 나올 줄 알았다. 내가 기대했던 수명보다 훨씬 못 미치는 나이에 괜한 찝찝함만 남았다. 평소에 몇 세까지 살고 싶다고 깊이 생각해 본 적도 없었고, 장수에 관한 욕심도 크게 없다고 생각했는데, 막상 결과를 보니 실망감을 감추지 못했다. 이래서 모르는 게 약이라는 건가.

"내가 이렇게 빨리 죽는다니……."

그날 나는 다리에 힘이 풀린다는 걸 처음 경험했다.

⌛⌛⌛

1년 6개월 동안 미친 듯이 운동했다. 좋다는 운동과 식단은 유튜브에서 다 찾아본 것 같다. 수명을 늘리기 위해 평소에 믿지도 않던 민간요법도 해보고 정신 건강을 챙겨야 수명이 늘어난다기에 적성에 맞지도 않는 명상과 기도까지 정성 들여서 했다. 그렇게 매일 노력한 결과, 지금의 수명으로 연장할 수 있었다. 이 속도로 꾸준히 관리하면 80세까지 늘리는 것도 문제없어 보였다. 그런데 오늘 내 수명이 2년이나 줄어들었고, 친구의 충격적인 수명까지 알게 된 것이다.

"너 잘못 측정한 거 아니야? 우리 나이가 몇인데."

인사도 생략한 채 만나자마자 다짜고짜 물었다. 출근도 뒤로 미루고 이른 아침부터 만났는데도 어두운 새벽 골목길에서 마주친 사람처럼 정우의 낯빛은 창백했다. 입술에 핏기도 없을 정도로 초췌하기 그지없는 정우의 얼굴을 보니 한숨이 절로 나왔다.

"그거 안 맞을 거야. 기계가 하는 말을 뭘 믿어. 신경 쓰지 마."

태연한 척 말하면서도 혼자 뜨끔했다. 수명을 늘려보겠다고 부단히도 애를 썼던 내 모습이 떠올라서였다. 속으로는 흔들리면서 겉으로만 호언장담이라니, 쓸데없는 객기였다.

"수명측정기 같은 거 왜 만들었냐고 했던 게 너잖아. 그딴 거 못 믿는다고, 필요 없다고 큰소리치던 놈 어디 갔어? 혹시 기계 불량 아니야? 나도 줄어서 황당하긴 했지만, 고작 술 몇 번 마셨다고 하루아침에 수명이 3개월만 남는다는 게 말이 돼? 그렇게 확 줄어드는 게 도무지 말이 안 되잖아."

"아니, 그동안 너한테 말하지 못했는데…… 사실 처음 나온 건 36세였어."

순간 심장이 철렁 내려앉았다. 머릿속이 백지장처럼 하얗게 변해서 선뜻 말이 나오질 않았다. 그런 나를 알아차린 듯 정우의 표정도 차갑게 굳어졌다.

"처음 알았을 땐 믿어지지 않았고, 그다음에는 바꿀 수 있다고 생각했어. 관리만 잘하면 수명을 연장할 수도 있다고 하니까. 그래서 너한테도 미리 말하지 않았던 거야. 괜한 걱정 끼치기 싫어서. 미친 듯이 운동도 하고, 건강에 좋다는 건 다 챙겨 먹고, 이것저것 닥치는 대로 해봤어. 그렇게 해서 수명이 조금 늘었는데……."

정우의 말을 듣는 내내 수명 연장을 위해 안간힘을 쓰던 내가 오버랩되었다.

"느, 늘었는데, 왜……."

정우의 짙은 한숨 소리가 내려앉은 내 심장에 안착했다. 친구의 슬픔이 무거운 공기가 되어 나를 짓눌렀다.

"사람의 마음이란 게 참 나약하고 간사하더라. 원래 수명이 36세까지였다는 사실을 알게 되니 나의 죽음이 빠르게 다가오는 것 같았어. 노력해서 수명이 조금씩 늘어나도 내 안에 걱정이 사라지지 않아. 처음 결과대로 36세가 맞다면, 이제 시간이 얼마 남지 않았으니까……. 그날이 왔을 때 내가 진짜 죽으면 어떡하지, 늘었다는 것도 측정기가 잘못 알려준 거면 어떡하지, 하루하루 날이 저물어갈 때마다 너무 무서웠어. 희한하게 처음 나온 짧은 수명은 잘도 믿으면서 나중에 변한 수명은 좀처럼 믿기지 않더라. 그러다 보니 올해의 마지막이 다가오는 게 점점 두려워졌어. 가을이 지나면 금방 겨울이잖아. 겨울의 끝에 내가 죽겠구나, 이런 몹쓸 불안감이 나를 옥죄어오니 도저히 참을 수가 없었지. 그때부터 끊었던 술도 다시 먹게 되었고……. 힘겹게 늘려놓은 수명도 금세 줄어들었어."

한동안 정우가 술을 연달아 마셨던 이유를 비로소 알게 됐다. 그저 회사 일이 힘들어서 그런가 보다, 하고 무심히 넘겼던 내가 원망스러웠다.

"그래서 말인데, 죽기 전에 너한테 꼭 하고 싶은 말이 있어."

"죽기 전이라니! 그런 불길한 말 하지도 마!"

"말을 꺼내기 전에 내가 먼저 물어보고 싶은 게 있어."

"물어보고 싶은 거?"

"도훈아, 너는 나를 어떤 친구로 생각해? 늘 그게 궁금했어. 나를 어떻게 생각하는지, 얼마나 믿고 있는지를…….."

사람이 죽음을 앞두면 별소리를 다 하게 된다더니, 누구보다 막역한 우리 사이에 이런 의미 없는 질문을 던지는 정우의 모습을 보니 초조하고 불안한 감정이 고스란히 느껴졌다. 그걸 조금이라도 해소해주려면 오히려 내가 아무 일도 아닌 듯이 행동해야 한다고 생각했다.

"진짜 안 하던 짓 할래? 어제 먹은 술 덜 깼냐? 그만해."

"하, 말 돌리기는. 그거 말고도 나 오늘 너 만나면 따로 할 말이 있었는데…….."

왠지 그 말을 들으면 정우가 죽음을 앞두고 있다는 것을 받아들이고 인정하게 되는 것 같았다. 그런 일은 절대로 있어서는 안 된다. 친구의 죽음을 온몸으로 거부하듯 나는 일부러 크게 손사래를 쳤다.

"야! 됐다, 됐어. 너 죽을 일 절대 없으니까 괜히 무게 잡지 마. 원래도 진지한 거 싫어하는 녀석이. 그냥 평소처럼 해. 어울리지도 않게 죽상하고 있는 꼴 보기 싫어. 너답지 않게 왜 그래."

정우는 나의 반응에 쓴웃음을 지었다.

"네가 봐도 나답지 않지? 이제는 나도 잘 모르겠어. 뭔가 다 마지막이라고 생각하니 기분이 울적해졌나 봐. 평소에 안 하던 말도 막 나오는 걸 보면."

괜스레 찜찜한 기분이 들어서 조심스레 물었다.

"혹시나 해서 물어보는 건데, 가족들은 알고 있어? 수명 측정 결과에 대해서."

나의 질문에 정우는 땅이 꺼질 듯이 긴 한숨을 내쉬었다.

"어. 그래서 내 마지막 기대까지 완전히 사라졌어. 애초에 그딴 걸 확인하는 게 아니었는데……."

"마지막 기대라니?"

"도훈이 너, 수명 나눔 알지?"

"수명 나눔?"

불현듯 떠올랐다. 그저 안일하게 들었던 그 말이.

《이제는 자신의 수명을 타인에게 나눠줄 수 있습니다. 단, 한

사람에게만.》

절대 나에게 일어나지 않을 것 같았던 두 번째 일이었다. 그렇다고 이대로 손 놓고 가만히 있을 수만은 없었다. 믿든 안 믿든 하나뿐인 친구를 살리려면 이 방법밖에는 없으니.

"참, 그런 게 있었지. 아! 혹시 방금 그 말 하려고 그렇게 뜸을 들였던 거야? 난 또 뭐라고. 괜히 겁먹었네. 그것 때문이라면 걱정 마. 만에 하나라도 수명측정기 결과가 진짜 맞아서 정우 너한테 수명이 필요한 상황이 생긴다면 그땐 내가 줄게. 내 수명, 너한테 나눠줄 테니까 아무 걱정하지 마."

내 말을 들은 정우의 눈이 휘둥그레졌다.

"지금 무슨 소리를 하는 거야? 이런 상황에서 농담하지 마."

"농담 아니고 진심이야. 내가 너한테 수명을 나눠주겠다고."

당연히 좋아할 줄 알았다. 수명 나눔을 받게 되면 조금이라도 더 살 수 있게 되니. 하지만 뛸 듯이 기뻐할 줄 알았던 정우는 도리어 정색했다.

"아직 수명 나눔 안내문 안 읽어본 거야?"

"어? 안 읽긴 했는데, 아무래도 상관없어. 내가 너한테 나눠주겠다고 결심하면 검사하고 수술만 받으면 되는 거잖아."

"단순하게 생각할 일이 아니야. 수명은 가족에게만 나눠줄 수 있어. 다른 조건도 있고. 그러니 네가 나한테 줄 수는 없어."

"뭐? 왜 그딴 조건을 붙이는 거야? 주고 싶은 사람한테 줄 수 있게 해야지."

"이유는 안내문에 있으니까 찾아봐. 그래도 고맙다. 도훈아. 방금 네 말을 들으니까 내 인생이 헛살지는 않은 것 같아서 제법 위로가 되네. 친구로 네 곁에 오래 있었던 보람도 있고."

정우는 씁쓸한 얼굴로 쓰디쓴 커피를 술처럼 들이켰다.

"그럼 뭐가 걱정이야? 조건대로라면 가족 중에서 한 명한테만 수명 나눔 받으면 된다는 거잖아. 당장 가족들에게 말해. 수명 나눔 해달라고. 아직 말을 못 한 거면 지금이라도……."

"말했어."

"이미 했어? 그나마 다행이네. 정우 너에게는 부모님과 형제들이 있으니까. 다들 너한테 서로 나눔 해주겠다고 하지? 누구에게 받기로 결정했어?"

나의 질문을 들은 정우의 얼굴이 짙은 먹구름으로 뒤덮였다.

"아니, 가족들 모두 거절했어."

"그게 진짜야? 어떻게 그럴 수가 있어? 가족들이 왜……."

"마지막으로 걸었던 내 기대가 허무하게 무너졌어. 고민해보겠다고 하더니 결국 아무도 나에게 안 주겠대. 다들 일찍 죽고 싶지 않으니까. 사실 준다고 해도 받을 생각은 없었어. 단지, 알고 싶었을 뿐이야. 죽음을 앞두니 사람들의 진심이 뭔지 궁금해졌거든. 단 한 명이라도 나를 진짜로 위하는 사람이 있었는지, 나에게 소중한 사람이 나와 똑같은 마음인지를……. 숨겨진 진심을 알고 나서야 모두 다 포기하고 싶어진 거야. 상대에게 내가 어떤 존재였는지 깨달았으니까."

"숨겨진 진심? 어떤 존재라니? 그게 다 무슨 말이야? 알아듣게 말해. 그리고 다들 일찍 죽고 싶지 않다는 건 또 무슨 뜻이야?"

"휴, 너 진짜 하나도 모르는구나. 어쩌면 그래서 네가 나한테 쉽게 수명을 준다고 했을지도."

"민정우! 너 나를 대체 뭐로 보고!"

발끈하는 나를 바라보는 정우의 눈빛은 이미 짙은 암흑으로 변해있었다.

"네가 나한테 수명을 나눠주면 그만큼 네 수명이 줄어드는 거야. 많이 주면 줄수록 네가 빨리 죽는 거라고. 그래도 나에게 쉽게 줄 수 있겠어?"

머리를 세게 얻어맞은 듯했다. 더 참을 수 없는 건, 그렇게 호언장담하던 내가 아무런 대답도 하지 못했다는 것이다. 무겁게 닫힌 입이 나를 조롱하는 것 같았다. 앞서 들었던 정우의 말이 나에게도 곧 현실이 되었으니.

〈사람의 마음이란 게 참 나약하고 간사하더라.〉

⌛⌛⌛

온종일 정우의 말이 귓가에 맴돌았다. 회사에서도 일이 손에 잡히질 않아서 하루가 더디게 느껴졌다. 힘들었던 하루를 겨우 마치고 집으로 돌아왔지만, 여전히 정우의 허탈한 표정이 잊히지 않았다.

"왜 나는 아무 말도 하지 못했을까……."

머릿속이 마구 뒤엉켜 혼란스러웠다. 어차피 줄 수 없는 건데 끝까지 준다고 말하며 친구의 마음이라도 편하게 해줄 걸 그랬나 하는 후회가 들기도 했고, 반대로 줄 수 없다는 걸 알면서도 끝까지 준다고 말하는 건 기만이라는 생각이 들기도 했다.

"대체 뭐가 맞는 걸까? 내 딴에는 진심이라 생각했는데, 어쩌면 나 역시도 가식이었던 건가?"

답을 찾지 못하던 나는 문득 무언가가 떠올라서 작은 방 서랍을 뒤졌다.

"분명 여기 둔 것 같은데, 어디 있지? 아! 찾았다!"

서랍 깊숙이 넣어두었던 그것.

"평생 이걸 찾아볼 일은 없다고 생각했는데."

〈수명 나눔 안내문〉

1. 수명을 나눔 하는 사람은 평생 단 한 명에게만 나눔할 수 있습니다.

2. 수명을 받는 사람은 다른 가족 공여자가 있을 경우 회복 기간을 두고 3번까지 나눔 받을 수 있습니다.

3. 나눔한 기간 만큼 나눔을 하는 사람의 수명이 단축됩니다.

4. 수명 나눔 수술은 최소 10년에서 최대 30년까지 가능하며 공여자의 건강 상태, 예측 수명 나이에 맞춰 기간을 조정합니다.

5. 범죄 예방을 위해 직계가족, 배우자, 형제, 자매 사이에만 수명 나눔이 가능합니다.

6. 직계가족, 배우자, 형제, 자매 중에서도 서로 같은 혈액형일 경우만 수명 나눔이 가능합니다.

7. 결혼 예정자는 혼인신고 후 1년이 지나야 배우자에게 수명 나눔이 가능합니다.

8. 입양 가정은 입양 후 1년의 기간이 지나야 수명 나눔이 가능합니다. 단, 5번 항목과 같이 범죄 예방을 위하여 입양된 자녀는 다른 가족에게 수명을 나눔할 수 없습니다. 반대로 입양한 가정의 형제, 자매나 부모는 입양된 자녀에게 수명 나눔이 가능합니다.

9. 나눔을 하는 사람은 미성년자는 불가하며 20세 이상 성인만 가능합니다. 반대로 나눔을 받는 사람은 미성년자도(5세 이상부터) 가능합니다.

"생각보다 절차가 까다롭네. 측정은 쉽더니. 정우는 가족에게 못 받는다고 했는데 이제 어떻게 하지?"

복잡한 절차만큼이나 내 머릿속도 복잡했다.

"아니야. 3개월 뒤에 어떻게 될지는 아무도 모르는 거잖아. 기계 오류일 수도 있고. 정우가 죽는다는 건 말도 안 되는 소리야. 그래. 아닐 거야. 나보다 체력도 훨씬 좋은 정우가 그렇게 일찍 죽을 리 없어."

입에서 나오는 부정의 말과 다르게 안내문을 들고 있던 내 손은 사시나무 떨듯 떨리고 있었다. 어느새 어깨가 들썩이며 탁자 위로 눈물이 툭 떨어졌다.

"그럴 리 없다고……."

⧖⧖⧖

애석하게도 비극은 우리를 지나치지 않았다.

"저, 정우가…… 주, 죽었다고요?"

급작스러운 비보를 접하고 하늘이 무너져 내렸다. 정우가 말했던 3개월도 다 채우지 못했는데, 한 달이나 남은 오늘, 부고 소식을 듣게 되었다. 제발 아니기를 바랐는데…….

그러고 보니 수명측정기에 대해 우리가 간과했던 부분이 있었다. 현재의 건강 상태에 맞춰서 수명이 언제까지인지 나이만 예측해 주는 것이지, 죽음의 날짜가 언제인지는 정확히 알 수 없다는 것.

바보같이 죽음의 날짜가 그해의 마지막일 거라고 왜 단정 지었던 걸까. 아무도 말해주지 않았는데, 왜 측정기에 나온 나이만 보고 올해 12월 31일이 우리가 헤어지는 날이라고 암묵적으로 생각했던 걸까.

[새벽에 눈을 감았어. 임종 전에 도훈이 너에게 남기고 간 말이 있어. 이 말을 꼭 전해달라고 하더구나.]

"무슨…… 말이요?"

[너는 건강 잘 챙기라는 말. 자기처럼 다 포기하지 말라고. 그리고 너한테 많이 미안했다는 말도 전해달라고 했어.]

일시에 터져 나온 눈물이 시야를 가렸다. 암막 커튼을 친 듯이 빛이 완전히 차단되어 앞이 보이질 않았다. 이토록 허무하게 세상을 떠나다니……. 하루라도 더 얼굴을 보고, 하루라도 더 이야기를 나눌 걸……. 야근하느라 부재중 전화를 놓쳤던 일마저 후회의 매가 되어 나를 세게 후려쳤다.

[몸도 성치 않은 녀석이 매일 술을 그렇게나 마시더니, 스스로 명을 재촉한 거지.]

순간 흠칫 놀라며 두 귀를 의심했다. 이게 대체 무슨 말인가. 슬픔이 담기지 않은 목소리와 무성의한 말투가 나를 자극하며 분노가 치밀어 오르게 했다.

"바, 방금 뭐라고 하셨어요? 자식이 죽었는데…… 애도하기는커녕 도리어 정우를 매도하시는 거예요? 스스로 명을 재촉했다고요? 어떻게 그런 잔인한 말을……."

[도훈이 너, 말버릇이 그게 뭐야! 나도 슬프고 마음이 아파서 그러는 거지.]

가식. 내가 고민했던 가식이라는 것이 수화기 너머로 느껴졌다.

"슬프다고요? 마음이 아프다고요? 그럼 왜 정우에게 수명을 나눠주지 않았어요? 아저씨도, 다른 가족들도!"

[그걸 어떻게…….]

당황한 듯 떨리는 목소리. 자식의 죽음을 전달할 때는 아무렇지도 않던 목소리가.

"왜 나눠주지 않았어요? 정우는 절실했을 텐데……."

[아직까진 부작용도 많다고 하고, 혹시나 수술을 받다가 내가 죽을 수도 있고, 더군다나 나눔을 하게 되면 내 수명까지 줄어든다고 해서……. 아니, 내가 지금 무슨 말을 하고 있는 건지, 원. 너한테 왜 이런 설명을 늘어놓아야 하는 건지 모르겠구나. 생각해 보니 기가 막히네. 설마 지금 나를 비난하려는 거야?]

나에게는 이 사람을 비난할 자격이 없다. 나 역시도 정우에게 수명을 나눠줄 수 없었으니. 그래도…….

"자식을 위해서 다시 생각해 볼 수는 없었는지 묻고 싶은 거예요. 그랬다면 정우가 지금쯤 살아있을 수도 있으니까. 아저씨에게는 자식이고, 누구보다 애틋한 가족인데 대체 왜……."

[도훈이 너는 고아라서 잘 모르겠지만 나는 다른 가족도 생각

해야 해. 가족이 없는 너와는 다르다고.]

아무렇지 않게 타인에게 생채기를 내는 말. 잔인하기 짝이 없는 그 말을 부정할 수도 없었다. 기억이 잘 나지도 않는 어린 시절부터 내 곁에는 아무도 없었으니. 그런 연유로 나에게는 수명을 나눠줄 가족이 존재하지 않는다. 내가 고아라는 사실을 애써 숨기려 하지도 않았지만, 구태여 들추고 싶지도 않았다. 지금처럼 타인에 의해 강제로 듣게 되는 건 더욱 최악이다.

'고아라서 모른다', '가족이 없는 너와는 다르다'라니…….

무방비 상태에서 그 말들이 비수처럼 날아들었다. 잊고 있던 나의 처지를 상기시켜 주면서 애써 덮어두었던 상처를 멋대로 들쑤셨다. 나는 그렇다 치더라도 정우는 다르지 않은가. 자상한 부모와 사이좋은 형제들. 그 모습을 볼 때면 그저 부럽기만 했다. 남의 집 속사정을 다 알 수는 없다 해도 오랜 시간 지켜본 바로는 그 누구보다 화목한 가족이었는데……. 설마 그것마저 다 가식이었던 건가.

[여태 모르고 있었나 본데, 사실 정우 어릴 때 입양했어. 그래도 내 나름대로 친자식처럼 여겼다고. 이 사실을 끝까지 비밀로 하려고 했는데, 네가 나를 나쁜 사람으로 몰아가는 것 같아서 이제라도 사실대로 말하는 거야. 따지고 보면 정우도 너와 같은 처지라는 거지. 부모, 형제 없는.]

그제야 정우가 죽기 전에 하고 싶다던 말이 뭔지 알게 되었다. 자신도 입양아라는 사실을 나에게 밝히려 했다는 것을. 끝까지 솔직하게 털어놓지 못해서 나에게 미안했다는 말을 남겼나 보다. 뒤늦게 안 사실보다 나를 더 충격에 빠지게 한 건, 아저씨의 말에 담긴 모순이었다. 친자식처럼 여겼다는 말과 부모, 형제 없는 처지라는 말을 동시에 내뱉으면서 자신의 행동을 억지로 포장하는 모습이 역겨웠다.

[친자식도 아닌데 어쩔 수가 없었어. 나에게는 처도 있고 진짜 내 핏줄도 있으니까. 나중에 어떻게 될지 사람 일은 아무도 모르는 거잖아. 가족들이 급하게 수명이 필요한 상황이 생겼을 때 내가 나눠 줘야 할 사람은 정작 따로 있는데.]

구구절절 변명을 늘어놓으며 이미지 관리를 하려던 아저씨는 내가 별다른 반응을 보이지 않자 연신 한숨을 내쉬었다. 그러다 설득이 먹히지 않는다고 여겼는지 뒤늦게 본색을 드러냈다.

[하, 생각할수록 어이가 없네. 가족이 수명을 안 줬다고 너한테 말했다는 게. 남들이 욕할 거 뻔히 알면서도. 그 녀석이 그렇게 엉큼하고 이기적인 구석이 있다니까. 착한 척, 이해하는 척은 다 해놓고 주변에는 그런 소리를 나불나불 떠들고 다니다니. 괘씸한 놈. 우리가 거둬줬으면 양심이라도 있어야지. 키워준 은혜도 모르고. 쯧쯧. 너는 모르겠지만 나도 그 녀석 때문에 속 좀 꽤나 썩었어. 그놈 때문에 남들한테 욕 들은 게 한두 번인 줄 알아? 이래서 사람들이 검은 머리 짐승은 거두면 안 된다고 하는 거야. 평소에 행실을 잘해야 죽어서도 욕을 안 듣지. 남들보다 잘난 건 바라지도 않아. 그냥 보통으로 사는 게 힘든 일이야? 사람들한테

부모가 손가락질을 당하게 하고 욕이나 듣게 만드는 거 보면 그동안 어떻게 살아왔는지 뻔하다. 불쌍한 인생 같으니.]

얼굴이 하얗게 질리고 입술이 파르르 떨렸다. 이 소름 끼치는 말을 정우가 다 듣고 있을까? 친자식처럼 여겼다고 말한 지 고작 몇 분도 지나지 않아 친자식이 아니라서 어쩔 수 없다니…….

아저씨의 이중성에 혀를 내둘렀다. 자신을 변호하기 위해 밑천을 드러내는 야비한 모습이 충격이었다. 평소에 내가 알고 지냈던 점잖고 인자한 사람이 아니었다. 정우와의 인연이 끝났으니 연결고리가 끊어진 나에게도 오래 감춰둔 바닥을 보이는 것인가. 남보다도 못하게 비난의 말만 마구 쏟아내던 아저씨는 정우를 철저히 가족에서 배제하면서 한결같이 자신의 입장만 고수했다. 지금 정우가 하늘에서 이 말을 듣고 있다면, 두 귀로 생생하게 들어버린 나만큼 억장이 무너져 내릴까.

〈단지, 알고 싶었을 뿐이야. 죽음을 앞두니 사람들의 진심이 뭔지 궁금해졌거든. 단 한 명이라도 나를 진짜로 위하는 사람이 있었는지, 나에게 소중한 사람이 나와 똑같은 마음인지를…….
숨겨진 진심을 알고 나서야 모두 다 포기하고 싶어진 거야. 상대에게 내가 어떤 존재였는지 깨달았으니까.〉

정우의 그 말이 떠오르자 가슴이 갈기갈기 찢겨 나가는 듯했다. 그 녀석의 마지막 기대는 수명보다 가족의 진심이었을 텐데…….

"아저씨는 그런 말 할 자격 없어요. 친자식도 아니라고요? 나

뉘줘야 할 사람은 따로 있다고요? 여태껏 그런 마음으로 정우를
곁에 둔 거예요? 아저씨가 사람이에요? 뒤에 말들은 정우가 아
니라 아저씨 소개 같네요. 엉큼하고 이기적인. 행실은 아저씨나
똑바로 해요! 당신 같은 사람을 가족이라고, 아버지라고 생각했
을 정우가 애처롭네요. 방금 그 말을 들으면 땅을 치고 후회하겠
어요. 쓰레기보다 못한 사람을 끝까지 믿은 것을……. 정우 때문
에 욕을 들었다고요? 착각하지 마세요. 지금 스스로 욕 들을 행
동을 하고 있다는 생각은 안 들어요? 가증스러워서 도저히 못
들어주겠네. 다른 가족들도 다 이런 식으로 정우 가슴에 대못 박
았어요? 그 불쌍한 놈한테 어떻게 그럴 수가 있어요? 어떻게!!"

　세상을 떠난 정우를 대신해 울분을 토해내며 소리쳤다. 이렇
게라도 친구의 마음을 대변해 주고 싶었다. 죽은 자는 말이 없으
니 그 억울함을 내가 대신 풀어줘야 했다.

　[도훈이 너 아까부터 말을 그따위로…….]

　"그따위로 한 건 아저씨예요. 방금, 말 몇 마디로 자식을 비정
하게 버렸으니까."

②

과거와 현재의
연결고리

발인까지 하고 왔음에도 정우의 죽음이 믿기지 않았다. 장례식장의 영정사진을 보면서도 끝까지 부정하고 싶었다. 삼일장을 치르는 내내 제정신이 아닌 상태로 울부짖었다. 가족마저 등진 정우의 죽음을 나라도 온몸으로 슬퍼해야 했기에……. 미친 사람처럼 통곡과 절규를 반복하면서 때때로 정신이 혼미해지기도 했다. 그러다 다시 돌아오면 가혹한 현실을 마주해야 하는 게 괴로웠다. 그렇게 하나뿐인 친구와 원치 않는 이별을 해야만 했다.

장례식장을 다녀온 뒤로 한동안 회사에 출근하지 않았다. 휴직을 내고 어두운 방구석에만 처박혀 있었다. 누군가를 만나는 것조차 두려웠다. 가장 가까웠던 사람의 죽음은 나를 한순간에 무너트렸다. 시신의 얼굴을 덮던 하얀 천이 내내 잊히지 않아서 이불을 덮지도 못했다. 밤인지 낮인지도 모를 정도로 하루가 뒤바뀐 채 시름시름 앓아갔다. 이제 나에게 아무도 남지 않았다는 생각에 매일 독한 술을 들이켰다.

"지금 내 수명을 측정하면 형편이 없겠네."

나를 포기하지 말라던 정우의 마지막 부탁을 들어주지 못했다. 장례가 끝난 지 얼마 지나지 않아 정우의 가족은 외국으로 훌쩍 떠나버렸다. 흔적조차 남기지 않으려는 것처럼. 정우의 영혼이라도 찾아올까 봐 두려웠던 걸까. 씁쓸하고 애통한 마음을 가눌 길이 없었다.

"정우야, 이 가엾은 놈아……."

수명측정기 같은 게 없었다면 정우는 온전히 살아있었을까.

애초에 자신의 수명을 알지 못했다면, 원래대로 평범하게 살아갔다면, 지금의 결과가 달라졌을까.

"이게 다 무슨 소용이야! 이딴 걸 왜 나눠준 거냐고! 그냥 사는 대로 내버려두지!"

악다구니를 쓰며 측정기를 바닥에 내동댕이치자 둔탁한 소리가 나면서 기계가 형편없이 둘로 쪼개졌다.

"다 필요 없어. 이제 다 필요 없다고!"

정우는 나에게 친구 이상이었다. 고아라는 이유로 모두가 나를 불길한 아이로 치부할 때, 그 녀석만 내 곁에 먼저 다가와 주었다. 피붙이 하나 없는 나를 누구보다 진심으로 위해주던 유일한 사람이었다.

〈내가 가족이 되어 주면 되잖아. 친구이자 가족. 그러니까 이제 외로워하지 마.〉

오래전 정우가 나에게 했던 말이다. 이제 와보니 정작 외로웠던 건 나보다 그 녀석이었던 것 같다. 진짜 가족이 필요했던 것도…… 오랫동안 왜 한 번도 내색하지 않았는지 계속 생각해 보다가 문득 내가 걸려있다는 걸 깨달았다. 자신의 상처를 드러내면 나의 상처까지도 의도치 않게 건드려야 했기 때문이다. 그 사실을 너무 늦게 알아버린 나는 미안함과 죄책감에 몸부림쳤다. 그런 착한 녀석을 끝까지 매도하던 아저씨의 말이 잊히지 않아 너무도 괴로웠다. 가족이 아닌 나도 아는 사실을 왜 긴 세월을 함께한 가족들은 오해하고 있는 걸까. 일부러 모르는 척하는 건지, 아니면 이해할 노력조차 하지 않았던 건지, 좀처럼 납득이 되질 않았다. 하지만 이제 와서 다 무슨 소용이겠는가. 고아였던 나와 입양아였던 정우의 상처가 닮아있었다는 것을 그 녀석이 멀리 떠나고 나서야 알게 되었는데…….

친구의 쓰라린 아픔이 나를 완전히 뒤덮으며 술에 찌든 하루하루가 쌓여 갔고, 날이 갈수록 폐인이 되어 갔다. 매일 슬픔에 잠긴 시간이 반복되어 시일이 얼마나 지났는지도 모를 때쯤, 누군가 우리 집으로 찾아왔다.

[딩동]

짙은 어둠이 내린 집에 찾아올 사람은 아무도 없었다. 이전에도 우리 집을 찾는 건 택배 기사님 또는 배달 기사님, 혹은 잡상인, 그리고 정우뿐이었다. 번지수를 잘못 찾은 낯선 초인종 소리를 무시하려는데, 문밖에 있는 누군가는 포기하지 않았다.

[딩동]

안 그래도 예민한 상황에 연달아 울리는 초인종 소리가 내 신경을 마구 긁어댔다. 순간 욱해서 자리에서 벌떡 일어났다. 성큼성큼 걸어가서 현관문 손잡이를 잡고 힘껏 열려다 잠시 주춤했다.

"누군지 알고……."

불시에 등장한 정체 모를 누군가에 경계심이 들어 손가락 길이 정도의 작은 틈만 남기고 조심히 문을 열었다. 이윽고 작은 틈 사이로 보이는 익숙한 얼굴! 믿을 수 없는 그 존재를 확인한 나는 순식간에 동공이 커졌다.

"차…… 세희?"

놀랍게도 과거의 인연이 문 앞에 서 있었다.

"그동안 잘 지냈어?"

뜻밖의 등장인물에 당황한 나머지 나도 모르게 문을 활짝 열었다.

"세, 세희야."

"수척한 얼굴을 보니 이런 질문이 의미가 없겠네."

"네가 어떻게 여기에……."

"정우 씨 소식 들었어."

몇 년 만에 그녀가 우리 집에 찾아올 거라고는, 그녀의 얼굴을 다시 보게 될 거라고는, 꿈에도 예상치 못했다. 놀란 기색이 역력한 나와 달리 세희는 덤덤하게 물었다.

"잠깐 안으로 들어가도 될까? 너한테 할 말이 있어서 찾아온 거야."

느닷없는 방문에 손사래를 쳐야 정상인데, 이상하리만치 단칼에 거절할 수 없었다.

"……어."

무심코 대답을 하고서 곧바로 후회가 되었다. 난장판이 된 집 상태를 미처 생각지 못했기에. 하지만 이미 그녀는 현관 안으로 발을 들인 상태였다. 절대 보이고 싶지 않은 모습을 들켜버린 나는 어쩔 줄을 몰랐다.

"아, 집이 너무 엉망이지?"

발에 차일 정도로 바닥엔 널부러진 술병과 며칠을 연거푸 마셨는지 가늠이 안 될 정도로 온 집안에 역한 술 냄새가 찌들어 있었다. 부리나케 바닥의 술병을 치우면서 허둥지둥 대는 내가 한심할 정도로.

"미안. 오랜만인데 이런 모습이라……."

내 집이 더러워진 게 딱히 미안할 일도 아닌데 은연중에 사과의 말이 튀어나왔다. 그런 내 모습이 무색할 만큼 세희는 의의로 놀라지 않는 모습이었다. 그나마 깨끗한 소파 위에 자연스레 앉더니 주위를 찬찬히 둘러보곤 나에게 말했다.

"이래서 정우 씨가 나에게 가보라고 했구나."

바닥을 열심히 치우던 손이 순간 멈칫했다.

"무슨 말이야? 정우라니?"

내 반응을 본 그녀는 길게 탄식했다.

"사실은…… 몇 달 전에 정우 씨가 나를 찾아와서 간곡하게 부탁을 했었거든."

"부탁?"

"그래. 자신이 얼마 후면 세상을 떠난다면서 네 옆에 잠시라도 있어 달라고……. 솔직히 처음에는 그 말을 믿지 않았는데, 그 뒤로 몇 번이고 나를 찾아와서 통사정하더라. 혼자 남게 될 네가 너무 걱정된다고 했어. 자신이 떠나고 나면 혹시라도 네가 망가지거나 극단적인 선택을 하게 될까 봐……."

하도 울어서 메마른 줄 알았던 눈물이 바닥에 뚝뚝 떨어졌다. 자신보다 나를 생각한 친구의 걱정을 알지도 못한 채 폐인이 되어버린 내 모습이 죄스러웠다.

"오늘 날짜가 되면 너를 꼭 찾아가 달라는 부탁을 받았어."

"오늘?"

"12월 31일."

올해의 마지막 날. 나처럼 정우도 이날 자신이 떠날 거라고 예상했던 건가. 아니면 또 다른 이유가 있었던 건가.

"왜 하필 오늘이지? 혹시 정우에게 뭐 들은 거 있어?"

"네 생일이니까."

"……!!"

상상도 못 한 이유를 듣게 된 나는 오열하고 말았다. 자포자기하며 보낸 덧없는 시간들이 빠르게 스치며 극심한 후회가 몰아쳤다.

"어릴 때부터 매년 정우 씨가 네 생일을 챙겨줬었는데, 올해부터는 자신이 못 챙겨줄 것 같다면서……."

꺼이꺼이 소리를 내며 울음을 토해냈다. 끝까지 내 걱정만 했던 친구의 마지막 부탁을 들어주지 못한 내 자신이 원망스러웠다. 오래도록 울음을 그치지 못하고 서럽게 울어대는 나를 보며 세희는 말없이 가만히 기다려주었다. 어느새 해가 저물고 들썩이던 어깨가 잦아들 때쯤 세희가 먼저 입을 열었다.

"이제 좀 괜찮아?"

"……."

"마음 정리하려면 시간이 꽤 필요할 거야. 제일 가까웠던 사람이니까. 정우 씨와 너, 둘도 없는 사이였잖아."

나의 슬픔을 이해해 주고 잠시나마 곁에 머물러 주는 그녀에게 내심 고마우면서도 한편으로는 의문이 들었다.

"그런데, 세희 넌 왜 정우 부탁을 들어준 거야? 너와 나는 오래전에 헤어진 사이잖아. 따지고 보면 남남이니 굳이 안 들어줬어도 됐을 텐데……."

사실 처음부터 물었어야 하는 부분임에도 그녀의 오랜 기다림과 위로를 받고 나서야 뒤늦은 질문을 던졌다.

"정우 씨 부탁 때문에 오긴 했지만, 어쩌면 나에게도 널 찾아올 구실이 필요했던 것 같아. 실은, 나도 너에게 하고 싶은 말이 있었거든."

"하고 싶은 말? 그게 뭔데?"

"우리…… 다시 만나자."

※ ※ ※

그때도 이맘때였다.

"…… 헤어져."

"세희야, 헤어지자니……. 하루아침에 이러는 이유가……."

"더는 묻지 말고, 그냥 헤어지자. 미안해."

세희와 나는 허무하게 이별을 했다. 우린 3년을 열렬히 사랑했고, 그해의 마지막 날인 12월 31일 헤어졌다. 내 생일이었던 그날, 아무것도 모르던 나는 정우와 함께 그녀에게 할 프러포즈를 준비하고 있었다. 그런 나와는 반대로 세희는 이별을 준비했던 것이다. 우리가 헤어져야 하는 이유를 끝까지 말해주지 않아서 더욱 비참했다. 갑작스레 이별을 통보받은 나는 울며불며 매달렸지만, 그녀는 헤어지자는 그 한마디만 남긴 채 훌쩍 나를 떠나버렸다. 그렇게 세희와의 연애는 깊은 상처와 후회 섞인 미련으로 남게 되었다.

이별 후, 몇 년 동안은 세희를 잊는 일에만 몰두해 왔고 이제는 꽤 오랜 시간이 지났기에 이별의 흔적이 옅어졌다고 여겼다. 세희에 대한 애틋한 기억까지도.

그 모든 게 착각이었는지 오늘 그녀가 등장하자마자 잊은 줄 알았던 기억이 고스란히 되살아났다. 아니, 사실은 알고 있었다. 단 한 번도 잊은 적이 없었다는 것을. 긴 시간 동안 그녀를 그리워하며 가슴에 고이 묻어두었을 뿐. 애써 겉으로 꺼내 보지는 않았지만, 속에는 여전히 그녀의 자리가 또렷하게 남아 있었다.

하루아침에 신기루같이 사라졌던 그녀가 헤어진 날과 똑같은 12월 31일에 나타났고, 느닷없이 다시 만나자고 말했다. 덕분에 헤어지던 그해에도, 다시 재회하는 올해에도 내 생일은 최악이 되었다.

"대체 무슨 생각인 거야. 차세희."

그때나 지금이나 그녀의 속내를 알 길이 없었다.

"여전하네. 이기적인 건."

그럼에도 그녀의 마지막 말은 나의 깊은 슬픔을 잠시나마 덜어주었다.

⟨그동안 많이 보고 싶었어.⟩

⏳⏳⏳

2주일 후, 세희가 다시 나를 찾아왔다. 그사이 엉망이던 집은 원래의 모습을 조금씩 찾아가고 있었다.

"이제 생각이 좀 정리됐어?"

"어? 아직……."

내 대답을 듣기도 전에 그녀는 내 손을 덥석 잡고 밖으로 이끌었다.

"그럼 오늘은 공원으로 나가자. 밖에 나가서 시원한 공기도 마시고 바람도 쐬면 한결 가벼워질 거야."

그다음 날도,

"근처에 맛집 생겼더라. 우리 맛있는 거 먹으러 가자. 보나 마나 한동안 제대로 못 챙겨 먹었을 텐데. 힘들수록 더 잘 챙겨 먹어야 해. 건강도 챙기고."

또 그다음 날도,

"같이 운동하러 갈까? 불면증 생겨서 잠도 제대로 못 잔다고 했잖아. 규칙적으로 운동하면 밤에 숙면을 취하는데 도움이 된대."

그렇게 꼬박 한 달을 매일 같이 찾아왔다. 세희는 아무런 거리낌이 없어 보였다. 오랜 공백이 무색할 정도로 마치 우리가 계속 만나온 사이인 것처럼. 더 웃긴 건 나의 태도였다. 매몰차게 거절하기는커녕 세희가 하자는 대로 군말 없이 따르고 있었다. 정우의 부탁이라는 말을 들어서인지, 아니면 세희가 다시 돌아오길 내심 기다리고 있었던 건지, 나조차도 내 마음을 알 수가 없었다.

"백도훈, 너 지금 뭐 하고 있는 거야."

여러 감정 속에서 혼란스러워하면서도 한편으론 그런 생각도 들었다. 오랫동안 세희를 잊지 못하고 힘들어하던 나를 보고 정우가 마지막 생일 선물로 보냈을지도 모른다는……

그 모든 게 자기합리화일지라도 지금은 나에게 내미는 손길을 거절하고 싶지 않은 게 솔직한 심정이었다. 세상에 의지할 사람 하나 없이 혼자 남겨지는 것이 너무 두려웠기에.

"이거 받아."

한 달이 되던 날, 세희가 나에게 건넨 건 뜻밖에도 수명측정기였다.

"처음 너희 집에 갔을 때 봤어. 바닥에 깨져있던 거."

"필요 없어. 그딴 거."

완강한 반응을 보여도 세희는 아랑곳하지 않고 수명측정기를 내 손에 억지로 쥐여 주었다.

"정우 씨가 건강 잘 챙기라고 했다며. 자기처럼 다 포기하지 말라고. 떠나기 전에 남기고 간 부탁 들어주려면 측정기가 있어야지. 그동안 몸도 축나서 수명이 줄어들었을지도 모르잖아. 지금부터라도 운동하고 식단 관리하면서 수명이 연장되는지 틈틈이 확인하려면 그게 꼭 필요할 거야."

나는 내 손에 올려진 수명측정기를 물끄러미 바라보았다. 이것 때문에 정우가 일찍 세상을 떠났다고 생각했는데, 다시 이것으로 나의 수명을 늘리기 위해 측정을 해야 한다니.

"가족도 친구도 없는 내가 수명 늘려봤자 뭐해. 오래 살아갈 이유가 없는데……."

"나 있잖아."

"……뭐?"

"이제부터 그 이유, 내가 되어 줄게."

"세희야……."

"우리 결혼하자."

"결……혼? 갑자기 무슨 말이야?"

"너와 떨어져 있는 시간 동안 깨달았어. 네가 나에게 얼마나 소중한 존재였는지를. 솔직히 말하면 내내 그리워했어. 한결같이. 헤어지고 다시 만나니 더 확실히 알겠더라. 내 마음을. 정우 씨가 떠나지 않았어도 언젠가는 내가 너를 찾아왔을 거라는 뜻이야. 이제 다시는 소중한 사람과 헤어지고 싶지 않아."

왜 그 순간에 정우의 말이 또 떠올랐을까.

〈단 한 명이라도 나를 진짜로 위하는 사람이 있었는지, 나에게 소중한 사람이 나와 똑같은 마음인지를……〉

마치 세희가 돌아올 걸 알았다는 듯이 정우가 남기고 간 그 말이 나를 설득시키고 있었다. 어쩌면 억지로 끼워 맞추는 걸지도 모른다. 재회한 지 얼마 되지도 않은 상태에서 프러포즈라니, 누가 들으면 미쳤다고 할 소리였다. 머리로는 그렇게 생각하면서도 정작 제일 쉽게 거절할 수 있는 입은 세희 앞에서 열리지 않았다. 결혼하자는 세희의 말은 반은 충격이었지만 오히려 반은 안도감을 주었다. 아이러니하게도.

세희는 누구보다 내 아킬레스건을 잘 알고 있었다. 정우가 떠난 빈자리를 소리 소문도 없이 파고들었고, 아저씨가 나에게 말했던 '가족이 없는 나'의 결핍을 제대로 공략했다. 그리고 그녀의 말처럼 다시는 소중한 사람을 잃고 싶지 않았다.

"너와 내가 가족이 되면, 조금은 더 살아갈 이유가 되지 않을까?"

그 말이 죽어가던 내 심장을 두드렸다. 미처 버리지 못했던 남은 술병마저 모조리 치우고 운동 센터도 등록했다. 처음 수명을 측정하고 충격을 받아서 건강 관리를 했던 그때처럼 새롭게 시작했다. 누군가와 오랜 시간 함께 하려면 내가 건강해야 한다는 생각에 열심히 운동하고 체크하며 올바른 식단도 챙겨 먹었다. 엉망이 되었던 취침 시간과 기상 시간도 규칙적으로 지켰다. 단

하루도 빠짐없이.

세희는 그런 나를 격려해주었고, 삶의 의지를 불태우는 원동력이 되어 주었다. 출근 도장을 찍듯 아침마다 들러서 내 상태를 확인한 후에 회사에 갔으며, 퇴근하면 어김없이 찾아와 달라진 내 수명을 확인해주며 나의 하루 일과를 체크했다. 내가 지치지 않게 힘이 되는 말도 잊지 않았다. 그러고 나면 매일 같은 시간에 집으로 돌아갔다.

언제부턴가 그런 헤어짐이 싫어졌고, 나의 건강이 어느 정도 제자리를 찾아갈 때쯤, 세희의 프러포즈를 받아들였다. 여전히 이른 감이 있었지만 더는 불필요한 외로움을 느끼고 싶지 않아서 결혼이라는 걸 하기로 했다.

실은 세희도 나와 같은 처지였기에 빠른 결혼이 가능했던 것도 있었다. 오래전에 우리가 처음 사귀기로 했을 때, 세희도 나처럼 부모님이 없다는 사실을 알게 되었다. 그래서인지 나도 모르게 은근한 동질감을 가지고 있었다. 불운한 가정사를 그녀와 나 사이의 특별한 연결고리처럼 여겼다. 그게 현재의 우리가 일사천리로 결혼을 할 수 있는 이유가 될 줄은 몰랐지만.

둘만의 단출한 결혼이라 혼수를 따질 필요도, 흔히 하는 허례허식도 필요 없었다. 세희는 결혼식을 올리지 않고 혼인신고만 하자고 했다. 아직은 정우를 떠나보내고 힘들어하는 나를 배려해주는 듯했다.

"고마워. 나와 가족이 된 걸 후회하지 않게 해줄게."

우리의 결혼 생활은 나쁘지 않았다. 평범한 여느 부부들처럼 별거 아닌 일에 다투기도 하고 언제 그랬냐는 듯 금세 화해하기도 했다. 결혼한 지 얼마 되지 않아 우리에게 아이도 생겼다. 드디어 나에게도 온전한 가족이 생긴다는 생각에 가슴이 벅찰 정도로 기뻤다. 긴 시간이 지나도 미완성이었던 나의 그림이 마침내 완성되는 것처럼. 그토록 바라던 나머지 한 조각을 세희가 오롯이 채워주었다.

"이제 진짜 가족이 된 거 같아. 이 세상에 세희 너와 우리 아이만 있으면 나는 더 바랄 게 없어. 고마워. 나를 아빠로 만들어줘서."

"당신, 지금 행복해?"

당연한 걸 묻는 세희의 말에 나는 함박웃음을 지었다.

"말로 다 표현 못 할 만큼."

조마조마했던 열 달을 채우고 마침내 태어난 아이를 본 순간, 나는 감격의 눈물이 흘렀다. 여린 몸집의 아이는 새끼손가락 크기의 자그마한 손으로 내 검지손가락을 꼭 붙잡았다. 마치 아빠인 나를 알아보는 듯한 그 모습에 형용할 수 없는 뭉클함이 느껴졌다. 내가 평생 지켜야 할 더없이 소중한 가족.

아이의 이름은 '은유'라고 지었다. 엄마의 성씨를 따를 수 있다는 것을 알게 되어 세희의 성씨로 이름을 짓고 싶었지만, 이상하게 세희는 극구 만류했다. 결국 아빠인 내 성씨를 따라 '백은유'가 되었다.

결혼 1주년이 되던 날, 나에게 아이라는 귀중한 선물을 안겨준 세희에게 모든 걸 다 해주고 싶은 마음이었다.

"결혼기념일 선물로 받고 싶은 거 있어? 뭐든 말해 봐. 다 들어줄게."

잠시 고민하는 표정을 짓던 세희의 입에서 전혀 예상치 못한 대답이 나왔다.

"나한테…… 수명 나눠줄 수 있어?"

순간, 내 귀를 의심했다. 상상조차 못 했던 말이라 적잖이 당황할 수밖에 없었다.

"뭐? 수명?"

"다 들어준다기에 그냥 한번 말해봤어."

머뭇거리는 나를 보며 세희의 표정이 급격히 어두워졌다.

"반응이 좀 서운하네. 나한테는 수명을 나눠주고 싶지 않은 거야?"

"그게 아니라…… 만일 내가 수명을 나눠주게 된다면 우리 은유에게 나눠줘야 한다고 생각했어. 은유가 어른이 될 때까지 어떤 일이 생길지 모르잖아. 평생 단 한 명에게만 나눔 할 수 있다 보니 고민이 되네. 우리 가족에게 불행한 일이 생겨서는 안 되겠지만, 만에 하나라도 사고가 나거나 예기치 못하게 은유가 다치기라도 한다면 급하게 내 수명이 필요할 수도 있잖아. 당신은 몸이 약하니 내가 은유에게 나눠줘야지."

"그 이유라면 나한테 나눠줘야 은유를 오래 지켜줄 수 있지 않을까? 당신 말대로 내 몸이 약하잖아. 엄마가 건강하고 오래 살아야 아이를 온전히 돌보지."

"왜 그런 걱정을 해? 혹시 당신 어디 아파? 갑자기 수명 나눔에 대해 말을 꺼내는 것도 그렇고."

"내가 당신보다 수명이 훨씬 짧으니까⋯⋯."

그러고 보니 내 수명은 매일 꼬박꼬박 확인하면서도 세희는 자신의 수명측정기에 나온 결과를 보여준 적이 없었다.

"그게 진짜야?"

"어."

"지금 태연하게 대답할 일이야? 그 중요한 사실을 왜 이제야 말해?"

"그전에는 말해봤자 소용없어서."

"말해도 소용없다는 게 무슨 뜻이야?"

"결혼하고 1년이 지나야 배우자에게 수명을 나눠줄 수 있잖아."

예전에 읽었던 수명 나눔 안내문이 빠르게 스쳐 지나갔다.

결혼 예정자는 혼인신고 후 1년이 지나야 배우자에게 수명 나눔이 가능합니다.

"아, 그런 조건이 있었지."

"내키지 않으면 안 해도 괜찮아."

괜찮다는 말과 달리 착잡한 표정을 짓는 세희를 보니 불현듯 부모를 잃고 고아원에 가야 했던 내 어린 시절이 떠올랐다. 우리 은유를 나처럼 외롭게 만들고 싶지는 않았다. '고아', 그 뼈아픈 말이, 부모가 없다는 설움이, 얼마나 큰 아픔인지를 우리 둘 다 절실히 느끼며 자라왔다. 어쩌면 세희도 나와 같은 힘든 시절을 보냈기에 내심 불안해져서 그런 생각을 하게 됐는지도 모른다. 자연스레 공감이 되자 마음도 같이 동했다. 다행히 그동안 몸 관리를 꾸준히 해와서 내 수명도 충분히 늘려놓은 상태였다.

"아니야. 생각해 보니 당신 말이 맞아. 우리가 건강해야 은유를 잘 돌볼 수 있을 것 같아. 나도 어린 시절부터 부모님이 없어서 잘 알잖아. 그 빈자리가 어떤 건지를…… 은유에게는 똑같은 아픔 주고 싶지 않아. 그러려면 당신과 내가 은유 곁에 오랜 시간 함께 있어 줘야지. 수술 가능한지 내일 같이 병원에 가서 검사해 보자."

다행히 우리 둘은 같은 혈액형이었고 검사 결과 세희에게 수명을 나눠줄 수 있었다. 길었던 수술이 끝나고 그녀가 말했다.

"미안해. 당신 힘들게 해서."

그때만 해도 몰랐다. 지금의 '미안해'가 몇 년 전, 세희가 나를 떠날 때 했었던 '미안해'와 같은 의미였음을.

③

DILEMMA
- 진실 혹은 거짓

[지금 고객님께서 전화를 받을 수 없어 음성사서함으로 연결되며 삐, 소리 후 통화료가 부과됩니다.]

신호음이 여러 번 울린 후, 세희의 목소리가 아닌 차가운 기계음이 귓가에 들려왔다. 이미 내 얼굴은 사색으로 변했고, 휴대폰을 든 손은 덜덜 떨리고 있었다. 앞서 수십 통이 넘게 전화를 했지만, 끝내 수화기 너머 세희의 목소리는 들을 수 없었다.

"세희야, 무슨 일 있는 거 아니지? 너무 걱정되니까 제발 연락 좀 해줘."

사서함에 음성 메시지를 몇 번이나 남겼는지 모를 지경이었다.

"대체 어디로 간 거야……."

세희가 사라졌다! 하루아침에 연기처럼.

사라진 지 벌써 일주일이 넘었다. 나는 며칠 사이에 반쯤 미친 사람이 되어있었다. 답답한 심정에 끊었던 술이라도 닥치는 대로 퍼마시고 싶었다. 또다시 폐인이 되려는 나를 붙잡아준 건 은유였다. 갑작스레 엄마가 사라진 아이는 울음을 그치지 않았다. 마치 엄마의 부재를 온몸으로 느끼듯이 내내 목 놓아 울었다. 오늘은 열까지 올라서 새벽에 응급실을 다녀왔다. 엄마가 사라져서 슬픈 건지 가엾은 어린아이는 병이 났고, 그런 딸을 바라보는 나 역시도 몹쓸 속병이 나고 말았다.

"세희야……."

며칠 전, 필요한 게 있다며 마트에 잠깐 다녀온다던 세희는 그 길로 돌아오지 않았다. 내가 사러 간다고 말해도 굳이 자신이 가겠다며 급하게 외투를 챙겨 입었다. 서둘러 밖으로 나가는 세희의 뒷모습을 그저 바라만 봤던 게 후회가 됐다.

친정도 없는 세희를 찾을 곳이 없었다. 육아휴직을 신청했기에 회사에 갔을 리도 만무했고, 흔한 친구 집이나 지인 집도 내가 아는 한 딱히 없었다. 도저히 찾을 방도가 없었던 나는 고민 끝에 실종 신고를 했다. 그렇게 지옥 같았던 며칠이 지나고 드디어 경찰서에서 연락이 왔다.

[차세희 씨를 찾았습니다.]

"찾았다고요? 감사합니다. 정말 감사합니다. 지금 저희 아내 어디에 있나요? 경찰서에 가면 바로 만날 수 있나요?"

[그런데······.]

왠지 모를 불길함이 엄습했다.

"호, 혹시 아내에게 무슨 일이라도 생겼나요?"

[그게 아니라 차세희 씨가 자발적으로 집을 나온 거였습니다.]

"네?"

[실종이 아닌 본인의 의지로 가출을 했다는 말입니다.]

도저히 믿기지 않았다. 가출이라니! 세희가 왜······.

[저도 이렇게 안타까운 소식을 전하게 되어 유감입니다. 실종 신고를 받고 차세희 씨를 찾긴 했지만, 백도훈 씨가 있는 집으로는 다시 돌아가고 싶지 않다고 합니다.]

청천벽력 같은 소식이었다. 제발 살아만 있어 달라고, 무사히 돌아만 와 달라고, 그렇게나 빌고 또 빌었는데, 살아있어도 나에게는 돌아오지 않겠다니……. 대체 왜…….

[일단은 서에 오셔서 자세한 대화를 나눠야 할 것 같습니다. 차세희 씨도 곧 여기에 오기로 하셨으니 백도훈 씨도 경찰서로 오시죠.]

"방금 그게 무슨 말씀이시죠? 아내가 오기로 했다는 건 지금 다른 곳에 있다는 건가요? 저희 아내가 어디에 가 있을 곳이 없는데……."

[통화로는 다 말씀드리기가 어렵네요. 좀 있다 서에서 뵙겠습니다. 백도훈 씨.]

원하는 답을 얻지 못한 채 전화가 끊겼다. 통화 종료음이 귓가에 들려오는데도 한참을 멍하게 휴대폰을 들고만 있었다. 세희를 찾은 건 너무도 기쁜 일인데, 말끝을 흐리는 경찰의 반응이 꺼림칙했다. 은유를 베이비시터에게 맡기고 경찰서를 향해 차를 급하게 몰았다. 신호도 제대로 지키지 못할 정도로 정신없이 달려갔고 도착하자마자 경찰서 문을 거칠게 열며 뛰어 들어갔다.

"우리 아내 어디 있어요? 차세희, 어디 있냐고요!"

미친 사람처럼 잔뜩 격앙된 내 모습에 경찰이 안타까운 눈빛을 보냈다. 딱하다는 듯한 그 눈빛의 의미가 뭐였는지 머지않아 알게 되었다.

"백도훈 씨, 여기로 오시죠."

경찰이 안내하는 곳으로 시선을 옮기자 그곳에 내가 그토록 찾아 헤매던 세희가 있었다.

"차세희!!"

한걸음에 달려가 세희를 와락 끌어안았다.

"내가 당신을 얼마나 찾았는지 알아? 다친 곳은 없어? 그동안 대체 무슨 일이 있었던 거야?"

걱정 섞인 질문 세례가 이어져도 세희는 별다른 반응이 없었다.

"아니다. 무사히 돌아왔으니까 됐어. 우리 집으로 돌아가자."

손을 잡아 이끌자 세희가 갑자기 내 손을 매몰차게 뿌리쳤다.

"싫어! 나는 안 돌아가!"

날카로운 반응에 몹시 놀라서 그녀를 바라보니 매섭도록 싸늘한 표정이 나를 마주했다. 내가 간절히 보고 싶었던 그 얼굴에서 뼛속 깊이 파고드는 극심한 한기가 느껴졌다. 마치 내가 아는 세희가 아닌 것처럼.

"아, 아, 안 돌아간다니……. 다, 당신 대체 왜 그러는 거야? 얼른 집에 돌아가자. 은유가 엄마를 얼마나 기다리는데! 은유 며칠 동안 많이 아팠어. 빨리 은유한테 가야 해. 딸이 애타게 기다리고 있다고!"

그 순간, 세희가 충격적인 말을 뱉었다.

"그 애는 내 딸 아니야!"

"세희야……. 방금 뭐라고 했어? 내가 잘못 들은 거지?"

"못 들었어? 나는 돌아가지 않을 거니까 당신 딸, 혼자서 잘 키우라고!"

"차세희!! 너 도대체 왜 그래? 혹시 나한테 화난 일 있어? 내가 모르게 당신한테 뭘 크게 잘못했어? 아무리 내가 잘못했다 해도 절대 해서는 안 되는 말이 있는 거잖아. 은유가 딸이 아니라니! 어떻게 그런 말을 할 수가 있어? 은유 우리 딸이잖아. 당신이랑 나, 우리 사이에 태어난 딸."

그때 나는 보았다. 시리도록 냉담한 그 눈빛을.

"아니, 나에게 딸은 지아 하나뿐이야."

"지아? 그게 누구……."

"당신과 결혼하기 전에, 내가 낳은 딸."

고막이 찢어질 듯한 이명이 들리며 한순간에 암흑이 되었다. 칠흑 같은 어둠 속에서 나는 길을 잃고 말았다. 어디로 가야 할지 한참을 방황하던 나는 누군가의 목소리에 가까스로 눈을 떴다.

"백도훈 씨! 백도훈 씨! 정신이 좀 들어요? 여기가 어딘지 알겠어요?"

다시 정신이 돌아왔을 때, 세희는 없었다. 나는 경찰의 입을 통해 충격적인 이야기를 듣게 되었다. 깨어난 걸 지독하게 후회할 만큼.

⏳ ⏳ ⏳

세희에게는 나보다 먼저 결혼했던 남편이 있었다. 아니, 정확히 말하자면 현재는 서류상 전남편이 된 사람. 얼굴도 모르는 사이에 나의 분노를 자아낸 그 남자의 이름은 공태영. 나와 헤어졌던 몇 년이란 시간, 내가 모르는 그 세월 속에 세희는 다른 남자와 결혼을 했던 것이다. 결혼을 했었다는 사실보다 나를 더 기함하게 만든 건 세희가 직접 언급한 숨겨진 딸의 존재였다.

"딸 이름은 공지아. 지금 7살이라고 합니다."

그 아이의 나이를 듣는 순간, 또 한 번 큰 충격에 휩싸였다. 그해, 나와 헤어졌던 이유를 비로소 알게 되었으니.

"진짜 7살…… 맞아요?"

"네. 맞습니다."

세희에게 직접 확인이 필요하겠지만 시기상 딱 맞아떨어졌다. 과거에 다른 남자의 아이를 임신해서 나에게 이별을 통보한 거였다니! 흩어졌던 퍼즐 조각이 하나씩 들어맞자 온몸에 전율이 흘렀다. 어느새 손이 땀으로 흥건했다.

"좀 의아한 부분이 있는데, 차세희 씨가 이혼한 지 얼마 안 돼서 백도훈 씨와 바로 재혼을 했더라고요."

"재혼……."

그 단어가 꽤 거슬렸다. 나와 세희의 결혼이 모조리 부정당하는 것처럼. 원치 않게 퇴색해버린 우리의 사랑이 초라했다.

"그게 무슨 문제가 되나요?"

"문제라기보다 흔하지 않은 상황이니까요. 조금 미심쩍은 부분도 있고."

"미심쩍은 부분이요?"

"결혼하시고 백도훈 씨가 차세희 씨에게 수명 나눔을 하셨죠? 수명 나눔은 범죄 예방을 위해 법적으로 기록을 남기게 되어있어요. 그렇기 때문에 필요시에는 서에서 확인이 가능합니다."

"그 이야기가 지금 왜 나오죠?"

"조심스러운 말씀인데, 정황상 차세희 씨가 어떤 불순한 의도를 가지고 백도훈 씨와 결혼을 했을 가능성도 있다는 거죠."

인정하고 싶지 않았다. 제발 뇌리에 스쳐 가는 그것만은 아니기를 바랐다. 그럼 우리의 결혼도, 우리 사랑의 결실인 아이도, 모두 다 거짓이 되어버리니까. 할 수만 있다면 끝까지 현실을 외면하고 싶었다. 힘겹게 표정 관리를 하고 모르는 척 되물었다.

"불순한 의도요?"

"네. 수명 나눔을 받기 위해 의도적으로 백도훈 씨에게 접근해서 사기 결혼을 했을 수도 있다는 뜻이죠. 요즘 이 부분 때문에 새로운 범죄가 많이 발생하고 있거든요. 차세희 씨 같은 경우는 과거에 결혼을 했다는 사실과 자식이 있다는 사실을 숨긴 것 자체만으로도 사기 결혼이 성립될 수 있는 상황인데, 이혼 후 곧바로 백도훈 씨와 결혼을 하고 1년이 되자마자 수명까지 나눔 받았으니 충분히 합리적인 의심이 가는 상황입니다."

"……."

"혹시 저희 도움이 필요하시면……."

피가 거꾸로 솟는 심정임에도 억지로 참기 위해 이를 악물었다.

"아니요. 제 아내는 그런 사람이 아닙니다. 이런 오해를 받을 사람도 아니라고요. 수명 나눔도 제가 먼저 하겠다고 한 거예요. 아내가 제의한 게 아닙니다."

지금 입 밖으로 나오는 말이 정녕 내 진심이 맞는 것인가. 스스로에게 의구심이 들었다.

"그래도 여러 가지 정황으로 미루어 볼 때……."

"아내의 잘못이 아니라니까요!! 더 이상 이런 말은 듣고 싶지 않습니다."

"백도훈 씨, 진정하시고 다시 한번 차분히 생각을 해보세요."

"일단 아내와 먼저 이야기를 나눠야겠어요. 저희 아내 지금 어디에 있나요?"

나의 물음에 경찰이 무거운 한숨을 내쉬었다.

"현재 공태영 씨 자택에 머무는 중이라고 합니다."

⏳ ⏳ ⏳

낯선 아파트에 도착해서 주차한 지 벌써 한 시간째. 출발할 때만 해도 당장 집에 쳐들어갈 기세였는데, 막상 앞에 도착하니 선뜻 차에서 내릴 수가 없었다. 솔직히 말하면 세희를 직접 마주하는 게 두려웠다. 아직은 무슨 말을 들어도 흔들리지 않을 준비가 되어 있지 않았다. 세희를 만나게 되면 내가 어떤 행동을 취해야 할지 그저 막막하기만 했다. 잘못을 저지른 세희가 두려움에 떨어야 하는 게 맞는데, 왜 내가 더 겁을 내는 건지 스스로도 의문이 들었다.

"나는 지금 여기서 뭘 확인하려는 걸까……."

세희가 돌아가기 전, 경찰에게 말했다고 한다. 혹시나 내가 자신이 있는 곳 주소를 묻는다면 순순히 알려주라고. 내가 찾아올 거라는 걸 미리 알고 있다는 듯이.

"대체 무슨 생각인 거야. 차세희."

그렇게 또 한참의 시간이 흘렀다. 더는 미룰 수 없는 노릇이었다. 때마침 휴대폰 벨이 울렸다.

"여보세요."

[나야.]

세희였다. 세상 차분한 목소리가 오히려 잔인하게 느껴졌다. 뭐라고 답해야 할지 고민하던 찰나, 세희가 먼저 물었다.

[지금 어디야?]

"당신 있는 아파트, 주차장"

[그럼 올라와. 107동 1302호야.]

내가 찾아왔다는 말을 들었음에도 세희는 놀라지 않고 덤덤하게 말했다. 나에게 다시 돌아왔던 그날처럼. 세희의 무심한 반응이 나의 화를 더 돋우었다.

"나보고 올라오라는 거야? 그 집에? 당신 제정신이야?"

[눈으로 직접 봐야 믿을 테니까.]

반격할 새도 없이 곧바로 전화가 끊어졌다. 손이 떨리고 숨이 가빠왔다. 거칠게 내쉬는 숨소리가 내 귓가를 때렸다.

"무너지면 안 돼. 정신 차리자. 백도훈. 은유 생각해서라도 정신 똑바로 차리라고!"

겨우 숨을 가다듬고 차에서 내렸다. 발걸음이 족쇄를 단 것처럼 천근만근이었다. 107동 입구에 도착하자 이마에서 식은땀이 마구 흘러내렸다. 엘리베이터를 기다리는 짧은 시간조차 나에게는 몇 년처럼 더디게 느껴졌다. 1층에 내려온 엘리베이터를 타고서 그녀가 있는 13층으로 올라가는 내내 감정이 심하게 요동쳤다. 이윽고 1302호 현관문 앞에 다다르자 심장이 미친 듯이 뛰기 시작했다.

[딩동]

평소에는 아무렇지 않던 초인종 소리가 내 심장까지 자극하며 복도에 크게 울려 퍼졌다. 이내 현관문이 열리며 세희가 밖으로 나왔다. 아무 감정도 표출하지 않는 무표정한 모습으로.

"들어와."

세희를 보자마자 불같이 화를 내고 길길이 날뛰어야 하는데, 너무도 태연한 모습을 보니 오히려 말문이 턱 막혀서 우두커니 서 있었다. 이미 깊은 절망감에 빠진 나를 더욱 채찍질하듯 세희가 비수 같은 한마디를 날렸다.

"그 사람 없어."

이토록 잔인할 수 있다니……. 내 눈으로 보고 두 귀로 들으면서도 지옥보다 더한 이 상황을 도저히 믿고 싶지 않았다. 포커페이스를 유지한 채 툭 던지는 그녀의 말은 독화살이 되어 나에게 단번에 박혀버렸다.

"밖으로 나와."

"아이가 잠들어서 안 돼. 들어와서 이야기해."

당장이라도 멱살을 잡고 끌어내고 싶은 심정이었다. 모두에게 들리도록 고함을 치며 그녀가 저지른 잘못에 대해 비판의 날을 세우고 싶었다. 그럼에도 불구하고, 은유를 낳아준 엄마라는 생각에 역겨운 심정을 꾹꾹 억누르며 두 주먹을 꽉 쥐었다.

"나 지금 간신히 참고 있어. 이딴 더러운 곳에 발 들이기 싫으니까 밖으로 나가서 이야기하자!!"

나의 절규에도 세희는 미동조차 하지 않았다. 위태로운 나를 보면서도 도리어 뻔뻔한 태도로 일관했다.

"아이 때문에 못 나간다고 말했잖아. 할 말 있으면 여기서 해."

못 나오는 이유를 듣고 울화가 치밀었다.

"아이 때문에 안 된다고? 잠깐 두고 나가는 것도 안 된다고 하면서 우리 은유는 그렇게 쉽게 두고 집을 나간 거야? 오랫동안 연락 두절까지 하면서 은유 걱정은 조금도 안 했어?"

"말꼬리 잡을 거면 그냥 돌아가던지."

"뭐라고?"

경찰서에서 봤던 그 표정. 지금도 똑같이 파렴치한 얼굴로 사납게 쏘아붙였다.

"나한테 할 말 있어서 찾아온 거 아니야? 아니면 정확한 확인이 필요했던지. 그러니까 들어와서 할 말을 하든 확인을 하든 뭐라도 하라잖아! 당신이 처한 거지 같은 현실을 두 눈으로 똑똑히 보라고!!"

내가 아는 세희는 죽었다. 세상에서 완전히 사라진 것을 실감하자 실낱같은 나의 희망마저 남김없이 사라졌다. 그녀는 내 대답은 듣지도 않고 차가운 등을 보이며 먼저 안으로 휙 들어가 버렸다. 매몰찬 그녀의 모습에 순간 욱해서 신발도 벗지 않은 채 집 안으로 성큼성큼 들어갔다. 죽어서도 들어가고 싶지 않았던 그곳에⋯⋯.

세희는 베란다 앞에 서 있었고 그녀의 뒤로 아이의 옷가지가 널린 빨래 건조대가 보였다. 절대 보고 싶지 않은 광경. 뒤이어 거실 벽에 걸린 가족사진이 내 눈에 들어왔다. 나와 은유가 아닌 다른 남자와 낯선 여자아이, 그리고 세희가 함께 있는. 사진 속 세 사람은 화목한 가족의 모습으로 활짝 웃고 있었다. 그 사진을 눈으로 직접 보니 피가 거꾸로 솟으며 세희가 말한 최악의 현실이 온몸으로 느껴졌다.

"당신이란 여자 진짜 끔찍하다. 그동안 나 속이고 대체 무슨 일을 저질러 온 거야!"

은유를 낳고 셋이서 가족사진을 찍자고 말했을 때도 세희는 한사코 거절했었다. 끝까지 우리와 가족사진은 남기려 하지 않았던 게, 고작 이런 이유였다니⋯⋯. 우리와는 진짜 가족이 되고 싶지 않았던 세희의 속내를 뒤늦게서야 알게 된 나는 사지가 갈기갈기 찢겨 나가는 것 같았다. 꾸역꾸역 참아왔던 모든 것들이

와르르 무너져 내렸다. 가족을 끝까지 지키고 싶었던 나의 마지막 기대까지도.

"왜 나를 속였어! 이렇게 사람 뒤통수칠 거면서 그때 나한테 다시 돌아온 이유가 뭐야?"

"내 딸에게 수명이 필요했으니까."

그 순간 심장이 멎는 줄 알았다.

"…… 뭐?"

절대 듣지 말아야 할 말을 그녀의 입을 통해 기어이 듣고 말았으니. 끝끝내 부정했던 거짓의 전말을.

"당신한테 수명 받아서 내 딸 지아에게 나눠주려고 했어. 그러기 위해 당신과 결혼했던 거야."

"어떻게…… 그런 짓을……"

"지아가 좀 아파. 예측 수명이 턱없이 부족해서 수명을 나눔 받아야 하는 상황이었는데, 나는 나눠줄 수명이 부족했어. 태영 씨는 혈액형이 맞지 않았고. 그래서……"

이게 정녕 사람의 입에서 나올 수 있는 말인가. 내 수명을 매일 체크 했던 진짜 이유가 드러나자 온몸에 소름이 쫙 끼쳤다. 그녀의 입에서 서슴없이 다른 남자의 이름이 나온 것까지도.

"내 수명을 노리고 나에게 일부러 접근했다는 거야? 작정하고 사기 결혼까지 계획하면서?

"맞아. 태영 씨와 위장 이혼을 하고 당신과는 가짜로 결혼한 거야. 당신 수명을 받게 되면 그만큼 지아한테 나눠줄 수 있으니까. 성공하고 나면 태영 씨와 다시 합치려고 했어."

잔인하고 또 잔인한 말에 경악을 금치 못했다. 조각칼로 심장을 도려내는 듯한 극심한 고통을 도저히 견딜 수가 없었다.

"다, 당신 미쳤어? 위장 이혼? 나와 결혼한 것도 가짜라고? 어떻게 그런 말을 눈도 깜짝하지 않고 할 수 있어?"

"현실을 직시해야 포기가 빠르겠지."

"세희 너, 단단히 미쳤구나. 내가 왜 생판 모르는 남한테 수명을 나눠줘야 해? 나는 당신한테 준 거야. 당신이 내 아내였으니까! 나는 거짓으로 결혼한 게 아니라고!!"

"거짓이든 아니든, 어차피 나한테 준 거잖아. 그럼 내 거 아니야? 내 거니까 받은 걸 다시 누구한테 주는 것도 내 마음이잖아."

"그걸 지금 말이라고 해? 그게 물건이야? 인간으로서 최소한의 양심 이딴 건 다 갖다버렸어?"

좀 전까지 무감정하던 그녀가 핏발이 선 눈빛으로 돌변하며 격하게 흥분했다.

"그래! 실컷 욕해! 양심 그딴 거 나한테 하나도 필요 없어. 딸을 살리기 위해서 나한테 필요한 건 오로지 다른 사람의 수명뿐이야! 애석하게도 그 대상이 당신이었고."

"차세희!!"

"내 딸 지아만 살릴 수 있다면 나는 뭐든지 할 수 있어! 하다못해 영혼이라도 내다 팔 수 있다고!"

마치 자신의 잘못은 없다는 듯 목에 핏대를 세우고 악을 쓰는 세희를 보니 속에서 피눈물이 흘렀다.

"사람이라면 일말의 죄책감이라도 느껴야지! 내가 얼마나 더 나락으로 떨어져야 죄의식을 가질 거야? 진짜 내가 미쳐버리는 꼴 보고 싶어서 그래? 당신한테 철저히 속은 나에게 미안한 감정이 추호도 없냐고!!"

"미안하다고 하면 뭐가 달라져? 그런 말 해봤자 아무 의미 없잖아. 그래도 듣고 싶으면 말해줄게. 속여서 미안해. 됐어?"

이제 그녀의 입에서 나오는 '미안해'라는 말은 사과가 아닌 역겨운 거짓말밖에 없었다.

"빌어먹을! 아주 끝까지 사람을 기만하는구나. 이제 보니 내가 미련하게 착각했다. 사기꾼 따위가 미안해할 리가 없는데. 애초에 그런 감정을 느끼는 사람이라면 끔찍한 범죄를 저지를 생각조차 안 했겠지. 내 등에 칼을 꽂는 사람인 줄도 모르고 너 같은 여자를 끝까지 믿었다니. 젠장! 그 와중에 아무것도 모르는 정우까지 너를 찾아가서 부탁했으니 속으로 얼마나 좋았겠어. 나한테 돌아올 구실이 자동으로 생겨서."

"……."

방금까지 악착같이 대들던 세희가 입을 다물었다. 그녀의 일시적인 침묵에 걷잡을 수 없는 불안감이 휘몰아쳤다.

"서, 서, 설마 그것까지 거짓말은 아닌 거지? 정우가 당신 찾아갔다고 한 거……."

뻔뻔한 태도를 고수하던 것과 달리 세희의 눈동자가 심하게 흔들렸다. 갑자기 주방으로 성큼성큼 가더니 찬물을 단숨에 들이켰다. 잠시 그 자리에서 머뭇거리던 세희는 다시 내 앞으로 와서 어렵게 입을 열었다.

"그래. 정우 씨가 나한테 부탁한 적 없어. 지인한테 부고 소식 듣고 내가 생각해 낸 거야. 당신한테 그나마 자연스럽게 접근할 방법. 정우 씨 떠나보내고 당신이 심적으로 약해져 있을 테니까 그 사람 부탁이라고 말하면 거절하지 않을 것 같았어. 그래야 몇 년 만에 돌아온 나를 의심하지도 않을 테고."

"너 진짜…… 인간이길 포기한 거야? 제대로 돌았어? 어떻게 죽은 정우까지 끌어들여? 천하에 나쁜 년 같으니!"

"나쁜 년 맞아! 나 어차피 눈에 보이는 거 없어. 나한테는 이 방법밖에 없었다고!."

분노가 끓어오르고 억장이 무너졌다. 속이 터질 것만 같아서 주먹으로 가슴을 여러 번 세게 쳐도 울컥울컥 치미는 화를 잠재울 수는 없었다.

"왜 나야? 왜 하필 나였냐고!! 다른 사람도 많잖아."

"내가 속여도 나를 신고하지 않을 사람은 아무리 생각해 봐도 당신밖에 없었으니까. 적어도 내가 아는 백도훈이라면."

참기 힘든 모멸감을 느꼈다. 내가 쉬운 사람이라서 그랬다는 말인가. 거짓 없이 속을 다 보여주고 아낌없이 다 내어준 게 잘못이라는 말인가. 나의 진심은 한낱 사기를 치기 위한 도구일 뿐이었고, 나라는 존재는 세희에게 어리석은 호구일 뿐이었다.

"내가 대체 뭘 잘못했는데! 왜 나한테 이렇게까지 하는 거냐고! 내가 알던 당신은 이렇지 않았잖아. 며칠 사이 완전히 딴 사람으로 바뀐 거야? 아니면 원래부터 악랄한 사람이었어?"

"어. 나 원래 이런 사람이야. 말했잖아. 지아를 위해서라면 뭐든 할 수 있다고!"

"그럼 은유는? 그 애도 당신 딸이잖아. 은유 생각은 조금도 안 해?"

나를 완전히 단념시키려는 듯 세희는 독사 같은 얼굴로 표독스럽게 말했다.

"여전히 멍청하네. 현실을 똑바로 직시하라고! 직접 보고도 못 믿는다니 다시 제대로 말해줄게. 나는 은유가 내 아이라고 생각한 적, 단 한 번도 없었어. 태어난 그 순간부터 지금까지. 당신과 결혼한 것도, 그 애를 낳은 것도, 처음부터 나는 다 연기라고 생각했어. 전부 거짓이라고!"

철썩하는 소리가 거실을 가득 메웠다. 순간 격분해서 나도 모르게 세희의 뺨을 힘껏 후려치고 말았다. 바로 그때였다. 방문이 서서히 열리며 누군가 모습을 드러냈다. 난데없는 인기척에 흠칫 놀라서 소리가 나는 곳을 바라본 나는 그대로 굳어버렸다.

"…… 엄마."

내 허리 높이보다 작은 키의 단발머리를 한 여자아이가 천천히 걸어 나왔다. 잠에서 덜 깼는지 눈을 비비며 우리에게 다가오는 아이를 보고 혼비백산해서 뒷걸음질 쳤다. 믿을 수 없는, 아니, 믿기 싫은 존재를 두 눈으로 직접 확인하니 온몸이 경직되면서 나의 시간까지도 일순간 멈추는 듯했다. 입가에 옅은 미소를 띠며 엄마를 향해 다가오던 아이는 낯선 나를 발견하고서 세희의 치마폭 뒤로 얼른 몸을 숨겼다.

"지아야, 어른을 보면 인사부터 해야지."

방금까지 벌어졌던 막장극이 완결된 것처럼 세희는 표정과 말투를 싹 갈아 끼웠다. 마치 아무 일도 없었다는 듯 다정히 아이에게 말하는 모습에 기겁해서 입이 다물어지지 않았다. 간담이 서늘해지는 이 기분은 뭘까. 사람이 제일 무섭다는 게 이런 걸까.

"안녕……하세요. 아저씨."

세희의 뒤에서 아이가 쭈뼛거리며 나왔다. 그 아이의 얼굴을 제대로 마주 본 순간, 사진으로는 미처 알아차리지 못했던 매우 중요한 사실을 깨닫고 경악을 금치 못했다. 그 아이의 얼굴에서 내 딸 은유의 얼굴이 겹쳐 보였기에.

전혀 생각지도 못했다. 둘 다 세희의 유전자를 받았으니 어쩌면 당연한 일인지도 모르지만, 나에게는 끔찍한 형벌과도 다름없었다. 세희가 원하는 것에 나의 몰락도 포함이라면 그녀의 완전한 승리였고 나는 처참하게 패배했다. 충격적인 현실을 연이어 직면한 나는 몸서리를 치며 그곳을 필사적으로 뛰쳐나왔다. 더는 놀랄 일이 없을 줄 알았는데, 여전히 소스라치게 놀라는 내 모습을 세희 앞에서 보인 게 치욕스러웠다.

고통의 연속이었던 건물에서 벗어나자마자 구역질이 올라왔다. 참을 수 없는 역겨움에 연신 구토를 해대자 지나가는 사람들이 힐끔힐끔 쳐다봤다. 누군가는 나를 취객으로 오해하며 손가락질을 하거나 대놓고 혀를 끌끌 차는 사람도 있었다. 정작 손가락질을 받아야 할 사람은 따로 있는데, 아무것도 모르는 사람들의 차가운 시선이 나를 더 고통스럽게 했다. 참혹한 현실을 감당하기가 버거웠는지 속에서부터 거부감을 드러내며 계속 토악질을 해댔다.

〈내 딸 지아만 살릴 수 있다면 나는 뭐든지 할 수 있어! 하다못해 영혼이라도 내다 팔 수 있다고!〉

〈나는 은유가 내 아이라고 생각한 적, 단 한 번도 없었어. 태어난 그 순간부터 지금까지.〉

똑같이 열 달을 품어서 낳은 자식인데 어떻게 모성은 반대로 나타날 수 있다는 말인가. 지아라는 아이에게는 그토록 절절한 모성이 왜 은유에게는 한순간도 허락되지 않는 것인가. 온전한 가족의 그림이 완성되기를 바란 건 나만의 욕심이었을까. 부족했던 한 조각을 세희가 채워주기를 바란 게 그토록 큰 잘못이었을까. 그럼 벌은 나만 받는 게 맞는데, 왜 가엾은 우리 딸까지 가혹한 벌을 받아야 하는 것인지⋯⋯. 죄악을 방관하는 하늘이 죽도록 원망스러웠다.

"은유야⋯⋯ 아빠가 미안해."

언젠가 삶은 지옥이라는 말을 들은 것 같다. 그때만 해도 지옥보다는 당연히 이승이 낫다고 생각했었다. 전혀 공감되지 않았던 그 말이 지금은 뼈저리게 느껴졌다.

☒☒☒

집에 돌아와서도 그 아이의 얼굴이 잊히지 않았다. 은유가 아닌 세희에게 엄마라고 부르는 아이. 연애할 때 매일 세희가 같은 시간에 돌아갔던 이유, 결혼해서도 장기 출장을 자주 가던 이유, 은유의 이름을 세희의 성으로 하지 못하게 한 이유, 우리와 가족 사진을 남기려 하지 않았던 이유…….

그동안 나를 속여왔던 장면들이 주마등처럼 스쳐 갔다. 잔인하기 짝이 없는 진실들이 섬뜩한 흉기로 변하여 가차 없이 나를 찔러댔다. 도저히 견딜 수가 없어서 창고에 치워둔 술병을 있는 대로 다 꺼내 제일 독한 술부터 연거푸 마셔댔다. 취기가 오르자 감정은 더욱 격해졌다.

"처음부터 다 가짜였다고! 나는 당신을 믿었는데, 어떻게 나한 테 이럴 수가 있어! 왜 나를 속인 거야. 대체 왜!"

이미 내막을 알면서도 반복해서 소리를 질러댔다. 아무 의미 없는 절규를.

절망의 나락으로 떨어진 내가 할 수 있는 게 대체 뭘까…….
한탄하며 초점 없는 눈동자로 술잔을 기울일 때, 휴대폰에 문자 알림음이 울렸다.

{이제 다 확인했으니 이혼해 줘. 서류 보낼게.}

세희는 끝까지 인간이길 포기했다. 사람을 오롯이 믿은 결과가 이토록 참담할 줄이야. 나를 완벽히 속인 세희에게 복수를 하고 싶은 것도 솔직한 심정이었다. 하지만 그 과정에서 가장 크게 타격을 받는 건 은유였다. 자신을 낳아준 엄마가 어떤 사람인지 알게 된다면, 자신의 존재까지 연기라고 생각하는 엄마의 속내를 알게 된다면, 범죄의 결실이 자신이라는 것을 알게 된다면, 그 충격을 고스란히 떠안아야 하는 건, 바로 은유였다. 아직 제대로 성장하지도 못한 어린아이가 범죄자인 엄마를 어떻게 받아들여야 한다는 말인가.

그런 생각을 하다 불현듯 세희가 한 말이 겹치자 등골이 서늘해지며 소름이 돋았다. 설마 이 부분까지도 세희의 예상 범위 안에 있었던 것인가. 자신을 신고하지 않을 거라고 당당히 말할 수 있었던 이유가 이거였다니! 세희는 다 알고 있었다. 내가 은유 때문에라도 자신을 함부로 하지 못할 거라는 것을. 그녀가 세운 비열한 계획에 저절로 따라가게 되는 내 모습이 극도로 싫었다. 무엇보다도 은유만큼은 이 막장극에 절대 휘말리게 해서는 안 된다는 생각이 지배적이었다. 세희가 자신의 딸을 지키듯 나도 내 딸을 온전히 지켜야만 한다. 반드시.

술병을 몇 병 더 비우고 나서야 은유가 있는 방문을 조심스레 열었다. 곤히 잠든 은유의 얼굴을 가만히 바라보다가 또다시 기억하기도 싫은 그 애의 얼굴이 떠올랐다. 한쪽만 걸쳐있어도 핏줄이라는 사실을 거듭 상기시켰다. 따지고 보면 그 아이도 피해 자일지도 모른다. 의도치 않게 자매가 되어버린 두 아이. 서로의 존재조차 모르는.

"아빠는…… 너를 지킬 거야. 더러운 진흙탕에 우리 은유까지 빠트릴 순 없어."

얼마 후, 나는 법원으로 향했다. 결단코 세희를 위해서가 아니다. 어른들의 감정이 아이를 해쳐서는 안 된다는 것이 내가 내린 결론이었다. 복수에 온 힘을 쏟기에는 나만 바라보는 자식이 눈에 밟혔다. 지금은 그 어떤 것보다 은유가 먼저였다. 하나뿐인 자식을 끌어안고서 지옥으로 뛰어들 부모는 없다. 나 역시 그랬기에 가장 소중한 은유만 생각하기로 마음먹었다. 한순간에 지옥의 늪에 빠진 내가 복수 대신 선택할 수 있는 건, 이것밖에 없으니.

④

서서히 밀려오는
바다

|12년 후|

"은유야, 학교 가야지."

"조금만 더 잘래."

"더 늦으면 지각이야. 얼른 일어나. 우리 딸."

비몽사몽 중에 욕실로 걸어가는 은유의 모습을 확인하고 익숙하게 주방으로 향했다. 미리 끓여놓은 찌개를 따뜻하게 데우고, 그릇에 달걀을 여러 개 깨트려 넣었다. 휘휘 저어서 프라이팬에 붓고 조심스럽게 굴려서 은유가 좋아하는 계란말이를 뚝딱 만들었다. 여기에 케첩도 추가. 양념에 재워둔 불고기도 볶아서 접시에 보기 좋게 담아냈다. 거기에다 몇 가지 밑반찬을 곁들이면 나름 그럴싸한 아침상이 차려진다. 보글보글 끓는 김치찌개 냄새가 거실에 솔솔 퍼지자 욕실에서 씻고 나온 은유가 너스레를 떨었다.

"우리 아빠 아침부터 솜씨 제대로 발휘했네. 나는 아빠가 해준 김치찌개랑 불고기가 제일 맛있더라."

칭찬에 이어진 엄지 척은 덤이었다. 은유의 호의적인 반응에서 알 수 있듯이 몇 년 사이에 내가 할 줄 아는 요리가 꽤 늘었다. 처음에는 모든 면에서 실수투성이라 수없이 시행착오를 겪곤 했다. 아이를 혼자 키우는 싱글 대디가 되고 보니 나 혼자서 책임져야 할 일, 세심하게 신경 써야 할 일이 여간 많은 게 아니었다. 틈틈이 유튜브를 보며 육아 방법과 레시피를 배우고, 딸아이가 성장하며 필요한 용품도 주변에 일일이 정보를 얻어야만 했다. 다행히 도움을 주는 지인이자 회사 동료가 있어서 종종 난처한 상황도 간신히 모면할 수 있었다. 사춘기가 오면 신경 쓸 일이 더 늘어난다기에 자녀 교육에 관한 도서나 강연회도 수시로 찾아봤다.

자식을 키우며 가장 많이 달라진 건 나의 성격이었다. 매사 덤벙거렸던 내가 꼼꼼하게 변하고 쉽게 넘기던 일도 두 번 세 번씩 챙겨보게 되었다. 조금은 가볍던 말투도 적당히 진중하게 변했다. 단, 은유와 이야기할 때만큼은 친구 사이처럼 편하게 대화를 나눴다. 엄마의 빈자리를 조금이라도 느끼지 않게끔 내 나름대로 최선을 다했고 부단히 애를 써왔다.

나의 눈물겨운 노력에도 불구하고 간간이 아이가 아프면 혼자 속수무책일 때도 있었다. 그럴 때면 끝없이 자책하기도 하고, 12년 전 나의 선택이 과연 옳은 것이었을까, 하는 고뇌에 휩싸이기도 했다. 계절이 바뀌고 한 해가 바뀔 때마다, 의도치 않은 고비가 찾아올 때마다, 지쳐서 주저앉을 뻔했던 나를 다시 견고해질 수 있게끔 붙잡아준 건 은유였다. 부모에게 자식이란, 죽을 만큼 힘든 순간에도 버틸 수 있게 해주는 존재라는 걸, 은유가 몸소 깨닫게 해주었다. 크고 작은 병치레를 무사히 넘기고 이만큼 자라준 딸에게 한없이 고마울 따름이다.

"오늘은 은행 들렀다가 회사에 출근하니까 오랜만에 아빠 차 타고 학교 갈까?"

"괜찮아. 친구들이랑 같이 걸어가면 돼. 좀 이따 다솜이랑 예빈이가 집 앞에 오기로 했어."

"다 같이 태워주면 되잖아. 시간 날 때 아빠가 학교에 데려다 주고 싶어서 그래."

"아빠, 나도 이제 다 컸어."

잔소리하듯 말하는 은유의 말투가 귀여워서 피식 웃음이 나왔다.

"다 크긴. 아빠 눈에는 한참 어리거든? 나보다 키도 작으면서. 우리 딸, 언제 아빠만큼 클래?"

일부러 장난을 치자 살짝 삐친 은유의 볼이 금세 부풀어 올랐고, 내 말을 따라 하며 툴툴댔다.

"계속 키 크고 있거든? 아빠도 어렸을 때 나처럼 작았을 거면서. 진짜 너무해."

"그냥 귀여워서 그러지. 이제 안 놀릴게. 우리 은유는 앞으로 쑥쑥 클 거야. 됐지?"

"아니, 안 됐어. 내 친구들 중에 따로 성장판 검사하는 애들도 있대. 나도 그거 해보고 싶어. 내가 얼마나 크는지 미리 알 수도 있고 키도 더 자랄 수 있게 도와준대."

"키는 자연스레 크는 거지. 은유는 아빠 닮아서 금방 클 거라고 했잖아."

"그래도……. 나중에 내가 아빠보다 훨씬 더 크고 싶단 말이야."

"나보다? 그거 해도 아빠보다 더 크기는 쉽지 않을 텐데?"

"치."

"알았다, 알았어. 아빠가 한 번 생각해 볼게."

"그리고 아빠는 아직도 내가 1학년처럼 보여? 6학년은 부모님 차 타고 등교하는 애들 거의 없어. 괜히 애들한테 놀림 받는다고. 우리 아빠는 너무 걱정이 많아."

더 나가면 자칫 꼰대 아빠가 될 수도 있다. 이럴 땐 화제를 돌리는 게 상책.

"OK. 오늘은 이만 걱정 넣어 둘게. 아! 수학여행은 언제 간다고 했지?"

"4주 후에. 어제 수학여행 신청서 받았는데, 부모님 사인받아서 도로 가지고 오래."

언제 삐쳤냐는 듯 은유가 방으로 후다닥 달려가더니 이내 종이 한 장을 흔들어 보이며 해맑게 웃었다. 학교에서 가는 단체여행이라도 나 없이 딸을 혼자 보내는 게 처음이라 내심 신경이 쓰였다. 그래도 쿨하고 현명한 아빠가 되려면 모든 걸 겉으로 내색해서는 안 된다. 오랜 시간 육아를 하며 스스로 깨달은 건, 아이 앞에서는 나의 감정을 최대한 옅게 드러내야 한다는 것이다.

신이 난 표정으로 은유가 신청서를 나에게 내밀었다. 신청서에 적힌 여행 목적지를 보자마자 나의 표정이 일그러졌다. 긴 세월을 통해 얻은 깨달음이 와르르 무너져 내리는 순간이었다.

"멀리…… 가네."

"응. 서울이라서 완전 신나! 나 서울은 한 번도 안 가봤잖아.

친구들은 다 가봤대."

은유는 어두워진 내 표정을 눈치채지 못한 채 잔뜩 기대에 부풀어 있었다.

"혹시 수학여행 안 가는 학생도 있어?"

"아마도 사정상 못 가는 애들도 있긴 하겠지. 근데 그건 왜 물어봐?"

나의 걱정을 모르는 은유가 눈이 동그래져서 되물었다.

"아……. 아무것도 아니야. 여기에 사인하면 되는 거지?"

"응."

애써 태연한 척 목소리를 가다듬었지만, 사인을 하는 손은 미세하게 떨리고 있었다. 그 넓은 곳에서 서로가 만날 가능성은 희박하다는 것을 나도 잘 알고 있다. 그런데도 내심 불안한 마음이 드는 건 어쩔 수 없었다. 시간이 아무리 지나도 완전히 지워지지 않고 끝까지 남아 있는, 그런 질긴 흔적도 있으니.

"은유야."

"왜?"

"아빠는 아직도 신기해. 은유가 이만큼 훌쩍 자란 게. 은유는 아직 아빠보다 작다고 속상해하지만, 아빠 눈에는 은유가 너무 빨리 자라서 아쉬울 때도 있어."

"맨날 그 소리. 아침부터 오글거려서 손발 다 접히겠어. 아빠 F지?"

"그런가? 은유가 아빠 딸이라서 참 좋다는 뜻이야."

"으. 하여튼 감성적인 우리 아빠."

"그냥 그렇다고……."

책가방을 메고 현관을 나서던 은유가 몰래 씁쓸한 표정을 짓고 있던 나를 돌아봤다.

"나도…… 아빠 딸이라서 좋아."

쑥스러운지 작은 목소리로 툭 던지고는 은유가 현관문을 활짝 열었다.

"학교 다녀오겠습니다!"

어느덧 수학여행을 가는 날이 되었다. 여행 갈 생각에 잔뜩 들떠 있는 은유와 달리 나는 며칠째 잠을 이루지 못했다.

"빠진 거 없이 다 챙겼지? 너 가끔 두통 있잖아. 진통제도 챙겼어?"

"응. 챙겼어."

"이것도 가방에 챙겨 넣어. 여행 가서 음식 잘못 먹으면 큰일이야. 비상용으로 소화제도 있어야 할 것 같아서 아빠가 미리 사 놨어."

"알았어."

"놀이동산 가면 혼자 멀리 가지 말고 꼭 친구들이랑 같이 다녀. 선생님이 보이는 곳에만 있어야 해. 혹시나 무슨 일 생기면 아빠한테 바로 전화하고."

"아빠, 또! 나보다 어른이면서 왜 이렇게 걱정이 많아? 어제부터 같은 말 계속하고 있는 거 알아?"

"내가 그랬나……."

초조해하는 나를 물끄러미 바라보던 은유가 내 어깨를 톡톡 두드렸다.

"괜찮아. 아빠. 걱정 마. 3일도 이러는데, 아빠는 나 없으면 어떡하려고 그래?"

"무슨 그런 말이 있어. 아빠는 은유 없으면……."

"알아. 내가 제일 잘 아니까 우리 아빠 걱정 안 하게 아무 일 없이 잘 다녀올게. 그러니까 2박 3일 동안 나 없다고 밥 안 먹지 말고 꼭꼭 챙겨 먹어. 전화할 때마다 밥 먹었는지 내가 확인할 거야. 알았지?"

어떨 땐 어린 은유가 나보다 더 어른스럽게 느껴진다.

"알았어. 우리 딸, 조심히 잘 다녀와."

첫째 날, 은유가 없는 하루가 너무도 길었다. 그나마 은유가 틈틈이 나에게 연락을 해줘서 불안을 조금 내려놓을 수 있었다. 친구들과 즐겁게 웃고 있는 사진도 종종 보내주었다. 누가 부모고 누가 자식인지 모를 정도로 은유는 먼 곳에서도 나를 챙겼다. 둘째 날까지 무사히 지나고 셋째 날이 되자 2박 3일이라 내심 다행이라고 생각했다.

"오후쯤 도착하겠네."

나도 모르게 콧노래가 나오던 그때, 휴대폰에 벨이 울렸다. 처음 보는 번호.

"여보세요?"

[혹시 청운초등학교 백은유 학생의 부모님이신가요?]

낯선 목소리에서 딸의 이름 세 글자를 듣자 성난 파도처럼 불길함이 밀려왔다.

"네. 제가 은유 아빠인데, 무슨 일이시죠?"

[경찰입니다. 수학여행 중에 백은유 학생이 탄 버스가 사고가 났습니다. 담임선생님까지 크게 다치신 상황이라 지금 경찰서에서 학생 부모님들께 차례로 연락을 돌리고 있습니다.]

"사, 사고가 났다고요? 지, 지금 저희 딸 어디 있나요?"

"현재 신화병원 응급실로 이송되어……."

경찰의 말이 채 끝나기도 전에 사무실에서 정신없이 뛰쳐나갔다. 곧장 주차장으로 달려가서 차에 시동을 걸었다. 이틀 전에 집을 나서던 은유의 모습이 눈앞에 아른거렸다.

"제발 아무 일 없이 무사해야 할 텐데……."

액셀을 강하게 밟으며 최대한 속도를 올렸다. 불안이 극에 달해서 과속카메라도 미처 신경 쓸 겨를이 없었다. 불현듯 그날이 떠올랐다. 사라졌던 세희를 찾았다는 연락을 받았던 날. 경찰서를 향해 미친 듯이 달리던 그때처럼 지금도 제정신이 아니었다. 더 힘껏 액셀을 밟아 전속력으로 달리면서도 항상 안전 운전하라고 신신당부를 하던 은유의 목소리가 귓가에 맴도는 듯했다. 딸의 사고 소식을 끝끝내 믿고 싶지 않았다. 애써 부정하고 있는 내게 현실을 직시하라는 듯, 라디오에서 뉴스 속보가 흘러나왔다.

[뉴스 속보입니다. 오늘 오전 8시쯤, 서울의 한 도로에서 수학여행 중이던 초등학생 87명과 인솔 교사 5명이 타고 있던 버스 4대가 다른 차량과 7중 추돌하는 큰 사고가 발생했습니다. 경찰의 말에 따르면 졸음운전을 하던 화물트럭 운전자 A 씨가 앞 버스를 들이받은 뒤 연달아 다른 차들과 연쇄 추돌했다고 하는데요. 사고 원인인 화물트럭을 포함하여 수학여행 버스 4대, 그리고 고등학교 셔틀버스 2대까지 총 7대가 서로 뒤엉켜 인명 피해도 꽤 심각한 상황입니다. 차 사고 여파로 일대 1시간 정도 극심한 정체가 빚어졌습니다. 경찰은 졸음운전으로 인한 1차 사고가 난 뒤, 뒤따르던 차들이 피하려다가 연쇄 추돌이 일어났을 가능성에 무게를 두고, 정확한 사고 경위를 조사하고 있습니다. 부상자들은 현재 신화병원으로 이송되어……]

병원에 어떻게 도착했는지도 모르겠다. 응급실에 들어서자마자 딸의 이름을 애타게 불렀다.

"은유야! 어디 있어? 은유야!!"

응급실은 아비규환 그 자체였다. 머리에 피를 철철 흘리며 의식을 잃은 환자, 다리에 화상을 입고 울부짖는 환자, 차마 눈 뜨고 볼 수 없을 정도로 처참한 모습의 환자들이 수없이 보였다. 응급실 안에는 비명과 고성이 난무했다. 그 와중에도 계속 들것에 실려 오는 여러 부상자들 사이에서 은유를 찾아 헤맸다. 하지만 응급실 안 그 어디에도 은유의 모습이 보이질 않았다.

"혹시 오늘 교통사고로 들어온 환자 중에서 청운초등학교 학생들은 지금 어디에 있나요?"

딸의 이름과 생년월일을 말하자 응급실 간호사가 무언가를 확인하더니 자신을 따라오라고 말했다. 당연히 은유가 있는 곳으로 안내할 줄 알았는데, 뜻밖에도 의사가 있는 진료실로 나를 이끌었다.

"왜 저를 여기에……. 저희 딸이 있는 곳을 여쭤봤는데."

"의사 선생님과 면담 먼저 하시고, 그다음에 안내해드릴게요."

간호사는 의문만 남기고 자리를 떴다. 까닭을 알지 못하는 나는 잠시 머뭇거리다가 진료실 안으로 들어갔다. 의사가 나를 보자마자 안타까운 표정을 지었다. 왜였을까. 의사의 그 표정이 몇 년 전 나를 딱하게 바라보던 경찰의 표정과 닮아있었다.

"안녕하세요. 백은유 학생 보호자님 맞으시죠?"

"네. 안녕하세요. 선생님. 제가 은유 보호자입니다. 딸의 사고 소식을 듣고 급하게 왔는데, 의사 선생님과 면담을 먼저 하라고 하셔서……. 저희 딸은 어디에 있나요? 딸 상태가 괜찮은지 확인부터 하고 싶어요."

"다행히 백은유 학생의 상태는 경상 정도라서 며칠 안정을 취하면 퇴원을 해도 될 것 같습니다."

"정말인가요? 감사합니다. 선생님. 정말 감사합니다. 다행이네요."

그제야 안도의 숨을 내쉬는 나와 달리 의사의 표정이 한층 어두워졌다.

"사고로 인한 부상은 그렇긴 한데……."

의사가 말끝을 흐리는 모습이 왠지 낯설지 않았다.

"왜 그러시죠?"

"수명측정기로 백은유 학생의 수명을 검사한 결과, 안타깝게도 예측 수명이 18세로 나왔습니다. 그러니까 지금으로써는 남은 수명이 대략 5년인 셈이죠."

마른하늘에 날벼락 같은 소리였다. 얼굴이 새파랗게 질리며 몸이 바들바들 떨렸다.

"네? 선생님, 지금 무슨 말씀을……. 우리 은유가 왜……."

"많이 놀라셨을 거라고 생각합니다. 이런 말씀 드리는 저도 몹시 안타깝습니다. 평소에 수명측정기로 따님의 수명을 검사해 보신 적이 없으셨나요? 요즘은 미리 수명을 알 수 있다 보니 어린 나이에 병이 있는 경우라도 빠르게 병원에 와서 치료를 받는 경우가 대부분인데, 보호자님은 따님의 상태를 전혀 모르셨어요?"

의사의 물음에 차마 대답하지 못했다. 세희와 헤어진 이후로는 한 번도 수명 검사를 해본 적이 없었다. 나뿐만 아니라 은유까지도. 수명측정기가 불행의 발단이 되었다는 생각을 도저히 떨쳐낼 수 없었기에…….

나에게 고통과 절망을 안긴 그 기계를 쳐다보는 것만으로도 끔찍해서 집에 있던 수명측정기를 모조리 내다 버렸다. 대신 혼자서 아이를 키우려면 내가 건강해야 하니 관리는 꾸준히 해왔다. 은유는 아직 어리니 당연히 괜찮을 거라고 여겼다. 그런 나의 부주의가 이렇게 비극적인 결과를 초래하게 될 줄은 미처 몰랐다. 오늘 하루 동안 징조처럼 느껴지던 모든 데자뷔가 마침내 나를 뒤덮으며 세희의 잔인한 그 말이 곧 나의 현실이 되고 말았다.

〈내 딸에게 수명이 필요했으니까.〉

망연자실한 나를 보며 의사가 한탄했다. 심각한 얼굴로 모니터를 확인하더니 손가락으로 턱 끝을 매만졌다. 나는 의사가 입을 열 때까지 긴장이 극에 달해 심장이 미친 듯이 요동쳤다.

"따님의 병명은 MER이라고 합니다. 특별한 원인 없이 아동기에 수명이 줄어드는 희소한 병입니다. 보통 5세에서 13세 사이 발병을 하게 되죠. 이전에는 딱히 치료법이 없었는데, 수명 나눔을 받을 수 있게 되면서부터 MER의 치료법이 생겼습니다. 다행히 수명이 지속적으로 줄어드는 건 아니고 발병 초기에만 한시적으로 줄어드는 거라 가족분들에게 수명 나눔 수술만 받을 수 있다면 충분히 완치될 수 있습니다."

천국과 지옥을 오르내리는 기분이었다. 은유가 희소병에 걸렸다는 건 충격이었지만, 그나마 완치 가능성이 있다니 천만다행이었다. 그런데…….

"방법이 수명 나눔 수술밖에 없나요? 혹시 건강 관리나 식단 관리 등을 통해서 수명을 늘릴 수 있는 방법은 없을까요? 저도 그렇게 해서 처음보다 수명이 많이 연장되었는데……."

연이은 나의 질문에 의사가 고개를 가로저었다.

"일반인의 건강 상태라면 여러 관리를 통해 수명 연장이 가능하지만, 따님처럼 MER이 발병한 상태에서는 이미 정상 수치가 아니라서 관리만으로는 연장이 매우 어렵습니다. 설령 가능하다고 할지라도 현재 남아 있는 수명의 시간은 한정적인데, 늘리기까지 시간이 얼마나 걸릴지, 원하는 만큼 연장이 될지, 모든 게 미지수이니 도리어 따님에게나 보호자님에게 희망 고문이 될 수도 있습니다. 그렇기에 수술을 통해 한 번에 몇 년씩 연장할 수 있는 수명 나눔이 꼭 필요한 겁니다. 수명 나눔 수술을 받고 완치되어 정상 수치로 돌아오게 되면 그때부터는 말씀하신 것처럼 건강 관리나 식단 관리 등을 통해 조금씩 더 연장될 수 있습니다. 수명이 늘어난 만큼 충분히 관리할 수 있는 시간적인 여유까지 생기니까요."

이제야 은유와 안정을 되찾았다고 생각했는데, 또다시 큰 시련을 주는 하늘이 원망스러웠다. 왜 이렇게까지 나에게 가혹한 걸까.

"그래서 드리는 말씀인데, 보호자님 혈액형이 어떻게 되시나요? 따님과 혈액형이 같다면 수명 나눔 가능 여부 검사를 받아 보시겠어요? 단도직입적으로 말씀드리자면 따님에게 수명을 나눠주실 의향이 있으신지요? 이 부분을 미리 여쭤보고 따님의 치료 방향을 잡아야 할 것 같아서 미리 보호자님과 면담을 신청했습니다."

원통하게도 나는 은유에게 수명을 나눠줄 수 없다. 세희에게 이미 빼앗겼으니. 단 한 번뿐인 기회를.

"검사 결과가 정확한 건가요? 여태 아이가 아프다는 말을 한 번도 한 적이 없는데…… 가끔 두통이 있기는 했지만……"

"이 병은 극심한 고통이 느껴지진 않습니다. MER이 바다와 해수 등을 뜻하는 단어에서 따온 건데, 이 병이 자신도 모르는 사이 바닷속에 잠기는 것 같다고 해서 지어진 병명이죠. 방금 말씀하신 것처럼 환자분들에게 약한 두통 정도만 느껴지니 평소에는 모르고 있다가 수명이 거의 다했을 때쯤 뒤늦게 병원에 찾아오기도 합니다. 예전에는 말이죠."

"예전이요?"

"네. 수명측정기가 나온 이후로는 그런 환자분들이 극히 드문 편이니까요. 현재는 집에서 직접 수명 측정이 가능하니 자신의 건강에 이상이 있다는 사실을 모르고 지나치는 경우는 거의 흔치 않습니다."

죄책감에 견딜 수가 없었다. 나의 쓸데없는 고집이 은유의 병을 키운 것만 같았다. 크게 낙담하고 있는 나에게 의사가 조심스레 물었다.

"혹시 다른 자녀분도 있나요?"

"네? 그건 왜……"

"다른 자녀가 있다면 확인 차원에서 미리 수명 검사를 권해드리고 싶네요. MER이 보통 형제, 자매들이 같이 발병하는 경우가 많아서요."

원치 않아도 또다시 잔인한 말이 떠올랐다.

〈지아가 좀 아파. 예측 수명이 턱없이 부족해서 수명을 나눔 받아야 하는 상황이었는데, 나는 나눠줄 수명이 부족했어.〉

그럼 그 아이도 은유와 같은 병이었다는 말인가. 긴 시간 속에 잊고 지내려 했던 노력이 무색할 정도로 세상 어딘가에 은유의 자매가 있다는 사실을 재차 각성시켰다.

"그럼 언제까지 수명 나눔을 받아야 하나요?"

"현재로서 5년이 남았으니 늦어도 4년 안에는 수명 나눔 수술을 받아야 할 것 같습니다. 수명을 나눔 받기 전까지는 주기적으로 병원에 와서 검사를 받고 적절한 약물치료를 병행해야 합니다."

진료실을 나와서 병원 복도를 걷다가 다리에 힘이 풀려서 휘청거렸다. 그 모습을 본 간호사가 급히 달려왔다.

"괜찮으세요?"

"……네."

"제가 부축이라도……."

"아니요. 괜찮습니다."

간호사의 호의를 거절한 나는 일부러 다리에 힘을 주며 반듯하게 걷기 위해 안간힘을 썼다. 실의에 빠지지 않게 흩어진 정신을 부여잡으려고 고개를 세차게 저었다. 바닷속에 잠기는 것 같다는 의사의 말이 마치 아픈 자식을 바라보는 부모의 심정을 대

4. 서서히 밀려오는 바다 93

변하는 듯했다. 그러나 아직은 내가 수면 아래로 가라앉아서는 안 된다. 포기하지 말자고 다짐하는 사이 미처 제어하지 못한 눈물이 두 눈 가득 차오르자 스스로 뺨을 후려쳤다.

"내가 흔들리면 안 돼. 은유를 지키려면."

딸이 있는 곳으로 향하는 무거운 발걸음에도 짙은 슬픔이 묻어났다. 병실 문을 열기 전, 심호흡을 가다듬고 얼굴에 드러나려는 비통한 심정을 간신히 삼키며 억지로 표정을 숨겼다. 지독하게 끈질긴 불행 앞에서 내가 나약해지지 않도록.

⧖ ⧖ ⧖

딸의 병간호를 위해서 며칠 연차를 냈다. 의사의 말대로 사고에 의한 부상은 그리 크지 않아서 회복 속도가 빨랐다. 하지만 다른 병은 여전히 은유의 몸속에 남아 있다는 걸 알기에 깊은 근심은 사라지지 않았다.

주말이 되자 가연이 병문안을 왔다.

"부장님, 은유는 좀 괜찮아요?"

회사 동료인 가연은 멀리서 은유의 병문안을 와줄 정도로 여느 직원보다는 가까운 사이였다. 은유가 어릴 때부터 곁에서 나를 도와줬던 지인이자 회사 동료가 바로 가연이었다. 그렇다고 해서 우리가 남녀 사이는 아니었다. 지극히 내 입장에서는.

"안 와도 괜찮은데. 주말에 그냥 쉬지 그랬어."

"은유가 다쳤다는데 당연히 와야죠. 처음에 사고 소식 듣고 심장이 철렁 내려앉았어요. 직장 때문에 주말까지 기다리느라 얼마나 애가 탔는지 알아요? 그만하길 천만다행이에요. 혹시라도 은유가 많이 다쳤을까 봐 내내 걱정했는데……."

나보다 애가 타는 것처럼 말하는 모습을 보면서 조금은 위안으로 삼았다. 힘듦을 겉으로 드러내는 것을 두려워하는 내가 그나마 속을 터놓고 의지할 수 있는 사람이 가연이었다. 그녀는 세희와도 나름 친한 사이였다. 결혼 생활 중에도 우리 셋은 종종 만났었고, 집에도 자주 놀러 오곤 했다. 세희가 떠난 이유와 은유를 홀로 키우던 과정까지 다 알고 있는 유일한 사람이었기에 내가 허심탄회하게 고민을 털어놓을 수 있는 사람도 그녀였다. 그런 연유로 내가 생각하는 가연의 이미지는 여자가 아닌 '고민 상담사'였다. 딸이 커가며 여성용품이 필요해질 때도 아빠인 내가 나서면 은유가 불편해할까 봐 같은 성별인 가연의 도움을 받곤 했다. 종종 딸에게도 다정하게 고민 상담을 해주던 그녀였기에 언제부턴가 자연스레 우리 둘에게 중요한 사람으로 자리 잡았다.

"암튼 와줘서 고마워."

가연과 같이 병실로 들어서자 은유가 오랜만에 함박웃음을 지었다.

"이모!"

팔에 링거 줄을 매단 채로 무작정 침대에서 내려오려는 은유를 보고 가연이 얼른 뛰어가 막아섰다. 그리곤 능숙하게 미리 준비해 온 선물을 보였다.

"짠! 이모가 뭐 사 왔는지 봐."

"우와! 이거 내가 제일 좋아하는 아이돌 포토 카드인데. 이모 이거 어떻게 구했어요? 구하기 엄청 힘든 건데."

"은유를 위해서 이모가 못하는 건 없지."

"이모 최고! 이래서 내가 아빠 다음으로 제일 좋아하잖아요. 이모 완전 보고 싶었어요. 병원에 있는 거 너무 재미없어요. 이모, 저 좀 데리고 가요. 네?"

은유가 가연을 보며 어리광을 부렸다. 어릴 때부터 봐온 사이라 그런지 은유도 이모라고 부르며 가연을 유독 잘 따랐다. 가족이 아닌 누군가에게 은유가 먼저 마음을 연 건 처음이었다. 때로는 서투른 나보다 그녀가 더 딸의 마음을 온전히 이해해 주는 것 같아 내심 고마웠다. 둘의 성향이 비슷하다 보니 딸이 좋아하는 것, 혹은 싫어하는 것을 나보다 먼저 눈치채곤 했다. 덕분에 은유도 가연을 진짜 이모처럼 편하게 대했다.

"이모도 많이 보고 싶었어. 우리 은유 치료 잘 받고 퇴원하면 그 기념으로 이모가 콘서트 데려가 줄게. 그러니까 얼른 나아야 해. 약속."

"진짜요? 약속!"

그렇게 가연이 하루를 꽉 채우고 다녀간 뒤, 은유가 평소보다 나를 더 보챘다.

"아빠, 나 언제 퇴원해? 나보다 심하게 다쳤던 애들도 거의 퇴원했다는데, 왜 나는 집에 못 가? 카톡으로 애들이 맨날 물어봐. 학교에 언제 오냐고. 다솜이랑 예빈이도 내가 없어서 심심하대. 가연이 이모랑 콘서트 보러 가는 것도 빨리 하고 싶은데……."

은유는 아직 자신의 병을 모른다. 의사와 긴 상의 끝에 일단은 비밀로 하기로 했다. 마음에 병이 생기면 이내 몸까지 전염시키고 그로 인해 수명이 줄어들기도 한다. 나는 정우가 세상을 떠났을 때, 몸소 실감했고, 줄어든 수명을 되찾기까지 오래 걸렸다. 굳이 측정하진 않았어도 세희가 나를 배신했을 때도 마찬가지였을 거다. 고통이 몇 배에 달했으니. 은유도 자신의 병을 알게 되어 충격을 받게 된다면, 현재보다 수명이 더 줄어들 가능성을 완전히 배제할 순 없기에 의사가 먼저 다른 의료진들의 입단속을 시켰다. 나도 의사의 결정에 동의했고, 지나온 경험상 그게 맞는 선택이라고 믿었다.

"은유가 아빠보다 키 크고 싶다고 했지? 지난번에 은유가 아빠한테 성장판 검사도 해보고 싶다고 했잖아. 이왕 입원한 거 그 검사도 하고 건강 검진도 같이 해보려고. 의사 선생님이 키 잘 크려면 성장 주사도 주기적으로 맞아야 한대. 약도 잘 먹고."

의사가 말한 정기 검사와 약물치료를 위해 어쩔 수 없이 은유에게 둘러댔다. 바로 퇴원을 못 해서 아쉬운 표정을 짓던 은유가 이내 고개를 끄덕였다.

"알았어."

"조만간 퇴원할 수 있을 거야. 퇴원하면 2주에 한 번씩 한 달에 2번 병원에 오면 된대. 우리 은유 씩씩하게 잘할 수 있지?"

"응. 아빠."

창밖에 비가 쉴 새 없이 내려도 유리창의 묵은 먼지는 깨끗이 씻겨 내려가지 않았다. 빗소리를 자장가 삼아 은유가 어느새 잠이 들었다. 흐려진 병실의 분위기 때문인지 비통한 마음을 가눌 길이 없었다. 곤히 잠든 은유의 얼굴을 바라보다 이내 눈시울이 붉어졌다.

"은유야, 아빠는 너만 살릴 수 있다면…… 뭐든지 할 수 있어."

무심결에 말을 뱉은 나는 뒤늦게 오열했다. 이 말 역시 세희가 했던 말과 같았기에.

5

불행 중
다행이라는
착각

"저의 조건은 첫째, 혈액형이 O형이어야 할 것. 둘째, 신체 건강하고 수명측정기로 검사했을 때 예측 수명이 80세 이상이어야 할 것. 세 번째도 있는데, 이건 선을 보게 되면 상대분께 직접 동의를 구하겠습니다. 가능한가요?"

맞은편에 앉은 여자는 대략 나와 비슷한 나이대로 보였다. 깔끔한 검은 정장에 흰 블라우스, 옷과 일부러 색을 맞춘 듯한 블랙 뿔테 안경, 앞머리를 깔끔하게 쓸어올리고 뒷머리는 바짝 올려 묶은 모습이 은근 깐깐한 이미지를 풍겼다. 내 말을 듣고 고개를 갸웃거리더니 검지손가락으로 코끝까지 내려온 안경을 쓱 올렸다. 살짝 고민을 하는 듯 보였다. 책상 위에는 '팀장 한유미'라고 적힌 크리스탈 명패가 빛나고 있었다. 미리 작성했던 상담지를 확인하며 뜸을 들이던 팀장이 마뜩잖은 얼굴로 나를 올려봤다.

"흠, 조건이 특이하시네요. 상대의 신체가 건강한지 확인하기 위해 수명측정기 결과나 건강진단서를 원하시는 분들이 더러 있기는 한데, 혈액형까지 조건으로 내거는 건, 솔직히 흔치 않거든요. 간혹 자녀분이 갓난아기 정도로 아주 어린 경우에는 일부러 재혼이라는 사실을 감추기 위해 자녀의 혈액형을 맞춰서 상대를 찾기도 하지만, 상담지를 보니 백도훈 씨의 자녀분은 그런 연령대가 훨씬 지나서 그 조건이 좀 의아하네요. 혹시 다른 부분은 원하시는 조건이 없으신가요? 맞선 보는 상대분의 능력이나 자산 같은 건 따로 안 보시나요?"

"네. 다른 건 상관없습니다."

"그래요? 백도훈 씨는 현재 대기업 재직 중이시고 연봉도 높은 편이시며 부채는 없고 자산도 꽤 있으시네요. 그런데도 상대의 다른 조건은 안 보신다는 말씀이세요?"

"아, 하나 더 있네요."

미간을 찌푸리고 있던 팀장이 그럴 줄 알았다는 듯 금세 회심의 미소를 지었다.

"당연히 그러시겠죠. 상대의 조건을 전혀 안 볼 리가……."

"제 딸을 진심으로 보듬어주실 분이면 좋겠습니다. 이건 결혼 전에 확인이 불가해서 말을 꺼내야 할지 말지 고민 중이었는데, 다른 조건도 물어보셔서 말씀드립니다."

이번에도 예상이 빗나갔는지 팀장의 표정에서 당혹감이 엿보였다.

"그것도 좀 애매한 조건이네요. 기준이 모호해서."

"그럼 일단 아이를 좋아하는 분이라고 해두죠."

내 조건을 다 들은 팀장은 나 같은 의뢰인이 난감하다는 듯 무심코 고개를 저었다. 이내 바로 앞에 있는 나를 의식했는지 어색한 헛기침을 두어 번 하고는 계속해서 상담을 이어갔다.

"조건은 잘 들었습니다. 백도훈 씨께서 상대의 자산이나 능력을 안 보시니 생각보다 쉽다고 여길 수도 있겠지만, 반대로 원하시는 조건이 나름 특이한 편에 속하셔서 오히려 더 어려울 수도 있을 것 같아요. 솔직히 말씀드리자면 결과를 바로 장담하기 어려운 분을 의뢰받는 게 맞을지 아직 확신이 안 서네요. 백도훈 씨의 조건이 실이 될지 득이 될지는 지금 단계에서는 모르니까요. 보통 어느 정도 커리어가 쌓인 상담사들은 자신의 경력에 타격을 받을 만한 의뢰는 애초에 받지 않는 편이라……"

계약 여부를 놓고 고민하는 모습을 보고 내심 조마조마했다. 그래서 팀장이 바로 거절하지 않게끔 여기 오기 전에 미리 알아본 정보를 슬쩍 꺼냈다. 약간의 포장과 은근히 자존심을 건드리며.

"그러니 제가 다른 상담사가 아닌 한유미 팀장님을 찾아온 거겠죠. 이 방면에서 최고라고 소문이 자자하시던데요. 성사율 100%로 팀장님이 한번 맡았다 하면 절대로 실패가 없다고. 워낙 칭찬 일색뿐이라 팀장님의 실력 하나만 믿고 멀리서 여기까지 왔습니다. 비밀리스트에 있는 분들로만 진행하신다면서요? 서로의 조건은 함구하는 조건으로. 역시 베테랑은 다르네요."

평소에 잘하지 않는 입바른 소리까지 덧붙이자 팀장의 입꼬리가 슬며시 올라갔다.

"그건 맞습니다. 이 업계에서 저만한 베테랑도 없죠."

팀장은 바로 거절하지 않고 살짝 으스대는 모습을 보였다. 직업에 남다른 프라이드를 가진 사람에게는 이 방법이 먹힐 거라고 생각했는데, 다행히 팀장에게 제대로 적중했다. 겉과 다르게 속으로 초조해하고 있던 나는 그제야 안도의 숨을 내쉬었다.

"좋아요. 그럼 오늘 계약하고 백도훈 씨와 잘 어울릴 만한 분을 찾아보도록 하겠습니다. 한 달 후 다시 뵙기로 하죠. 그전에 적당한 분을 찾을 수도 있……."

"아니요. 일주일 안에 부탁드립니다."

기한을 앞당기자 팀장이 난색을 표하며 손사래를 쳤다.

"네? 일주일이요? 너무 촉박한데요? 그 정도로 빨리 찾는 건 어려울 듯한데……."

"저에게는 시간이 부족하거든요. 성사만 된다면 사례는 얼마든지 하겠습니다. 잘 부탁드립니다."

아무렇지 않은 척 상담을 끝낸 후, 결혼 정보 회사의 문을 열고 나온 나는 곧바로 자괴감이 밀려와서 털썩 주저앉았다.

"어디까지 바닥으로 떨어질 거냐. 백도훈."

은유가 퇴원을 하자마자 나는 닥치는 대로 선을 보기로 마음먹었다. 의사가 4년 안에 수술을 받아야 한다고 했으니 가능하면 빨리 재혼을 해야만 한다. 일단 결혼에 도달하기까지의 준비 시간이 필요한데, 이 부분이 얼마나 걸릴지 알 수 없고, 결혼한 후에도 법적으로 1년이 지나야 수명 나눔을 받을 수 있어서 느긋하게 여유를 부릴 수 없었다. 중간에 생각지 못한 변수가 발생할 수도 있으니 최대한 서두르는 게 나았다.

"아니야. 이게 최선이라고 믿어야 해. 다른 수가 없으니."

그랬다. 나는 스스로 인간쓰레기가 되기로 결심하고 말았다. 세희를 극도로 비난하던 내가 그녀와 똑같이 비열한 짓을 하기로 한 것이다. 궁지에 몰리니 인간으로서 최소한의 양심 따윈 안 중에도 없었다. 세희를 매도하며 뱉었던 말들이 부메랑처럼 되돌아와 나에게 사정없이 꽂혔다. 자식을 살리기 위해서라면 영혼이라도 내다 팔 수 있다던 세희의 그 말에 과거의 나는 치를 떨었지만, 지금의 나는 어느 정도 납득하고 있었다. 그게 내가 앞으로 저지를 잘못에 당위성을 부여해 줄 테니.

"내가 세희와 같은 길을 가게 될 줄이야……."

그나마 세희와 내가 다른 건 이 사실을 상대에게 속이지 않고 미리 동의를 구한 후 결혼을 할 거라는 다짐이었다. 일말의 죄책감이라도 느끼기 위해서. 세희와 나는 다르다는 혼자만의 위안을 삼기 위해서. 사실은 알고 있었다. 이것 또한 모순이라는 것을.

⧗ ⧗ ⧗

[날짜가 잡혀서 연락을 드렸습니다.]

"벌써 제 조건에 맞는 분을 찾으셨어요?"

아직 말한 기간에서 이틀이나 남았다. 일주일을 말했을 때 질색하던 것과는 달리 팀장의 일 처리가 생각 이상으로 빨랐다.

[네. 일단은요. 서로 맞는지 아닌지는 직접 만나봐야 알겠죠? 그리고 보통 처음 만나는 분과는 최종 연결이 잘 안 되는 편입니다. 다들 여러 명을 만나보고 최대한 신중한 선택을 하고 싶어 하시거든요. 특히 재혼은 한 번의 실패를 겪었기 때문에 더욱 신중에 신중을 기하게 되죠. 그러니 백도훈 씨도 첫 번째 분에게 너무 심혈을 기울일 필요는 없습니다. 다음 분도 기다리고 있으

니까요. 백도훈 씨의 조건을 듣고도 맞선을 보시겠다는 분이 여럿이었습니다.]

"의외네요. 그 조건을 듣고도 저와 선을 보려고 하는 분들이 여럿이라니."

이걸 다행이라고 해야 할지 불행이라고 해야 할지 잘 모르겠다. 나에게는 다행인 일이 상대에게는 불행이 될 수도 있으니. 과거의 나와 세희처럼.

[그분들은 백도훈 씨가 내건 조건보다 능력이나 자산을 우선순위로 보는 거겠죠. 생각보다 사람들은 자신의 이익을 따지는 편입니다. 저도 처음에 이 일을 시작할 때는 순진하게도 서로의 진심, 이런 걸 결혼의 조건으로 따졌었죠. 하지만 이 일을 오래하면 할수록 절실히 느끼게 됐습니다. 사람들이 진짜로 원하는 건 진심보다는 실속이라는 것을……. 씁쓸해도 그게 현실이죠. 서로 계약서를 쓰고 결혼을 하는 경우도 많으니까요. 그래서 백도훈 씨가 말씀하셨던, 진심으로 따님을 보듬어줄 분을 찾는다는 건…… 사실상 어렵습니다. 백도훈 씨와 맞선을 볼 상대분들도 이것저것 고려해 보고 자신에게 떨어질 실리를 다 계산해 본 후 선택을 하시기 때문입니다. 쉽게 말해서 백도훈 씨가 조건을 내건 것처럼 상대 역시 자신이 필요한 조건을 걸었다는 뜻이죠. 그게 돈이 될 수도, 다른 중요한 게 될 수도 있는데, 괜찮으세요?]

결혼의 조건이 다른 중요한 게 될 수도 있다는 팀장의 말에 세희가 떠올랐다. 왜 결혼 상담을 진행할 때마다 그녀가 머릿속에 맴도는 걸까. 나의 죄의식이 그녀를 불러오는 걸까. 아니면, 결혼에 대해서 내가 모르고 있었던 현실을 하나씩 직면하기 때문일까.

"…… 괜찮습니다."

거짓으로 답한 다음 날, 곧바로 맞선이 진행됐다.

"안녕하세요. 백도훈입니다."

"네. 안녕하세요. 저는 김채경입니다."

인사를 한 맞선 상대는 살짝 흐트러진 긴 생머리를 손으로 매만지며 정리했다. 옷매무새까지 확인하는 모습에서 꼼꼼한 성격이 묻어났고, 단정한 옷차림에서 차분한 분위기도 풍겼다. 외모는 팀장에게 전해 들은 나이보다는 다소 동안으로 보였다.

"미리 들으셨겠지만, 저에게는 외동딸이 있습니다."

"네. 들었어요. 그동안 혼자서 아이를 키우시느라 많이 힘드셨겠어요. 저는 오히려 그 부분이 좋아서 나왔어요. 남자 혼자서 딸을 키우는 선택을 한다는 게 쉽지 않았을 텐데, 이혼할 때 엄마에게 보내지 않고 도훈 씨가 끝까지 자식을 책임지셨잖아요. 요즘은 자기 자식도 온전히 돌보지 않는 사람들이 훨씬 많으니까요. 도훈 씨처럼 자식에 애정이 있으신 분들이 대부분 가정적이시더라고요. 가족에게 충실한 사람이 제가 선호하는 남편상이에요."

상냥한 말투와 나긋한 태도. 무엇보다 나의 처지를 공감해 주는 말과 아이를 좋아하는 것 같은 느낌이 들어서 안심이 됐다. 첫 만남인데도 불구하고 상대에 대한 이해심이 돋보여서 중요한 말을 꺼내도 될 것 같다는 생각이 들었다. 성격도 밝은 편인지 이야기하는 내내 얼굴에 미소를 잃지 않았다. 서로의 관심사를 꺼내며 한참 분위기 좋은 대화를 이어 가다 준비해 온 조건을 조심스레 꺼내놓았다.

"그리고 하나 더 말씀드릴 게 있는데……."

"편하게 말씀하세요."

"만일 저와 재혼을 하신다면…… 1년 후에 수명 나눔이 가능하신가요?"

어렵게 말을 꺼내 놓고 긴장이 돼서 침을 꼴딱 삼켰다. 내 말을 들은 여자의 얼굴이 화끈 달아오르며 온화하던 얼굴이 잔뜩 일그러졌다.

"네? 방금 뭐라고 하셨어요? 제가 잘못 들은 것 같아서요."

기분 탓인지 초반보다 여자의 목소리 톤이 한층 올라간 듯했다.

"수명 나눔……."

말이 채 끝나기도 전에 촤아악 하는 소리와 함께 내 얼굴에 가차 없이 차가운 물이 뿌려졌다.

"뭐 이런 사람이 다 있어? 오늘 처음 보는 사이에 수명 나눔? 미쳤어요? 하, 진짜 재수가 없어서. 그 중요한 조건을 왜 지금 말해요? 미리 말했으면 애초에 안 나왔을 거 아니에요? 괜히 시간 낭비만 했네. 커피값은 그쪽이 다 내요. 나는 여기에 온 차비조차 아까우니까! 아이 씨. 짜증 나!!"

기분 탓이 아니었다. 불과 몇 분 전까지만 해도 미소를 머금고 세상 얌전하던 여자가 별안간 눈이 치켜 올라가며 사납게 나를 노려봤다. 나직하던 목소리도 돌연 날카로운 고성으로 변하더니 있는 대로 성질을 부렸다. 당황해서 내가 아무런 말도 못 하자 여자는 분이 풀리지 않았는지 화풀이용으로 물컵을 탁자 위에 쾅 소리가 날 정도로 세게 내려놓고는 자리를 박차고 일어났다. 소란스러운 모습에 카페 안에 있던 사람들이 여기저기서 수군거렸다. 여자가 떠나고 덩그러니 혼자 남은 나는 젖은 얼굴을 손으로 닦아내며 쓰디쓴 헛웃음이 나왔다.

"내가 생각해도 미친 거 맞지. 누가 그런 소리를 듣고 결혼하겠어. 하……. 세희가 나에게 거짓으로 접근한 이유가 이거였나……!!"

무심코 입에 담은 그 말에 소스라치게 놀라고 말았다. 켜켜이 쌓여있던 감정이 한꺼번에 소용돌이치며 서글픈 눈물이 왈칵 쏟아졌다. 한없이 비참했다. 세희가 했던 나쁜 짓을 점점 수긍하게 되는 내 모습이…….

다음날도, 또 다음날도, 퇴짜와 물세례가 이어졌다. 마지막에는 따귀까지 맞아서 볼이 벌겋게 부어올랐다. 찰싹하는 소리와 함께 정신도 번쩍 들었다.

"지금 내가 뭐 하고 있는 거지? 이러면 내가 세희와 다를 게 뭐야. 그만하자. 백도훈. 이건 아니야. 정신 차리자."

주머니에서 휴대폰을 꺼내 팀장에게 전화를 걸었다.

[백도훈 씨? 혹시 맞선 상대분이 아직 안 오셨나요?]

시간상 너무 빨리 끝나버려서인지 팀장이 먼저 물었다.

"아니요. 애써주신 팀장님께 죄송하지만, 맞선 보는 거 이제 그만하겠습니다. 그 말씀 드리려고 전화한 거예요."

수화기 너머로 긴 한숨 소리가 들려왔다.

[네. 알겠습니다. 사실 저도 고민이 많았습니다. 백도훈 씨와 맞선 보신 분들이 결혼 정보 회사에 클레임을 제기했어요. 그럼에도 불구하고 결혼상담사로서의 사명감이 있으니 제가 할 수 있는 선에서 마무리를 짓고 다음 예정된 분들을 차례로 소개해드린 건데, 이번에도 클레임이 들어온다면 저도 오늘 전화를 드려서 백도훈 씨와 같은 말씀을 드리려고 했습니다. 차라리 처음부터 사실대로 말씀하시지 그러셨어요. 무엇보다 중요한 그 조건을 미리 알려주지 않으셔서 지금 제 입장도 심히 난처한 상황입니다. 제가 이룬 경력에도 큰 흠집이 생겼고요.]

"정말 죄송합니다. 팀장님."

[이미 끝난 마당이니 이런 말 소용없지만, 그나마 백도훈 씨가 먼저 그만하겠다는 결심을 내려서 불행 중 다행이라고 해야 할까요?]

"네? 불행 중 다행이요? 그게 무슨……."

[제가 아닌 다른 결혼상담사를 찾는다고 해도 상황은 마찬가지일 테니까요. 백도훈 씨의 수명 나눔 조건을 듣고도 받아줄 곳은 그 어디에도 없을 거라는 뜻입니다.]

얼굴이 부어오른 채로 출근을 해야만 했다. 오전 반차를 쓰고 맞선 자리에 다녀왔기에 곧장 회사로 갈 수밖에 없었다. 몰아친 맞선 탓에 밀린 일거리도 산더미였다. 서둘러 회사를 들어가는데 외근을 나가던 가연과 입구에서 딱 마주쳤다. 형편없는 내 얼굴을 보고 놀란 가연은 인사를 나누는 것도 잊은 채 다짜고짜 물었다.

"어? 부장님 얼굴이 왜 그래요?"

"아, 아무것도 아니야. 나는 바빠서 먼저 갈게."

"부장님! 잠시만……"

할 말이 남은 가연을 뒤로 한 채 빠른 걸음으로 사무실로 들어갔다. 오늘은 영락없이 야근행이었다.

오후를 정신없이 보내고 남은 일거리를 가져와서 혼자 야근을 하려던 그때, 짧은 노크 소리가 들렸다.

"부장님."

타부서인 가연이 내 자리로 찾아왔다. 책상 위에 커피와 아이스팩을 내려놓으며 가연은 걱정스러운 표정으로 나를 바라봤다.

"퇴근한 거 아니었어? 직원들 다 간 줄 알았는데."

"아까 얼굴 보고 나서 온종일 신경이 쓰여서 들렀어요. 혹시 무슨 일 있으세요?"

"일은 무슨. 아니야."

"아니긴요. 얼굴에 아이스팩이라도 하세요. 내일도 사람들 입방아에 오르내리고 싶지 않으면. 거기다 눈총은 덤이고."

"입방아? 눈총이라니? 누가?"

"보통 회사원들은 다 그래요. 회사에 무슨 작은 일이라도 생기면 뭉쳐서 잡담하는 거. 그게 일종의 낙이니까. 지루한 일상을 환기시켜 주는."

"참 씁쓸하네. 잡담의 대상이 내가 되다니."

"특별히 대상을 가리진 않으니까요. 아마 그 대상에 저도 종종 포함되겠죠."

"하, 오래 몸담고 있어도 회사 생활이란 게 갈수록 어려운 것 같아. 여러모로."

"맞아요. 솔직히 저도 쉽지만은 않네요. 근데 진짜 오늘 무슨 일이 있었던 거예요? 설마 누구한테 맞았어요? 부장님 성격에 다른 사람이랑 싸울 사람도 아니고. 부장님 팀 직원들이 그러던데 이번 주에는 수시로 반차도 쓰셨다면서요?"

"그런 것까지 타부서에 소문이 나? 알고 보면 사람들 입이 가장 무섭군. 쉽게 남의 개인 사정을 옮기다니."

가연은 한 번 더 걱정 어린 눈빛을 보냈다.

"부장님, 정말 괜찮은 거예요?"

오랜 믿음이 자연스레 녹아있는 가연에게 수명 나눔을 받기 위해 내가 무슨 행동까지 했는지 털어놓는다면 그녀 역시 나를 비난하며 극혐할지도 모른다. 가까운 사이일수록 실망하기가 더

쉬운 법이었다.

"말하기 좀 곤란한데……."

"잊었어요? 부장님에게 힘든 일이 생겼을 때나 제가 힘든 일이 생겼을 때, 서로에게 도움이 되어주기로 한 거."

가연이 알코올 중독자인 아버지의 일로 곤경에 빠졌을 때, 내가 몇 번 도움을 준 적이 있었다. 내 입장에서는 별스럽지 않은 일이었는데, 가연은 그 일을 계기로 내게 은혜를 갚아야 한다는 의무감이 생긴 듯이 더 적극적으로 나의 일을 신경 써주었다.

"사실은 저도 오늘 부장님에게 털어놓을 고민이 있어요. 부장님이 먼저 말씀 안 하시면 저도 편하게 털어놓을 수가 없잖아요."

나름 집요한 성격의 가연이 쉽게 물러날 리 없었다.

"이걸 듣게 되면 나한테 인간적으로 실망하게 될 거야."

"실망이라……. 그 정도로 힘든 이야기면 차라리 자리를 옮기는 게 낫겠네요. 날도 덥고 기분도 처지는데 시원한 맥주나 한잔하러 가요."

회사 앞 단골 호프집.

조용하고 구석진 자리에 앉아 힘겹게 말문을 열었다. 은유의 병을 진단받은 이야기와 수명을 나눔 받기 위해 맞선을 본 이야기까지 떨리는 목소리로 하나씩 털어놓았다. 마치 고해성사를 하듯이. 이렇게라도 죄를 씻고 싶었던 것처럼.

"그러니까…… 재혼을 해서 1년 후에 배우자의 수명을 나눔 받으려고 했다는 거죠? 그 조건을 맞선 상대에게 처음부터 사실대로 다 말하고요?"

"그래. 세희처럼 속이고 결혼해서 나눔 받고 싶지는 않았어. 그런데 생각해 보니 나 스스로 세희와는 다르다고 합리화하려 했던 것 같아. 비겁하게도. 내가 아무리 처음부터 사실대로 말했다고 해도 맞선 상대가 받아들일 때는 세희와 나의 행동이 크게 다를 바가 없었겠지. 수명 나눔을 받기 위해 결혼하는 인간 이하로 보였을 테니……."

힘겨운 말을 끝낸 나는 당장에라도 쓰레기라는 말이 귀에 날아들 것 같아서 두 눈을 질끈 감았다. 한껏 긴장하고 있던 그때, 너무도 뜻밖의 말이 귀에 들려왔다.

"사람이 너무 간절한 상황에 부딪히면, 때론 하지 말아야 할 선택을 하기도 하더라고요. 남들은 어떨지 몰라도 저는 부장님 이해해요."

비난이 아닌 '이해'라니……. 내 예상과 전혀 다른 반응에 깜짝 놀라며 눈을 떴다.

"나를 이해한다고? 욕하는 게 아니라?"

가연은 테이블 위에 맥주를 단숨에 들이켰다.

"저도 예전에 절대 하지 말아야 할 선택을 한 적이 있었어요."

"어떤……."

"자살 시도. 아버지의 폭행을 피해 도망치다가 전부 다 끝내고 싶어서 스스로 목숨을 끊으려고 한 적이 여러 번 있었어요. 다행히 지금은 살아있지만……."

아버지 때문에 많이 힘들어한다는 건 대략 알고 있었지만, 항상 내 앞에서나 은유의 앞에서 밝은 모습을 유지하던 그녀였기에 자살을 생각할 정도로 극심한 고통을 속에 품고 있을 줄은 미처 몰랐다. 자신의 깊은 상처를 내색하지 않으려고 얼마나 애를 썼을지, 아픈 과거를 꺼내놓기까지 얼마나 괴로웠을지, 감히 짐작조차 할 수 없었다. 가연의 침울하고 슬픈 눈빛을 보니 마음 끝이 아려왔다.

"어릴 때부터 지금까지…… 그 기나긴 시간 동안 어떻게 견뎌온 거야……. 혼자서 마음고생이 많았겠네."

그녀를 진심으로 걱정했다. 사람으로 인한 트라우마가 생긴다는 게 어떤 건지 누구보다 내가 잘 알기에……. 어쭙잖게 건네는 위로가 행여나 쓰라린 상처를 건드리는 일이 될 수도 있어서 못내 조심스러웠다. 몇 마디 말 대신 한없이 측은한 눈빛으로 그녀를 바라보자 가연은 오랜 시간 묻어두었던 속 이야기를 마저 꺼내놓았다.

"하루가 멀다 하고 심하게 맞았어요. 동네에 소문이 자자할 정도로. 여자에 미쳐서 어린 나를 버리고 간다고 했을 때도 슬프기보다는 속이 후련했어요. 지독한 그 인간을 더는 안 봐도 되니까. 그런데…… 그게 끝이 아니었어요. 부모의 도움이 필요한 어린 자식을 비정하게 버릴 때는 언제고, 막상 자립할 수 있는 어른이 되고 나니 잊을 만하면 찾아와서 저에게 돈을 달라고 난리를 쳐댔죠. 그때도 부장님이 나서서 도와주지 않았으면 저는 길에서 죽도록 맞다가 끌려갔을지도 몰라요. 아무도 도와주지 않을 때 부장님이 먼저 나서줬잖아요. 그 뒤로도 여러 번 도와줬었고……. 덕분에 한동안은 시달리지 않았어요. 회사 앞까지 찾아와서 행패를 부리는 아버지를 보고 직원들이 저에 대해 뒷담화를 할 때도 부장님이 그러지 말라고 말해준 것도 알아요. 항상 아버지가 찾아올 때면 소문이 나서 잘 다니던 회사를 그만둬야 했어요. 그 탓에 원치 않아도 이직을 자주 했었는데, 여기는 부장님 덕분에 계속 다닐 수 있었어요."

처음 듣는 가연의 속내였다. 늘 너스레를 떨며 진담 반 농담 반을 적절히 섞어서 말하던 그녀가 오늘은 사뭇 진지하게 자신을 털어놓으니 나도 모르게 숙연해졌다.

"이제는 좀 괜찮아지나 했는데, 며칠 전에 아버지가 저를 또 찾아왔어요."

어두운 과거 이야기를 끝내고 가연은 연달아 술을 들이켰다. 그녀의 얼굴에 착잡한 심경이 고스란히 드러났다.

"아까 고민이 있다더니 그게 아버지와 관련된 일이었어? 대체 무슨 일이야?"

말을 꺼내기 전 그녀의 두 눈에서 구슬픈 눈물이 넘쳐흘렀다.

"나에게 수명 나눔을 해달라고……."

예측불허인 이유를 듣고 통탄했다. 어떻게 사람이 이토록 비열할 수 있단 말인가. 그것도 아버지라는 작자가.

"돈을 뜯어내는 것도 모자라서 이제는 뻔뻔하게 수명까지 달라고 하니 미쳐버릴 것만 같았어요. 그럴 말할 자격조차 없는 사람인데……. 뭐든 나한테 뺏어갈 궁리만 했지, 아버지로서 자식에게 해준 것도 하나 없으면서……."

이야기를 들으면 들을수록 울분이 치솟아서 나도 모르게 발끈해버렸다.

"이런 몹쓸 인간! 어떻게 자식한테 그런 것까지 바랄 수가 있어? 너무 몰염치해서 내가 다 화가 치밀어오르네. 부모라고 해서 다 같은 부모가 아니구나. 빌어먹을."

가연은 형언하지 못할 슬픔에 휩싸여 서러운 울음을 터트렸다.

"아버지를 마주할 때마다 고통의 연속이었어요. 아픈 상처만 남기고 가는 존재였으니까. 그래서 솔직히 말하면 은유가 내심 부러워요. 딸을 살리기 위해서 그런 결정까지 내린 아버지가 있다는 게……. 저는 부장님을 비난하고 싶지 않아요."

가연은 눈물을 머금고 애처로운 눈빛으로 나를 바라봤다. 도덕적이지 못한 짓을 저지른 나를 비난하지 않는다는 그녀의 말에 만감이 서렸다.

"부럽다는 말은 맞지 않아. 그런 짓까지 저지르고도 결과적으로 딸에게 아무런 도움도 되지 못했어. 내가 생각해도 한심할 정도로."

한동안 우리 둘 사이에는 정적이 흘렀다. 고요한 시간에 빠져들자 퇴색된 과거가 낡은 필름처럼 되감겼다. 홀로 술잔을 기울이며 말이 없던 그녀는 흩어진 마음을 추스른 후에야 천천히 입을 열었다.

"아니요. 다시 곱씹어 봐도 제 생각은 변함없어요. 부장님은 전혀 한심하지 않아요. 그래서 말인데…… 부장님, 저 혈액형 O형이에요."

"갑자기? 뜬금없이 그게 무슨 말이야?"

어리둥절하는 나를 보며 가연은 짧은 한숨을 내쉬었다.

"부장님은 다 좋은데 눈치가 없다는 게 단점이에요. 제가 하고 싶다는 뜻이잖아요. 부장님이 재혼해서 하려던 거, 수명 나눔."

"……!!"

"결혼해요. 우리."

⧗ ⧗ ⧗

고뇌의 시간이 흘러갔다. 내가 어떤 선택을 내려야 하는 건지 좀처럼 가늠이 되질 않았다. 가연의 프러포즈는 서로의 이해관계가 맞아떨어진 결과였다. 나는 은유에게 나눠줄 수명이 필요해서, 가연은 모진 아버지를 피할 휴식처가 필요해서.

이러나저러나 마음이 편치 않은 건 매한가지였다. 고민의 짐을 조금이나마 덜어주려고 한 건지 그녀가 가기 전에 내게 남긴 말이 또 있었다.

〈꼭 아버지 때문만은 아니에요. 부장님은 어떨지 몰라도 저는

오래전부터 부장님 좋아했어요. 즉흥적으로 이런 결정을 내린 게 아니라는 뜻이에요.〉

결혼하자는 말도 놀라웠지만 뜻하지 않은 고백도 나를 혼란스럽게 했다. 가장 염려가 됐던 건, 이 선택으로 인해 무난하게 지내오던 우리의 관계가 한순간에 틀어질 수도 있다는 점이었다. 결혼이 우리에게 어떤 변수로 작용하게 될지 알 수 없으니.

한편으로는 다른 걱정도 있었다. 아무리 비정한 아버지라도 일부러 수명을 주지 않는다면 훗날 가연에게 깊은 후회로 남게 될까 봐 염려스러웠다. 내게 어려운 고민을 안겨준 가연은 며칠 동안 출장을 갔다. 마치 나에게 생각할 시간이라도 주려는 듯이.

유난히 길었던 하루가 지났다. 퇴근하기 위해 1층 로비로 내려가니 안내 데스크 주위가 시장통같이 시끌벅적했다.

"몇 번을 말해야 해! 이 회사에 다니는 백도훈이라는 놈 만나러 왔다니까! 젊은 게 벌써 귀먹었어? 백도훈 그 새끼 당장 불러 달라고!!"

"약속하고 오신 게 아니라서 안 된다고 몇 번을 말씀드려요? 자꾸 이러시면 경찰 부를 거예요."

"경찰 같은 소리 하네! 내가 뭘 잘못했다고 경찰을 부른다는 거야? 어? 이게 혼나고 싶어서 환장했나? 확! 그냥!"

소란을 일으킨 장본인을 확인한 나는 놀라움을 금치 못했다. 예전에 봤었던 가연의 아버지 석문이었다. 그때나 지금이나 다혈질에 급한 성미는 여전했다. 욕설을 섞어 고래고래 소리를 지르는 모습을 보니 자동으로 인상이 찌푸려졌다.

"그 새끼 불러줄 때까지 나 안 간다니까! 사람 하나 불러주는 게 무슨 벼슬이야? 젠장! 더럽게 말 안 통하네. 뭐 이런 거지 같은 회사가 다 있어. 염병할."

이대로라면 회사에서 꼴사나운 난투극이라도 벌어지게 될지 모르니 구경하는 인파 사이를 뚫고 앞으로 나섰다.

"제가 백도훈입니다. 무슨 일로 찾아오셨죠?"

석문은 나를 위아래로 훑어보더니 다짜고짜 멱살을 잡았다.

"어쩐지 낯이 익더라니. 저번에 그놈이구나! 이 썩을 놈의 새끼가!"

"이거 놓고 말씀하시죠. 무슨 일이시냐고요?"

"그년 편 들어줄 때부터 내가 알아봤어야 했는데! 이 새끼야! 너 처음부터 계획적이었지?"

석문은 흥분해서 연신 씩씩거렸다. 분위기상 쉽게 끝날 것 같진 않았다.

"나가서 이야기하시죠. 저한테 할 이야기가 많으신 것 같은데."

"나가긴 어딜 나가? 켕기는 게 있나 보지?"

"그런 거 없습니다. 다만, 여기 이대로 있다가는 저와 대화를 나누기도 전에 경찰에 끌려가실 것 같아서 말씀드립니다."

"에라이. 씨, 퉤."

바닥에 가래침을 뱉은 석문은 나를 죽일 듯이 노려보더니 뒤

돌아서 밖으로 걸어 나갔다. 모여 있던 사람들도 앞장서는 석문과 뒤따라가는 나를 번갈아 보더니 재밌는 구경거리가 파장했다고 여겼는지 금세 뿔뿔이 흩어졌다.

회사 밖으로 나가서 보이는 가게 중에 제일 가까운 술집으로 들어갔다. 구석진 곳에 자리를 잡자마자 석문이 손을 들어서 직원을 불렀다.

"어이! 소주 하나!"

주문을 끝내고 여전히 나를 고까운 표정으로 보던 석문은 골이 잔뜩 나서 얼굴을 씰룩거렸다. 뭐가 자꾸 못마땅한지 혀를 끌끌 차기도 했다. 계속해서 알아들을 수 없는 말로 구시렁구시렁 중얼거리던 석문은 다시 직원을 불러 말했다.

"하나 말고 둘. 소주잔 말고 맥주잔으로 주고. 서비스 기본 안주도 알지?"

누가 보면 자주 온 사람처럼 석문은 나보다도 익숙해 보였다. 진상이다 싶은지 직원은 고개를 절레절레 흔들며 주방 안으로 들어갔다. 이내 소주와 맥주잔 2개, 그리고 마른 땅콩과 강냉이가 테이블 위에 간단히 차려졌다. 석문은 맥주잔에 소주를 넘칠 듯 말 듯 아슬아슬하게 가득 따랐다. 잔을 번쩍 들자 찰랑이던 소주가 손을 타고 팔꿈치까지 주르륵 흘러내렸다. 술에 팔이 젖어가는데도 석문은 그다지 개의치 않았다. 곧바로 소주를 맥주같이 벌컥벌컥 마셔댔고 빈 잔을 테이블 위에 쾅 소리가 날 정도로 세게 내려놓았다. 그러곤 한쪽 입술을 올리며 기분 나쁘게 비아냥거렸다.

"내 딸년 뺏어가니까 기분이 어때? 째져? 제기랄. 나는 뺏기니까 기분 더러운데."

"말씀 좀 가려서 하세요. 더 이상 선을 넘으시면 저도 예의를 갖추지 않겠습니다. 그리고 전후 사정 다 잘라 내고 말씀하시니 무슨 뜻인지 당최 알아들을 수가 없네요."

"곧 죽어도 잘난 척은. 앞에서는 정장 빼입고 고상한 척 다하면서 뒤에서는 내 딸을 꼬셔? 나한테 수명 주지 말라고 그년 구워삶은 게 네놈이잖아!"

속이 타서 나도 빈 맥주잔에 소주를 가득 따라 부었다. 석문이 한 것처럼 센 척하며 원샷을 하려던 심산이었는데, 막상 안주도 없이 소주만 반쯤 먹으니 속이 타들어 가는 것 같았다. 문득 내가 지금 뭐 하고 있는 건가 싶어서 소주가 남아 있는 잔을 도로 내려놓았다. 그런 나를 보며 석문은 더 노골적으로 이죽거렸다.

"그년이 갑자기 결혼한다고 통보하길래 기가 차더군. 같은 회사 사람이니 그렇게만 알라고. 그래도 명색이 내가 지 애비인데, 소개도 안 해주고 말로 때우는 게 어딨어? 싸가지 없는 년. 하도 괘씸해서 내가 말했지. 신랑 될 놈 이름 석 자만 알려주면 식장 안 찾아가겠다고. 안 그럼 깽판 칠 거라고. 그랬더니 울며 겨자 먹기로 네놈 이름을 말해줬어. 멍청하게. 나는 식장만 안 간다 했지, 네놈 안 찾아간다는 소리는 일절 안 했거든. 그래서 오늘 여기 온 거야."

불쾌한 말만 잔뜩 들어서 귀를 깨끗이 씻고 싶은 심정이었다. 아직 확실히 정해진 게 아닌데도 석문은 철석같이 우리의 결혼을 믿고 있었다.

"아직 결정은……."

내가 말을 마무리하기도 전에 석문이 먼저 가로챘다.

"결혼하면 자식한테 수명을 나눠줄 거라면서 나한테는 못 준다는데 그게 뭔 개소리야? 아직 애도 없는 게. 거짓말을 하려면 머리라도 좋던가. 쯧쯧쯧. 그 멍청한 년이 그래서 나한테 안 된다니까."

어디부터 어떻게 설명을 해야 할지 몰라서 선뜻 입을 열지 못했다. 자칫 말을 잘못 꺼내면 가연이 난처한 상황이 생길 것 같아서였다. 그런 나의 얼굴을 뚫어지도록 쳐다보던 석문이 무언가를 알아차렸다는 듯 검지와 엄지를 딱 소리가 날 정도로 세게 튕겼다.

"아! 그러면 말이 되겠네. 결혼도 하기 전에 네 놈이 임신시킨 거 아니야? 맞지? 어쩐지 서두르는 게 이상하더라니. 오~~ 그럼 생각보다 좀 더 받아내야겠는데?"

역시나 석문은 인간 같지 않았다. 아버지라는 이름을 가지기엔 가당치도 않은.

"오늘 찾아온 이유가 자식의 결혼을 확인하고 싶은 겁니까? 아니면 수명을 나눠주는 걸 확인하고 싶은 겁니까?"

나의 질문을 들은 석문은 품에서 담배를 꺼내더니 라이터로 불을 붙였다. 석문의 고약한 성질머리를 본 가게 안의 사람들은 실내 흡연이 금지인 걸 알면서도 아무도 말리지 않았다. 길게 연기를 뿜어내던 석문은 부릅뜬 눈으로 나를 노려보며 비열한 웃음을 지었다.

"난 상관없어. 둘 다든, 둘 중에 하나든. 단지 그년 데려가려면 나한테 합당한 대가를 지불해! 오랜만에 큰돈 만지려고 찾아온 거니까."

"대가요?"

"당연히 줘야지. 내가 곱게 키운 년을 네가 채가는 거니까 나도 남는 게 있어야 될 거 아니야? 그동안 내가 혼자서 자식 키우느라 얼마나 정성을 쏟아부었는데."

곱게 키웠다, 정성을 쏟아부었다, 라는 양심 없는 말이 실소를 자아냈다. 방금까지 입에 담기도 힘든 막말을 퍼부었으면서 얼굴색 하나 바뀌지 않고 거짓말을 줄줄이 늘어놓았다. 능구렁이 같은 석문의 모습에 한탄이 절로 나왔다.

"자식을 두고 저와 계산이라도 하겠다는 건가요?"

"못할 것도 없지. 내가 만들어서 세상에 내놓은 거니."

자식을 물건 취급하는 석문의 극악무도한 만행에 치가 떨렸다. 가연의 아버지라는 생각에 잠시나마 고민했던 내가 한심할 지경이었다. 이런 인간의 건강을 걱정했던 것조차 아까워서 시간을 전부 되돌리고 싶었다.

"그전에 저도 묻겠습니다. 따님한테 수명 나눔을 해달라고 한

게 사실인가요?"

"그건 왜 물어?"

"진짜 수명 나눔이 필요한 게 맞습니까?"

연거푸 술을 들이부은 탓에 잔뜩 힘이 들어가 있던 석문의 눈이 점점 풀려갔다.

"왜? 내가 사실대로 말하면 돈 주려고?"

"대답부터 하시죠. 들어야 선택을 할 테니."

이미 술이 얼큰하게 취한 석문은 어리석게도 내 앞에서 술술 털어놓았다.

"그게 말이지. 내가 이때까지 이 방법 저 방법 다 써먹어서 이제 돈 달라는 말이 그년한테 안 통해. 근데 얼마 전에 옆집 이 씨가 그런 말을 하더라고. 자식한테 수명 나눔을 해달라고 했더니 자식이 돈을 주더래. 수명을 못 주는 대신 그 돈으로 죽을 때까지 먹고 살라고 했다나? 그 말을 들으니 눈이 번뜩였지. 그년이 나한테 당한 게 있어서 수명 나눔을 해줄 리는 없으니 눈먼 돈이라도 주겠다 싶어서."

금수만도 못한 석문의 말에 혀를 내둘렀다. 버러지 같은 생각을 한 것도 모자라 마치 자랑인 양 나발을 불어대다니. 양심, 수치심, 죄책감, 이런 건 낯짝이 두꺼운 석문에게 전혀 해당되지 않는 단어였다. 그중에서도 석문에게 제일 없는 건 부성이었다.

"그럼 수명이 필요한 상황이라는 게 모두 거짓말인가요?"

"부모 자식 간에 거짓말은 무슨. 그냥 살짝, 아주 사~~알짝 동정심을 자극한 거지."

석문은 부모와 자식이라는 말을 입에 올릴 자격이 없다. 하다 하다 이제는 자식의 수명을 담보로 사기를 치는 석문에게 참을 수 없는 분노가 끓어올랐다. 나에게는 절실한 그것을 석문은 악랄하게 이용하고 있었다.

"그래서 돈 줄 거야? 말 거야?

혀 꼬인 소리로 돈을 달라는 석문을 보니 가연이 더욱더 측은하게 느껴졌다. 저 추악한 모습을 여태껏 수도 없이 보며 자라왔을 테니⋯⋯. 아버지와 연을 끊기로 결심한 그녀의 마음을 이제야 제대로 이해하게 되었다. 수명이 필요하지 않았음에도 돈을 얻기 위해 자식을 속이며 으스대는 석문의 모습이 역겨웠다. 그 사실을 모르고 있는 가연은 하지 않아도 되는 고민을 하고 있었던 것이다. 나와 결혼을 결심할 필요도 없는⋯⋯. 그런데, 아이러니하게도 나는 이 순간 가연과의 결혼을 결심하게 되었다.

"따님의 이름은 오가연입니다. 딸년, 그년이 아니라."

"뭐라고? 돈 달라고 했더니 이 새끼가 뭐라는 거야? 나하고 지금 말장난하자는 거야? 어?"

"아니요. 저한테 이 새끼라고 하셔도 상관없지만, 가연이한테는 이름으로 부르시라고 말씀드리는 겁니다. 저는 남이지만 가연이에게는 당신이 아버지니까요."

원하는 대답이 돌아오지 않자 열이 받은 석문은 남아 있던 소주를 잔에 붓지도 않고 병째로 벌컥벌컥 들이켰다. 만취해서 흥분 상태인 석문에게 내 충고가 통할 리 없었다. 술이 금세 바닥을 보이자 석문은 빈 술병을 들고 직원을 향해 고래고래 고함을 질렀다.

"술 가져와! 술!! 다섯 병, 아니, 한꺼번에 열 병 가져와! 빨리 가져오라고! 얼른!!"

가게 안에 사람들이 저마다 수군거렸고 그중에는 회사 직원들도 더러 있었다. 환청인지 실제인지 귓가에 내 이름도 들려오는 듯했다. 아마도 맞다면 뒷담화일 게 뻔하니 속에 가시가 걸린 듯 못내 쓰라렸다. 내일은 어떤 말로 남의 입에 오르내릴지 몰라서 그저 암담하기만 했다. 그 와중에 직원이 떨떠름한 얼굴로 술을 가져오자 석문이 꼬부라진 혀로 시비를 걸었다.

"이 새끼야! 내가 가져오라고 한지가 언젠데 이제 가져오는 거야? 손님한테 그 표정 꼬라지가 뭐야? 눈 안 깔아?"

더 이상은 참기가 힘들었다.

"그만하시죠."

"그만하긴 뭘 그만해? 너 아까 나한테 뭐라고 했어? 건방지게! 내가 그년을 뭐라고 부르던 네까짓 게 무슨 상관이야?"

눈이 풀린 상태라 나의 경고를 아예 못 들었나 싶었는데, 반이라도 들었는지 시비의 대상이 도로 내가 되었다. 숨이 막혀오는 기분이라 석문처럼 목을 조여오던 넥타이를 한 손으로 아무렇게나 풀어헤쳤다.

"고민이 길었는데, 오늘 보니 제가 상관이 있는 사람이 되어야겠네요."

"뭐?"

"그쪽이 원하는 돈 드리죠. 그딴 게 소중한 사람을 잃는 것보다 중요하다면. 하지만 그 더러운 돈을 받는 것도 오늘이 마지막이 될 겁니다. 앞으로 다신 가연이 앞에 나타나지 말라는 뜻입니다. 만일 또다시 나타난다면 오늘처럼 가만히 있지 않겠습니다. 그때는 제가 상관있는 사람이 되어있을 테니."

6

이기심과
양심의
줄타기

"하⋯⋯. 내가 다시 결혼을 하게 될 줄이야."

턱시도를 입은 내 모습을 보니 만감이 교차했다. 애꿎은 나비 넥타이만 여러 번 매만졌다.

"어색하긴 하네."

재혼이긴 해도 세희와는 혼인신고만 했었기에 결혼식을 올리는 건 처음이었다.

"이게 과연 잘하는 선택일까⋯⋯."

복잡한 심정이 뒤엉켜 표정 관리가 잘되지 않았다. 그런 내 속도 모르고 예식장에 온 직원들은 축하 인사를 건네느라 여념이 없었다.

"부장님, 결혼 축하드립니다."

"오늘 진짜 멋있으세요."

"긴장 좀 푸세요. 부장님. 오늘 주인공이신데."

"오 과장님과 결혼하시면 꼭 행복하게 사세요."

"두 분 너무 잘 어울리세요."

불편한 덕담 속에 식은땀이 주르륵 흘러내렸다.

"⋯⋯ 와주셔서 감사합니다."

장갑을 낀 손도 땀으로 흥건히 젖어 있었다. 축축해진 손을 씻기 위해 화장실을 향해 걸어가다가 복도 끝에서 발걸음이 멈칫했다.

"좀 의외지 않아? 백 부장님이랑 오 과장님 결혼 소식 듣고 나 깜짝 놀랐어."

"그러게. 타부서이기도 하고, 두 분 이미지도 완전 다르잖아. 솔직히 안 어울려."

방금까지 잘 어울린다고 덕담을 했던 김 주임의 입에서 전혀 다른 말이 나왔다.

"그것도 그렇지만 백 부장님은 재혼인데, 오 과장님은 초혼이라 더 아까워. 백 부장님은 딸도 있고."

"내 말이. 왜 그런 밑지는 결혼을 하지? 회사에 오 과장님한테 호감 있는 남직원도 은근 많던데."

"혹시 예전에 그 일 때문인가?"

더 듣기 싫어서 발걸음을 옮기려다 다른 직원의 말에 다시 멈춰 섰다.

"무슨 일?"

"전에 오 과장님 아버지가 회사에 몇 번 찾아와서 행패 부렸었잖아. 회사에 소문 쫙 나고. 그때 백 부장님이 나서서 이것저것 도와주고 직원들 입단속도 시켰던 거, 기억 안 나? 아무리 부하 직원이라도 남의 집안일에 선뜻 나서길래 다들 놀랐었잖아."

"맞다. 그랬었지. 그럼 그때부터 서로?"

"모르지. 어쨌든 나 같으면 이런 결혼 절대 안 해. 하루 이틀 살 것도 아닌데 굳이 손해 보면서 결혼을 왜 해? 남의 자식까지 키우면서."

"나도 그건 못할 것 같아. 그러고 보니 오늘 왜 오 과장님 아버지는 안 오셨지? 신부 측 부모님 자리에 아무도 없었잖아. 좀 이상하지 않아?"

"아! 그 말 들으니까 갑자기 생각났어. 나도 얼마 전에 들은 이야기인데, 회사 앞 호프집에서 백 부장님이 나이 지긋하신 분과 다퉜다고 하더라. 그때는 별로 관심 없어서 그냥 흘려들었는데, 그 사람이 오 과장님 아버지였던 거 아니야? 혹시 결혼 문제로 다퉜던 건가?"

"그게 정말이야? 설마 백 부장님이 오 과장님 아버지 결혼식에 못 오게 한 건 아니겠지? 남들 눈 의식해서."

"에이, 그건 너무 갔다. 점잖은 백 부장님이 그렇게까지 했겠어?"

"알 게 뭐야. 열 길 물속은 알아도 한 길 사람 속은 모른다는 말도 있잖아. 이 결혼만 봐도 딱 그렇지. 뭐."

사람들의 입이 가장 무서운 게 맞았다. 나의 개인사는 그저 가십거리에 지나지 않았다. 다른 말은 그냥 흘려보낸다 쳐도 '남의 자식을 키운다', '밑지는 결혼이다', 라는 말은 목구멍에 콱 막혔다. 왜 일면식도 없는 어린 딸까지 입에 올리며 타인에 대해 함부로 말하는 것인가. 속 다르고 겉 다른 사람들의 이중성이 지독히 위선적이었다.

남들의 시선은 가연과 나의 결혼을 거래처럼 말했다. 화가 치미는데도 험담을 늘어놓는 그들 앞에 당당히 나설 수도 없었다. 이유가 어찌 됐든, 결혼 후 수명 나눔을 받기로 한 그 순간부터 나는 떳떳하지 못한 입장이 되었으니.

발길을 돌려 신부대기실로 향했다. 문을 열고 들어가니 새하얀 드레스를 입고 아름답게 단장한 가연이 소파에 다소곳이 앉아 있었다. 갑작스럽게 찾아온 나를 보고 그녀가 반가운 표정을 지었다.

　"왔어요? 오늘 좀 딴사람 같네요. 근사하게 차려입어서 그런가?"

　이미 사람들의 말에 스크래치를 입은 나는 칭찬이 귀에 들어오지 않았다.

　"식 올리기 전에 물어보고 싶은 말이 있어서 왔어."

　다소 경직된 내 모습을 보고 방금까지 밝았던 가연의 얼굴이 대번에 어두워졌다.

　"물어볼 말이요?."

　"지금의 선택을 후회하지 않을 자신 있어? 당신에게는 결혼해야 하는 이유가 사라졌는데……."

　가연이 출장에서 돌아왔을 때, 나는 사실대로 말했다. 석문이 한 거짓말에 대해서만. 돈을 건넨 것에 대해서는 말하지 않았다. 석문의 거짓말을 들은 이후로 깊었던 고민은 나에게서 가연에게로 옮겨갔다. 내막을 다 알게 되면 당연히 이 결혼이 틀어질 거라고 여겨서 미리 마음의 준비를 하고 있었다. 며칠 후, 그녀가 내놓은 결론은 내 예상을 뒤집었다.

　"진지하게 생각해봤어요. 사실 부장님 앞에서는 아무렇지 않은 척했지만, 아버지한테 수명을 주지 않기 위해 결혼을 한다는

게 내심 마음에 걸렸어요. 양심일지, 동정일지, 그것도 아님 애증일지……. 나조차도 헷갈리는 감정이랄까……. 싫은 사람인데도 핏줄이라는 이유로 티끌만 한 연민이 내 안에 남아 있었나 봐요. 출장을 갔을 때도 마음이 이랬다저랬다 복잡했는데, 아버지의 거짓말이었다는 말을 듣고 차라리 다행이라는 생각이 들었어요. 마음에 걸려있던 마지막 하나까지 완전히 사라졌으니까……. 그래서 말인데, 부장님만 괜찮다면 저는 이 결혼, 그대로 하고 싶어요.”

그렇게 오늘이 되었다. 이제 식을 올리기까지 시간이 얼마 남지 않았다.

“진짜 괜찮아? 내 조건을 다 알면서도 나와 결혼하는 거.”

사람들이 우리의 결혼을 바라보는 시선이 어떤지 알게 됐기 때문일까. 왠지 한 번은 더 물어봐야 할 것 같았다. 지금이 아니면 되돌릴 시간이 없으니.

“나중에라도 후회하지 않겠어?”

질문은 가연에게 했지만, 어쩌면 나에게도 같은 질문을 던진 건지도 모른다.

곧 있으면 결혼식인데, 아직도 갈피를 잡지 못하는 나를 보며 가연은 낮은 한숨을 내쉬었다. 잠시 생각에 잠기는 듯 한 곳을 응시하던 가연은 이윽고 말문을 떼었다.

“이렇게라도 끊어내지 않으면 끝이 안 나니까……. 나는 이제 내 가족을 만들어서 아버지에게서 벗어나고 싶어요. 이번에는 넘어갔어도 수명이든 뭐든 또 필요한 게 생기면 언제든지 나를 찾아올 사람이라 두려워요. 참 웃기죠. 언제는 마음에 걸린다고 해놓고 지금은 끊어내고 싶다고 하니……. 이런 게 양가감정이라고 하더라고요. 아버지에게 그런 걸 느낄 때마다 스스로 어이가 없어요. 증오만 해도 모자란 사람인데, 모른 척하려면 신경이 쓰이고, 마음이 약해져서 다시 마주하게 되면 여전히 무서운 존재라서……. 이제는 이런 감정까지도 정리하고 싶어요. 당신과 하는 이 결혼으로."

"가연아……."

"더는 흔들리지 말아요. 그리고 나에게 하나만 약속해 줄 수 있어요?"

"약속?"

"결혼하면 당신도 나를 진심으로 대해주겠다고 약속해줘요. 내가 먼저 고백하긴 했지만, 언젠가는 당신도 나를 좋아하게 되었다는 말을 듣고 싶어. 이제는 나도 든든한 내 편이 생기길 바라니까. 다른 조건은 생각나지 않을 만큼 당신과 나, 은유까지 우리 셋이서 행복했으면 좋겠어요. 서로가 서로에게 마음의 안식을 줄 수 있는 그런 가족이 되길 바라요."

사실은 오래전부터 가연의 마음을 은연중에 눈치채고 있었다. 내가 선뜻 받아들일 수 없는 처지라 그동안은 모르는 척 넘겼다. 내가 생각하는 마음의 크기가 가연의 마음과는 다르다는 것을 스스로도 잘 알고 있기에 그녀에게 상처를 주고 싶진 않았다. 그렇지만 이번에는 가연이 먼저 내민 손을 쉽사리 뿌리칠 수 없었다. 은유의 수명이 걸려있는 일이니…….

그나마 다행인 건 은유가 우리의 결혼을 반대하지 않았다는 것이다. 석문의 거짓말을 알고 장애물 같았던 이유가 사라지긴 했어도 나에게는 은유의 허락이 제일 중요했다. 오랜 고뇌 끝에 어렵사리 재혼에 대해 털어놓은 날, 의외로 은유는 놀라지 않았다. 도리어 덤덤하게 마음에 담아둔 이야기를 꺼냈다.

"가연이 이모라면, 그 말이 나올 것 같아."

"무슨 말?"

"엄마…… 라는 말. 나는 한 번도 불러본 적 없잖아. 그래서 다른 사람이면 그 말을 할 수 없을 것 같은데, 가연이 이모라면 할 수도 있을 것 같아. 사실은 그런 생각해 본 적 있었어. 가연이 이모처럼 좋은 사람이 우리 엄마면 어떨까 하고……."

"은유야……."

"나는 아빠가 행복했으면 좋겠어. TV에서 봤는데 마음이 행복해야 건강하게 오래 살 수 있대. 나는 아빠랑 오래오래 함께 살고 싶어. 몸도 마음도 아프지 않고."

불현듯 머릿속에 그 말이 떠오르자 끝나지 않던 내 고민에 종지부를 찍어주었다. 몸도 마음도 아프지 않고 오래 함께하고 싶다던 은유의 말이 빈틈이 생길 뻔한 나의 다짐을 다시 메워 넣었다. 수명을 나눔 받아야 은유의 희망을 지켜줄 수 있다. 행복했으면 좋겠다는 바람은 가연과 은유가 같았다. 같은 바람일지라도 가연에게는 미안하지만, 그녀의 진심보다는 은유의 진심이 나에게 더 와닿았다. 흔들리지 않을 확신이 필요해서 그녀에게 물었음에도 결국 나의 확신은 은유였다. 각자 처한 상황에 따라 결정을 내리게 되는 인간의 이기심을 거듭 느끼면서도 나는 가연의 물음에 고개를 끄덕였다.

"약속할게."

"고마워요."

반쯤 빛이 바랜 나의 얄팍한 진심에도 가연은 해사하게 웃어 보였다. 그 미소에 마음 한편이 저릿하게 아려올 때, 은유가 신부대기실로 들어섰다.

"이모, 오늘 너무 예뻐요. 아! 이제 이렇게 부르면 안 되는데……."

"괜찮아. 호칭은 편할 때 천천히 바꿔도 돼. 그러고 보니 오늘 은유 아빠도 나한테 예쁘다는 말 안 해줬는데, 우리 은유가 먼저 해주네. 고마워."

"우리 아빠가 다 좋은데, 눈치가 좀 없어요. 이모도 알죠?"

"당연히 알지. 나도 그렇게 생각해."

"제가 나중에 따로 교육할게요."

둘의 너스레에 기가 차면서도 피식 웃음이 새어 나왔다.

"사람 앞에 두고 둘이서 뭐해? 은유 너, 아빠 계속 들었다 놨다 할 거야?"

"아빠도 결혼하면 좀 바뀌어야 해. 이모한테 지금보다 훨씬 더 잘해줘. 알았지?"

"내가 이래서 은유를 좋아한다니까. 오늘 은유도 예쁘게 입고 왔는데, 우리 셋이서 같이 사진 찍을까?"

"네. 좋아요!"

사진 기사가 우리를 향해 외쳤다.

"자! 여기 보시고, 활짝 웃으세요. 하나, 둘, 셋."

찰칵.

난생처음으로 찍어보는 가족사진이었다.

✕✕✕

"학교 다녀오겠습니다."

은유가 현관에서 신발을 신자 가연이 주방에서 급하게 달려 나왔다.

"은유야, 이거 가면서 친구들이랑 같이 나눠 먹어. 먹기 편하게 작은 크기로 여러 개 만들었어."

가연은 토스트가 담긴 종이백을 은유의 손에 쥐여 주었다.

"안 그래도 애들이 엄마 토스트 맛있다고 또 먹고 싶어 했는데. 땡큐. 엄마."

결혼 후, 6개월쯤 지나자 은유는 자연스레 호칭을 바꿨다. 언제부터인지도 모르게 가연과 은유는 서로 말투도 편하게 하는 사이가 되었다. 시간이 빠르게 지나 계절이 세 번 바뀌었고, 그 사이 은유는 중학생이 되었다.

초등학생 때까지는 꼭 아침을 밥으로 먹던 녀석이 중학생이 되자 갑자기 다이어트를 한다고 난리였다. 잘 먹던 아침까지 거른다고 하니 가연은 유튜브를 찾아보며 저녁에는 다이어트 식단을 준비해 주고, 아침에는 호밀빵으로 만든 토스트를 만들어 주었다. 나였으면 무슨 다이어트냐며 밥 먹으라고 잔소리부터 했을 텐데, 가연은 사춘기에 접어든 딸의 마음을 오롯이 이해해 주었다. 매일 밤 근린공원에 가서 같이 운동도 해주었고, 외모를 꾸미기 시작한 은유를 위해 손수 화장품도 골라주었다. 주말이면 은유와 단둘이 여행을 가거나 핫플레이스에 가서 데이트를 하기도 했다. 이런 세심한 관심이 전해졌는지 은유도 가연의 마음을 온전히 받아들인 것 같았다.

"오늘 은유 병원에 가는 날이죠? 내가 반차 쓰고 같이 갈게요."

"당신이?"

"몇 번 가봤으니까 할 수 있어요. 병원 갔다가 은유랑 영화도 보고, 옷이랑 속옷도 좀 사주려고요. 같이 가야 치수에 맞게 살 수 있거든요. 며칠 전에 보니 키가 많이 자라서 바지 길이가 좀 짧더라고요. 속옷도 작아지고."

"고마워. 그런 것까지 세세하게 신경 써 주고 은유도 잘 챙겨 줘서."

"엄마가 딸 챙기는 게 뭐가 고마워요. 당연한 거지."

"그렇게 말해주니 더 고맙네. 우리한테 당신이 있어서 참 다행이야."

빛이 바랬던 진심이 조금씩 빛을 찾아가고 있는 듯했다. 결혼을 한 이유가 어찌 됐든, 현재 우리의 모습은 누구보다 행복한 가족일 거라고 믿고 싶었다.

은유를 학교에 보내고 가연과 함께 출근길에 나섰다. 차에 올라타자 갑자기 가연이 가방을 뒤적였다.

"어? 나 휴대폰 집에 두고 온 것 같아요. 금방 다녀올게요."

가연이 집으로 다시 들어가고 차에서 혼자 기다리고 있던 그때, 느닷없이 휴대폰 벨소리가 울렸다. 소리가 나는 곳으로 살펴보니 조수석 틈 사이에 가연의 휴대폰이 빠져 있었다.

"여기 있었네. 괜히 온 집안에 찾고 있겠는데."

계속 울리는 휴대폰을 들어 올리자 화면에 등록되지 않은 번호가 떠 있었다.

{010-xxxx-7912}

"아침부터 누구지?"

전화를 받으려던 찰나, 가연이 다시 차에 올라탔다.

"아무리 찾아도 집안에 휴대폰이 없네요."

"안 그래도 당신 데리러 들어가려고 했어. 차 안에서 벨소리가 나서 찾아봤더니 휴대폰이 여기 있더라고. 근데 아까부터 계속 전화가 오⋯⋯."

내 말이 채 끝나기도 전에 가연은 내 손에 있던 휴대폰을 낚아채듯 가져갔다. 그런데, 전화를 받기 위함이 아니었다. 벨이 울리는 휴대폰을 그대로 손에 들고서 이상하게 통화 버튼을 누르지 않았다.

"전화 안 받아? 계속 울리는데."

"스팸 전화라 안 받아도 괜찮아요. 요즘 들어 이런 전화가 자주 오네요. 차단해도 계속 새 번호로 오고. 일반 번호는 잘 안 받아서 그런지 일부러 휴대폰 번호로 하는 것 같아요."

"스팸 전화? 영 불편하면 번호라도 한 번 바꾸던지."

"업무용으로 써서 번호 바꾸기도 곤란해요. 신경 쓰지 말고 얼른 출발해요. 이러다 회사 늦겠어요."

끊어졌던 휴대폰의 벨소리가 여러 번 다시 울려댔지만, 가연은 출근길 내내 통화 버튼이 아닌 차단 버튼만 눌렀다.

⌛ ⌛ ⌛

또다시 계절의 색이 바뀌어 가고 있었다. 어느새 결혼기념일도 코앞으로 다가왔다. 세희와의 일 때문인지 이상하게 그날이 가까워져 오는 게 두려웠다. 게다가 가연과 결혼 전의 약속을 실행하는 날도 얼마 남지 않아서 내심 불안하고 초조한 마음을 지울 수가 없었다.

"시간이 참 빠르네."

책상 위에 달력을 보다가 그 옆에 있는 가족사진이 눈에 들어왔다. 사진 속에서 환하게 웃고 있는 가연과 은유의 모습을 보니 괜스레 마음이 뭉클해졌다.

"아침에 보니 컨디션이 좋지 않은 것 같던데, 좀 괜찮으려나?"

요즘 들어 가연은 기운이 없어 보였다. 걱정거리라도 있는 건지 종종 기분도 다운되어 있었다. 무슨 일이 있느냐고 물어보면 그때마다 아니라고만 했다.

가족사진을 흐뭇하게 바라보던 그때, 가연과 같은 부서인 송 대리가 하얗게 질린 얼굴로 헐레벌떡 사무실로 뛰어 들어왔다.

"부장님! 얼른 가보셔야겠어요. 오 과장님이……."

어쩐지 아침에 낯빛이 안 좋았던 게 내내 마음에 걸렸다. 아파도 티를 내지 않는 성격이라 조만간 사달이 날 것 같았다. 무리해서 일하다 탈이 난 건 아닌지 걱정이 돼서 한걸음에 옆 부서로 달려갔다. 사무실 앞에는 많은 사람들이 웅성거리며 모여 있었다. 이 정도로 인파가 모인 걸 보니 가연이 쓰러진 게 분명했다. 평소에도 빈혈 때문에 현기증이 잦았기에 확신이 들었다.

"오 과장! 가연아!"

다급하게 부르는 내 목소리를 듣고 주위에 모여 있던 사람들이 일제히 나를 돌아봤다. 모두가 하나같이 놀람과 당혹스러움이 뒤섞인 표정으로 길을 터주었다. 그 사이를 지나 가연의 모습을 발견한 나는 순식간에 사색이 되어 온몸이 차갑게 얼어붙었다. 나의 예상과는 달리 바닥에 쓰러져있는 사람은 그 어디에도 없었다.

검붉은 피를 흘리며 수갑을 차고 있는 가연만 있을 뿐이었다.

"백도훈 씨, 제 말 듣고 있어요?"

"제, 제가…… 경황이 너무 없어서 죄송한데 다시 말씀해주시겠어요?"

오랜만에 오는 경찰서. 절대 오고 싶지 않았던 곳. 고성을 지르는 사람들 사이 울부짖는 누군가. 짓누르는 공기와 듣기 싫은 소리. 잊고 싶었던 과거가 떠오르게 만드는 이 분위기를 도저히 견딜 수가 없었다. 괴로워서 정신이 아득해지려고 하는 나에게 경찰이 재차 강조하며 일깨워 주었다.

"오가연 씨가 암암리에 거래되는 어플을 통해서 불법으로 수명 나눔을 받으려다 적발됐습니다. 잡힌 브로커들의 고객리스트에 오가연 씨의 정보가 있어서 찾아갔는데, 경찰이라는 말을 듣자마자 오가연 씨가 극도로 흥분하며 갑자기 커터 칼로 자신의 다리를 찔렀습니다. 가족에게 알리면 스스로 죽겠다면서요. 위험한 상황이라 자살을 말리기 위해 어쩔 수 없이 수갑을 채운 겁니다. 범행 시도를 한 것이지, 아직은 실행에 옮긴 상태가 아니라서 가벼운 처벌에 그칠 텐데, 왜 그렇게까지 했는지……."

"바, 방금…… 뭐라고 하셨어요? 수명 나눔이요? 아내가 자살을 하려고 했다고요?"

"네. 남편에게 알려지느니 차라리 죽는 게 낫다면서……. 백도훈 씨는 전혀 몰랐던 일인가요?"

"저는 전부 처음 듣는 이야기예요. 그럼 아내가 직접 타인의 수명을 나눔 받으려고 했다는 건가요? 저희 아내가 수술을 받을 정도로 몸이 안 좋았다는 뜻인가요?"

경찰이 난감한 표정을 지으며 머리를 긁적였다.

"그 부분이 좀 의아하긴 해요. 그러려면 혈액형이 똑같은 사람을 공여자로 찾았을 텐데, 오가연 씨는 본인과 다른 혈액형을 찾았더라고요."

"다른 혈액형이요?"

"조사해 보니 오가연 씨는 혈액형이 A형인데, 수명 공여자를 O형으로 구했어요. 불법 어플에 오가연 씨가 O형을 구한다고 직접 댓글을 남겼던 증거도 나왔습니다."

"그게 진짜인가요? 아내의 혈액형이 A형이라고요?"

"네. A형이요. 배우자분 혈액형을 모르셨어요?"

"아니요. 알고 있었어요. 결혼 전에 저에게는 분명 O형이라고……!!!"

충격이었다. 가연의 말이 처음부터 거짓이었다니!

"말도 안 돼. 그럴 리가……."

어디서부터 어디까지가 그녀의 진심이었던 걸까. 아버지의 일도, 나를 좋아한다던 말도, 은유를 친딸처럼 아끼던 마음도 전부 다 거짓이라는 말인가. 그러기에는 너무 진심처럼 보였던 그녀의 행동이 나의 혼란을 가중시켰다. 불현듯 결혼상담사가 해줬던 말이 뇌리에 스쳤다.

〈그분들은 백도훈 씨가 내건 조건보다 능력이나 자산을 우선순위로 보는 거겠죠. 생각보다 사람들은 자신의 이익을 따지는 편입니다.〉

〈백도훈 씨가 말씀하셨던, 진심으로 따님을 보듬어줄 분을 찾는다는 건…… 사실상 어렵습니다.〉

〈쉽게 말해서 백도훈 씨가 조건을 내건 것처럼 상대 역시 자신이 필요한 조건을 걸었다는 뜻이죠. 그게 돈이 될 수도, 다른 중요한 게 될 수도 있는데, 괜찮으세요?〉

나의 잘못된 선택으로 인해 치러야 하는 대가가 바로 이것이었나. 하지만 이번에는 나로 끝나지 않는다. 세희가 나를 속였을 때는 은유가 어려서 몰랐다고 해도 지금은 숨기기가 어려웠다. 만에 하나라도 이 사실을 알게 된다면 은유가 받을 충격은 이루 말할 수 없었다. 어른인 나도 받아들이기 힘든 가혹한 현실을 어린 딸이 어떻게 감당한다는 말인가. 깊은 절망의 늪에서 허우적대면서도 가연과 은유가 함께 웃던 모습이 아른거려서 가슴이 미어졌다. 결국, 나는 또다시 지옥의 구렁텅이에 빠지고 말았다.

7

SECRET B
– 판도라의 상자

그녀가 입원해 있는 병원을 찾아갔다. 병실 앞에서 한참을 망설이다가 어렵게 문을 열었다. 왼쪽 다리에 붕대를 감은 채 침상에 누워있는 가연의 모습이 보였다. 내가 온 것도 모르고 그녀는 잠에서 깨어나지 않았다.

"그동안 당신에게 무슨 일이 있었던 거야……."

해가 저물도록 의식이 없는 가연을 물끄러미 바라만 보았다. 거대한 불행이 들이닥친 이 상황에 내가 어떻게 해야 할지 섣불리 판단이 서지 않았다. 세희에게 그렇게 당했음에도 가연을 너무 믿었던 게 잘못이었을까. 아니면 순수하지 못한 의도로 결혼을 한 게 잘못이었을까. 감정의 혼돈 속에 빠져 있던 나는 문득 그런 생각이 들었다.

"내가 화를 낼 자격이 있는 건가……."

세희 때와는 다르게 오로지 가연만을 증오할 수가 없었다. 나도 내 딸의 수명을 위해서 그녀를 이용한 것과 다름없으니……. 나 역시도 빛바랜 진심이었지 않았던가.

결혼 후, 잠시나마 느꼈던 그 행복이 진짜이길 바랐지만, 애초에 거짓이 담긴 진심은 진짜가 될 수 없는 법이었다. 몹시 낙담하던 그때, 병실 문이 열리며 누군가가 들어섰다.

"부장님."

나에게 가연의 소식을 제일 먼저 알렸던 송 대리였다. 난처한 표정을 지으며 쭈뼛거리던 송 대리는 조심스러운 발걸음으로 나에게 다가왔다. 그녀의 손에는 낯익은 가방이 들려 있었다.

"이거 오 과장님 가방인데, 경황이 없으셔서 못 챙기신 것 같아 챙겨왔어요."

"아, 고마워요. 송 대리."

"오 과장님은 좀 괜찮으세요?"

대답보다 한숨이 먼저 나오는 나를 보고 송 대리가 안타까운 표정을 지었다.

"부장님도 많이 놀라셨겠어요. 회사에서도 다들 난리예요. 이게 무슨 일이냐며…… 그래서 걱정이에요. 원래 사람들 입이 가장 무섭잖아요. 확인되지 않은 소문도 금세 퍼지고. 다들 진실보다는 가십을 훨씬 좋아하니까. 회사를 다니다 보면 소문의 대상이 되는 게 제일 두려운 것 같아요."

송 대리도 나와 같은 생각을 가지고 있었다.

"하……. 소문의 대상이라……."

둘 사이에 잠시 정적이 흘렀다. 내 눈치를 살피던 송 대리는 어색하게 머리를 긁적였다.

"괜히 제가 주제넘은 말을 한 것 같네요. 더 오래 있으면 불편하실 테니 저는 이만 갈게요. 상황이 좀 정리가 되면 찾아뵈려고 했는데, 오 과장님 가방에서 계속 휴대폰 벨소리가 울리길래 혹시나 급한 용무일까 봐 오늘 오게 됐어요. 저 가고 나면 휴대폰 한번 확인해 보세요. 그 핑계로 오 과장님 괜찮으신지 병문안도 하려고 겸사겸사 와본 거예요. 잠깐이라도 얼굴 봤으니까 바로 가볼게요."

그렇게 말하는 송 대리의 표정이 살짝 불편해 보였다. 딱히 편한 사이도 아니고 현재 처한 상황도 있으니 한 번 더 붙잡으면 스스로 눈치 없는 상사가 되는 거였다.

"조심히 들어가요. 오늘 와줘서 고마워요. 송 대리."

"고맙긴요."

"요즘 같은 세상에 남 챙겨주는 게 쉬운 일은 아니잖아요. 특히나 회사에서는."

"그래서 과장님과 부장님이 결혼하셨다던데요. 다른 직원들이……."

무심코 툭 튀어나온 말에 송 대리는 당황한 기색이 역력했다.

"무슨 뜻……."

"아, 아무것도 아니에요. 오 과장님 깨어나시면 안부 전해주세요."

송 대리가 다녀간 후, 마지막 말을 곱씹어보다 문득 가연이 했던 말이 떠올랐다.

〈아무도 도와주지 않을 때 부장님이 먼저 나서줬잖아요. 그 뒤로도 여러 번 도와줬었고……. 덕분에 한동안은 시달리지 않았어요. 회사 앞까지 찾아와서 행패를 부리는 아버지를 보고 직원들이 저에 대해 뒷담화를 할 때도 부장님이 그러지 말라고 말해준 것도 알아요. 항상 아버지가 찾아올 때면 소문이 나서 잘 다니던 회사를 그만둬야 했어요. 그 탓에 원치 않아도 이직을 자주 했었는데, 여기는 부장님 덕분에 계속 다닐 수 있었어요.〉

잊고 있었다. 그녀가 나를 마음에 담게 된 이유를.

그때의 나는 자발적으로 가연을 돕고 싶었다. 그게 연정이 아닌 연민일지라도 그 마음이 모두 거짓은 아니었다. 그러니 가연의 마음도 전부 거짓일 리는 없다는 생각이 들었다. 그런 결론에 도달하자 서서히 화가 누그러들었다. 혈액형까지 속여가며 나와 결혼을 하려 했던 그 속도 오죽했을까.

"참 미련하네. 당신……."

의식이 없는 동안 생각을 정리할 시간이 주어진 게 차라리 다행이었다. 아까 병원에 왔을 때 깨어있었다면 가연을 원망하는 말만 마구 쏟아냈을 것이다. 하루 동안 천국과 지옥을 오간 듯했다. 어쩌면 지금 내린 결론이 틀렸을지도 모른다. 세희에 이어 가연에게까지 상처받고 싶지 않은 나의 방어기제일지도……. 이렇게라도 암담한 현실을 회피하고 싶은 것처럼……. 그럼에도 나는 이미 문제를 덮어두는 쪽으로 가닥을 잡아가고 있었다.

조금은 달라진 감정으로 가연을 바라보고 있을 때, 고요한 병실의 정적을 깨우듯 가방에서 휴대폰 벨소리가 울렸다. 계속 전화가 왔다던 송 대리의 말이 걸려서 가방을 열고 휴대폰을 꺼냈다. 등록되어 있지 않은 번호인데, 왠지 뒷번호가 낯설지 않았다.

{010-xxxx-7912}

내내 울리는 벨소리가 신경이 쓰여 받으려던 찰나, 전화가 뚝 끊겨버렸다. 그리고 곧바로 문자 알림음이 울렸다. 망설이다 문자의 화면을 터치했다. 그러자 비밀번호로 인증을 해야 확인이 가능하다는 안내메시지가 나타났다.

"보안 문자인가? 비밀번호 6자리?"

제일 먼저 가연의 생년월일을 입력해 봤다. 여전히 굳게 잠긴 보안 화면이 사라지지 않았다. 그다음은 내 생년월일로 해봤지만, 그것도 아니었다.

"혹시⋯⋯."

우리의 결혼기념일을 입력하자 바로 화면이 바뀌며 의문의 문자 내용이 보였다.

{계속 연락이 안 되면 진행이 불가합니다. S가 기다리고 있으니 내일까지 빠른 연락 바랍니다. 기존 어플은 폭파됐으니 보내드린 링크의 새 어플로 접속을 해야 이어서 진행이 가능합니다. 새 어플을 다운받고 공지사항을 확인한 후 계약서를 새로 작성하세요. B가 확인 후 다시 연락하겠습니다.}

"이게 다 무슨 말이야? S는 누구고 B는 또 누구지?"

흔한 스팸이라고 넘기기에는 뭔가 석연치 않은 점이 많았다. 문자를 다시 찬찬히 살펴보다가 '어플'이라는 글자에 시선이 딱 멈췄다.

"어플⋯⋯!!"

경찰이 말하던 불법 어플을 대입해 보니 아귀가 절묘하게 맞아떨어졌다.

〈오가연 씨가 암암리에 거래되는 어플을 통해서 불법으로 수명 나눔을 받으려다 적발됐습니다. 잡힌 브로커들의 고객리스트에 오가연 씨의 정보가 있어서⋯⋯.〉

"B는 브로커를 말하는 건가? 그럼 S는 무슨 뜻이지?"

여기서 멈춰야 할지 말지 기로에 놓인 나는 고민 끝에 직진하기로 결심했다. 조금은 두려운 마음을 안고 문자의 링크를 누르자 어플을 다운받을 수 있는 새 화면으로 연결됐다. 어플 이름은 SECRET B. 더는 지체하지 않고 곧바로 설치 버튼을 눌렀다.

[SECRET B. 어플 설치가 완료되었습니다.]

[열기] 버튼을 누르니 한 번 더 비밀번호를 누르라는 안내 문구가 떴다. 아까 찾았던 번호 6자리를 입력하자 상상조차 못 한 화면이 눈앞에 펼쳐졌다.

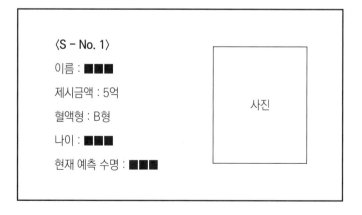

⟨S - No. 1⟩

이름 : ■■■

제시금액 : 5억

혈액형 : B형

나이 : ■■■

현재 예측 수명 : ■■■

사진

수많은 사람들의 개인정보와 얼굴 사진이 수두룩하게 올려져 있는 게 아닌가! 마치 이력서처럼.

No. 1, No. 2, No. 3 ~ 이런 식으로 회원마다 각자의 번호가 지정되어 있었다. 어플에 자신의 정보를 등록한 회원이 워낙 많아서 번호의 끝이 보이지 않을 정도였다. 특이점은 일반적인 이력서와 다르게 회원의 혈액형과 예측 수명이 기재되어 있다는 것. 그리고 비밀번호를 누르기 전까지는 내용을 확인할 수 없게 보안이 철저하다는 것과 회원이 직접 제시한 금액이 있으며 저마다 액수가 다르다는 것이다.

"이게 다 뭐지?"

기본 결제를 하기 전에는 회원의 얼굴이 있는 사진과 제시 금액, 그리고 혈액형만 미리 확인할 수 있었다. 기본 정보 아래에는 선택 정보도 따로 있었다. 거기에는 추가결제라는 안내 문구도 더해졌다.

〈선택 정보〉 - ♛ 추가결제

학력 : ■■

직업 : ■■■ (■■■■■)

범죄 이력 : ■■

혼인 여부 : ■■

자녀 유무 : ■■

지원 이유 : ■■■■■■

사진

페이지를 넘길 때마다 새로운 회원의 정보로 업데이트됐다. 여러 내용을 유추해 봤을 때, 문자에 있던 S는 어플의 이름처럼 비밀 회원을 뜻하는 듯했다. 불법 어플이라는 것을 인지했으니 바로 닫아야 하는 게 맞는데, 몹쓸 호기심이 자극되자 손가락이 자동으로 다음 페이지를 넘기고 있었다. 사진으로만 봐도 딱 사회 초년생이란 느낌이 올 정도로 나이가 앳되어 보이는 사람들이 수두룩했다. 상상도 못 한 금액 제시에 기절초풍하기도 했고, 나이와 상관없이 불법적으로 자신의 수명을 거래하는 사람들이 이렇게나 많다는 사실이 개탄스럽기도 했다. 한 명씩 차례대로 넘겨보던 그때 팝업창이 화면에 나타났다.

회원 정보를 반영한 〈맞춤형 추천리스트〉를 확인하시겠습니까?

"추천리스트?"

살짝 망설인 게 민망할 정도로 머리와 다르게 손가락은 이미 OK라고 적힌 선택 버튼을 클릭하고 있었다. 추천 인원은 총 5명이었고 모두 혈액형이 O형인 걸로 보아 미리 등록한 조건에 맞춰서 알고리즘처럼 자동으로 추천이 되는 듯했다. 스크롤을 내리며 추천 인원을 차례대로 살펴보던 나는 마지막 추천 회원을 보고 멈칫했다. 사진에 보이는 낯익은 얼굴.

"이 사람 어디서 봤는데…………!!"

이내 그의 정체를 깨달은 나는 엄청난 충격에 휩싸이고 말았다. 오래전, 남의 가족사진에 있던 그 사람, 내 자리를 빼앗은 그 사람, 다시는 떠올리기 싫었던 얼굴…… 바로 차세희의 남편이었다.

☒☒☒

"지금은 진정제를 맞고 잠이 든 상태예요. 깨어나면 계속 자해를 하려고 해서 한동안은 양팔을 고정해야 할 것 같습니다. 예전에도 그런 적이 있었는지 의료진이 치료하면서 보니 오래된 흉터가 몸 곳곳에 있다고 하더군요. 과거에도 반복적인 자해 시도가 있었나요? 혹시 최근에도 그랬나요?"

의사가 걱정스러운 표정으로 내게 물었다.

"결혼 전에 자살 시도를 한 적이 있다고 저에게 말한 적이 있긴 한데…… 그 뒤로 자해에 대해서 따로 물어본 적은 없어요. 좋은 이야기가 아니라서 일부러 꺼낼 필요는 없다고 생각했어요. 괜히 상처를 건드릴 수도 있으니……. 결혼 후에는 아내도 별로 내색을 하지 않았고 안정적인 가정도 생겨서 이제는 다 괜찮아진 줄 알았어요."

의사가 내 말을 들으며 무언가를 기록했고, 나는 그의 표정을 읽을 수 없었다.

"흠, 그래요? 배우자분이 알고 있는 가연 씨의 평소 성격이나 행동은 어땠나요?"

"제 앞에서나 딸 앞에서는 늘 밝은 모습만 보여왔어요. 평소에 감정조절을 못 한다거나 난폭한 행동을 보인 적도 없었어요. 오히려 너그럽다고 느낄 만큼 무던한 성격이었죠. 그래서 이번 일이 무척 충격이었어요. 아내가 칼로 자신을 찔렀다는 게……."

일단 내가 아는 건 그랬다. 그렇지만 가연의 속마음까지 다 알 길은 없으니 대답을 하면서도 솔직히 자신은 없었다. 여태 내가 봤던 모습과 내가 알고 있던 가연의 성격이 진짜가 맞는지조차 헷갈리는 상태라 확신이 서질 않았다. 자신 없는 내 목소리를 눈치챘는지 의사가 가연의 상태를 설명했다.

"평소에 불안을 속에 지니고 있다가 어떤 계기가 기폭제가 되었을 때 이런 식으로 위험하게 나타날 수도 있습니다. 오랫동안 스스로를 억제하며 혼자 숨겨두었던 마음을 이렇게라도 표출하는 겁니다. 좋은 방법은 아니지만, 상대에게 자신을 좀 봐달라는 뜻이기도 하죠. 아무래도 안정이 될 때까지는 심리치료를 받아야 할 것 같습니다. 현재 오가연 씨에게 의지가 되는 사람이 곁에 있나요? 배우자분이 그런 역할을 해주나요?"

"아……. 저보다는 딸을 더 의지하는 것 같아요. 질책을 받을 말이지만, 제가 그다지 다정한 남편은 아니라서……."

이번에도 자신 있게 답하지 못했다. 결혼 후, 진심으로 대해달라던 가연과의 약속을 지키기 위해 나름 노력하긴 했지만, 은연중에 느껴지는 불편함은 있었다. 빛바랜 진심에 다시 빛이 들기 시작했다고 믿었는데, 이번 일을 겪고 보니 혼자만의 착각이었다는 걸 깨달았다. 내가 느끼는 불편함을 가연 역시 느끼고 있었을 테니. 애당초 신성한 결혼에 조건을 내건 자체가 잘못이었다. 후회로 되돌리기엔 너무 늦어버렸지만…….

"배우자에게 갈구하던 애정을 원하는 만큼 받지 못하게 되었을 때, 그 대상이 자녀로 바뀌는 경우도 간혹 있습니다. 자칫 잘못하면 집착이 될 수도 있는데, 그 정도가 아니라면 꼭 나쁜 것만은 아닙니다. 서로 원만한 관계가 형성된 상태라면 자녀분이 오가연 씨에게 마음의 안정제 역할을 해줄 수도 있겠네요."

의사의 말을 듣는 내내 지나온 결혼 생활을 되짚어봤다. 내가 아무렇지 않게 넘겼던 무심한 행동들이 가연에게는 혹여 상처가 된 건 아닌지를…….

나는 그녀의 아버지와는 다르게 행동했다고 생각했는데, 정작 가연에게는 또 다른 불안감을 심어주었는지도 모른다. 그사이 내가 아닌 은유가 가연에게 마음의 안정제가 되어줬다는 사실이 내심 놀라웠다.

"다리 상태는 어떤가요? 회복이 잘 될까요?"

"협진 중인 외과 교수님의 말씀으로는 다행히 신경이 손상되지 않았다고 하셨으니 꾸준한 치료와 재활만 잘 받으면 일상생활에는 무리가 없을 것 같습니다. 더 자세한 부분은 나중에 따로 외과 교수님과 면담하시면 될 것 같습니다. 상처가 너무 깊어서

봉합된 자리에 흉터는 남을 겁니다. 지워지지 않는 흔적을 보면 과거가 떠올라서 환자가 크게 동요할 수도 있으니 배우자분이 곁에서 각별히 신경 써 주세요."

의사와 면담을 나눈 후, 오만 가지 생각이 들어 뒤죽박죽이었다. 얼굴에는 금세 어두운 그림자가 드리웠다. 어플의 실체를 알고 난 뒤 여러모로 마음이 어수선한 상태에서 의사의 염려 섞인 말까지 더해지니 심신이 더욱 피폐해졌다.

"우리는 어디서부터 어긋난 걸까……."

날이 저물고 가연이 천천히 눈을 떴다.

"정신이 좀 들어?"

"은유는 어디 있어요?"

긴 잠에서 깨어나자마자 은유를 찾는 모습에 그녀의 행동이 모두 거짓은 아닐 거라고 머릿속에 되새겼다.

"도우미 아주머니와 같이 집에 있어. 은유는 아직 몰라. 당신 아픈 거. 들으면 놀랄까 봐 말 못 했어."

"……."

"좀 괜찮아? 도대체 왜 그런 거야?"

"미안해요. 당신 속여서……."

"아니, 나 속인 거 말고, 왜 당신 스스로를 찔렀냐고 묻는 거야."

내 말이 떨어지자마자 그녀의 슬픈 눈망울에서 구슬픈 눈물이 흘러내렸다.

"사실을 알면 당신이 나를 떠날 것 같아서……."

애처로이 말하며 가냘프게 떨고 있는 가연을 보니 어느덧 나의 눈가도 촉촉이 젖어들었다.

"그날, 은유를 위해 맞선 본 이야기를 듣는데, 갑자기 그런 생각이 들었어요. 내가 당신과 결혼하면 비열한 아버지한테서 도망칠 수 있겠구나 하는……. 너무 절실해서 나도 모르게 혈액형을 거짓으로 말했어요. 그래야 당신과 결혼할 수 있으니까……."

잡념을 떨쳐 버릴 시간을 가져서인지 가연의 대답에 흥분하거나 격하게 반응하지 않았다. 의사의 조언이 나에게 크게 작용한 것도 있었다. 그래서 지금 이 순간만큼은 가연의 말을 왜곡하지 않고 묵묵히 경청했다. 결혼 전, 내가 고해하듯 잘못을 털어놓았을 때, 그녀가 비난이 아닌 이해를 해주었듯이 나도 한 번쯤은 그녀를 오롯이 이해해 보고 싶었다. 속에 담아둔 이야기를 모두 털어놓을 수 있게 그녀의 말을 끊지 않고 가만히 기다려주었다.

"결혼 후에 당신과 은유를 볼 때마다 죄책감이 들어서 여러 번 사실대로 말하려 했는데, 차마 입이 떨어지지 않았어요. 말하게 되면 우리 사이가 깨져버릴 것 같아서……. 은유도 이제야 겨우 마음을 열었는데, 나 때문에 또다시 큰 상처를 받을 것 같아서 걱정됐어요. 혼자 전전긍긍하던 중에 불법 어플이 있다는 것을 알게 됐고, 브로커를 통하면 가족이 아니어도 수명 나눔 수술을 받을 수 있다는 말에 혹했던 것 같아요. 사실은 결혼 생활 내내 겁이 났어요. 나 때문에 은유에게 무슨 일이라도 생길까 봐…….

당신이 나를 떠나게 될까 봐……. 그래서 최대한 빨리 공여자를 찾고 수술만 무사히 받고 나면, 그때는 당신에게 사실대로 다 털어놓으려고 했어요. 이제 와서 이런 말을 하는 게 소용없겠지만 그래도 미안해요. 당신에게도, 은유에게도.”

어디까지가 진실인지 알 수 없는 상황에서 가연의 말을 모두 믿는다는 건 쉽지 않은 일이었다. 그럼에도 불구하고 나는 상처를 헤집는 쪽보다는 덮어두는 쪽으로 택하고 싶었다. 비겁한 선택이라고 할지라도 지금은 아주 조금이나마 덜 무너지는 쪽이 간절히 필요했다. 벼랑 끝에 서 있는 내가 미약하게 남아있는 힘으로라도 간신히 버틸 수 있게.

“방금 나에게 한 말에는 한 치의 거짓도 없는 거야?”

겉으로는 의심과 믿음의 기로에 놓인 질문처럼 보여도 속으로는 한쪽으로 치우친 질문이었다.

“믿기 어렵겠지만 다 사실이에요.”

어쩌면 그녀의 입을 통해 이 말을 듣고 싶었는지도 모른다. 더는 내가 무너지지 않도록 단단히 붙잡아 줄 수 있는 무언가가 필요해서.

“그럼 하나만 더 물어볼게. 나는 속였어도 은유에게 한 행동이나 말들은 모두 진심이었던 거야?”

내내 흐느끼고 있던 가연은 내 질문을 듣고 복받치는 설움을 주체할 수 없었는지 점점 울음소리가 커져갔다.

“결혼을 하게 된 여러 이유 중에 은유도 있었어요. 어릴 때부터 지금까지 곁에서 지켜봐 왔잖아요. 무엇이든 은유가 처음 하는 건 나와 같이하는 게 많아서인지 그 애를 볼 때면 애틋했어요. 내색하진 않았어도 마음 한편으로는 품고 있었나 봐요. 나도 어린 시절에 엄마가 없었으니까 동병상련의 마음으로 은유를 내 모습처럼 보고 있었는지도 몰라요. 은유가 웃을 때면 그 모습을 통해 대신 위로를 받은 적도 많아요."

무거운 마음을 안고 집으로 돌아왔다. 주차를 하고 차에서 내리니 은유가 아파트 입구 계단에 앉아 있는 게 보였다.

"은유야, 어두워졌는데 왜 여기 나와 있어?"

내 목소리를 듣자마자 은유가 나에게로 달려와서 안겼다.

"아빠 왜 오늘도 혼자야? 엄마는 언제 와?"

"그게……."

"왜 며칠째 안 오는 거야? 이상해. 일 때문이라도 엄마가 내 전화 안 받은 적 없단 말이야. 계속 연락이 안 돼."

얼마나 울었는지 얼굴이 온통 눈물로 얼룩져 있었다.

"학교 마치는 시간이면 집에 잘 왔는지 엄마가 먼저 전화해 줬는데, 며칠 동안 전화도 없고 내가 전화해도 안 받아. 엄마한테 무슨 일 생겼을까 봐 너무 무서워."

"은유야, 진정 좀 하고……."

난처해하는 나를 붙잡고 딸이 간곡하게 부탁했다.

"아빠가 엄마 데려와 줘. 아니면 전화라도 해줘."

애원하는 은유를 보니 여태 했던 고민이 무색해졌다.

"사실은…… 엄마 지금 병원에 있어."

"병원? 엄마 어디 아파? 왜 나한테 말 안 해줬어?"

"은유가 너무 걱정할까 봐 엄마가 비밀로 해달라고 해서 말을 못 했어. 미안해. 엄마가 회사 계단에서 굴러서 다리를 다쳤어. 휴대폰은 아빠가 배터리를 충전 못 해서 아마 꺼져있을 거야."

"진짜야? 엄마는 괜찮은 거야?"

"금방 괜찮아질 거야. 걱정 마."

은유는 말없이 훌쩍거렸다. 아이답지 않게 속 시원히 울지 못하는 딸의 모습이 애잔했다. 집에 들어가서도 나와 대화를 하지 않고 곧장 자신의 방으로 들어갔다. 바로 엄마가 있는 병원에 가자며 보챌 줄 알았는데, 의외로 아무 말도 하지 않아서 더 신경이 쓰였다. 조심스레 방문을 열고 방으로 들어가니 은유가 책상 앞에 우두커니 앉아 있었다. 내가 들어온 것도 모른 채 은유는 울리지 않는 휴대폰을 가만히 바라봤다. 불이 꺼져있고 어둠이 짙게 내린 방의 모습이 딸의 기분을 대신 말해주는 듯했다. 슬픔을 달래주기 위해 천천히 다가가던 나는 은유의 혼잣말을 듣고 뒷걸음질 쳤다. 아무것도 모르고 있는 줄로만 알았던 딸의 속마음이 나의 정곡을 사정없이 찔렀기에.

"다행이야. 또 버림받은 건 아니라서……. 쉽게 버려도 되는 사람이 되는 건 싫어. 나도…… 아빠도…… 더는 상처받고 싶지 않다고……."

그 순간, 잊은 줄 알았던 원한이 소용돌이쳤다.

이윽고 나는 깨달았다. 지나간 인연이자 지워진 감정인 줄 알았던 세희가 여전히 현재진행형이었다는 것을.

⌛⌛⌛

이른 새벽, 어디론가 전화를 걸었다. 휴대폰에 아직 지워지지 않은 번호. 이날을 위해서였을까. 기억하고 싶지 않은 그 번호를 영구히 삭제하지 않았던 게.

[여보세요?]

전화를 받은 상대의 목소리가 떨리고 있었다. 세월이 꽤 흘렀는데도 불구하고 상대의 번호가 그대로였다. 다행인지 아니면 불행인지.

"나야."

[갑자기 무슨 일이야? 그것도 이 시간에.]

의외라는 듯 상대가 되물었다.

"오늘 좀 만나야겠어."

[뭐? 나는 만날 일이⋯⋯.]

"아니, 꼭 만나야만 해. 시간과 장소 보낼 테니까 거기로 나와. 오늘 안 나오면 후회하게 될 거야."

나는 대답도 듣지 않은 채 전화를 먼저 끊었고, 문자메시지로 만날 장소와 시간을 상대방에게 보냈다. 급한 일을 끝내고 오랜만에 아침 식사를 준비했다. 은유가 즐겨 먹던 맑은 콩나물국과 계란말이를 만들었다. 혹시 몰라서 어깨너머로 보던 가연의 레시피로 호밀빵 샌드위치도 같이 준비했다.

"은유야, 아침 먹어."

한동안 아침에 가연이 만들어 준 샌드위치만 먹던 은유는 내가 차려놓은 밥상을 물끄러미 보기만 했다. 선뜻 수저를 들지 않는 은유를 보니 어젯밤에 들었던 말이 떠올라 가슴 한구석이 쓰라렸다.

"왜 안 먹고 보고만 있어. 음식 다 식겠다. 학교 가려면 얼른 먹어야지. 혹시 밥이 먹기 싫으면 샌드위치라도 먹어 봐."

"이거 보니까 예전 생각이 나서……."

"어?"

"엄마 오기 전에 아빠랑 나 둘이서만 아침 먹었었잖아. 지금처럼 이렇게."

"……."

"그때는 둘이서도 좋다고 생각했는데, 지금은 아니야. 아빠, 미안해."

은유는 아무것도 먹지 않고 자리에서 일어났다. 이내 가방을 메고 현관문을 나섰다. 늘 씩씩하게 말하던 '학교 다녀오겠습니다'라는 말도 잊어버린 채. 어깨가 축 처진 딸의 뒷모습을 바라보니 한없이 애처로웠다.

"아빠가 더 미안해."

은유를 학교에 보내고 나는 약속 장소로 향했다. 거리가 있어서 도착하려면 꽤 오래 걸리니 일찍 출발해야 했다. 상대가 나올지 안 나올지 알 수 없는 상황이라 해도.

긴 운전이 지루할 새가 없을 정도로 핸들을 잡은 손에는 긴장감이 감돌았다. 서두른 덕분인지 내가 먼저 카페에 도착했다. 자리를 잡고 시계를 보며 초조해하고 있을 때, 카페 안으로 익숙한 얼굴이 들어섰다. 나를 발견하고는 살짝 굳어진 인상으로 천천히 다가오더니 맞은편 자리에 앉았다.

"왜 만나자고 했어?"

으레 하는 안부 인사도 없이 다짜고짜 물었다. 오랜 시간이 지나도 한결같이 냉소적인 세희였다.

"은유가 아파서."

나도 일부러 긴 말을 하지 않았다. 대신 은유가 아프다는 말로 세희의 반응을 살피며 과거에 버렸던 기대를 다시금 꺼내 보였다.

"그렇구나."

짧은 네 글자. 그동안 은유는 잘 컸는지, 어디가 아픈 건지, 엄마를 보고 싶어 하지는 않았는지, 그런 질문조차 하지 않았다.

"그게 끝이야?"

"애들은 종종 아프면서 자라는 거잖아."

은유가 아프다는 말에도 무뚝뚝한 세희와 은유 이야기를 꺼내며 눈물짓던 가연의 모습이 대조되었다. 상반된 둘의 반응에 어처구니가 없었다. 일반적으로 생각하면 둘의 모습이 바뀌는 게 맞았다. 그러나 애석하게도 친모인 세희가 보여야 할 반응을 피한 방울 섞이지 않은 가연이 보여주었고, 정작 세희는 자신의 핏줄인 은유를 등한시했다.

"여전히 너는 남처럼 말하네."

"갑자기 만나자고 하더니 이 말 하려고 불렀어?"

"마지막으로 엄마로서 기회를 주려는 거야. 후회하지 않을 기회. 그러니 당신이 우리 은유에게 수명 나눔 해줘."

"뭐?"

"내가 줬잖아. 당신한테. 내가 준 거 우리 은유한테 다시 돌려달라는 뜻이야."

내 말을 들은 세희는 자리에서 벌떡 일어났다.

"이만 가볼게."

"예전에 당신 딸이 아팠다고 했었지? 혹시 그 아이의 병명이 MER이었어?"

가려던 세희가 병명을 듣고 멈칫했다.

"은유도 같은 병이래. 아무리 부정해도 은유도 당신 딸이라는 뜻이야. 그러니 수명 나눔이 절실히 필요해. 당신이랑 은유 혈액형도 같잖아."

흔들리는 눈동자로 나를 응시하던 세희는 도로 자리에 앉더니 떨리는 목소리로 말했다.

"나는…… 다시 줄 수 없어. 당신 수명…… 내 딸 지아에게 이미 줬으니까."

절망스러운 말에 몹시 낙담했다. 어느 정도 예상은 했지만 그래도 지푸라기라도 잡고 싶은 심정이었다. 지아라는 그 아이에게는 내 딸이라는 말이 쉬우면서 은유에게는 한 번도 딸이라고 말하지 않는 세희의 모습이 나를 더 비참하게 만들었다.

"거짓말! 또 나한테 거짓말하는 거지? 확인하기 전까지는 절대 못 믿어. 당신 처음부터 나를 속였잖아. 그러니까 지금 당장 병원에 가서 확인하자. 우리 은유한테 줄 수 있는지 없는지 검사해 보자고!"

손을 억지로 잡아끌자 세희가 매정하게 뿌리쳤다.

"가봤자 소용없어. 당신도 알고 있잖아. 수명을 나눠 주는 건 한 번만 할 수 있다는 거. 나는 이미 지아에게 나눔 했어. 이렇게 우긴다고 바뀌지 않아. 되돌릴 수 없는 일이라고!"

너무도 잔인했다. 그녀의 입을 통해 확인했으면서도 끝까지 믿고 싶지 않았다. 이 말을 믿으면 다른 방법이 없으니…….

치가 떨리는데도 그녀의 수명이 은유에게는 간절히 필요했기에 자존심 따윈 내던졌다. 재차 자리를 뜨려는 그녀를 서둘러 붙잡았고, 바닥에 무릎을 꿇으며 눈물로 애원했다.

"은유도 당신 아이야. 당신과 내가 낳은 아이라고……. 세상에 태어나게 했으면 우리가 책임져야지. 적어도 한 번쯤은 도와줄 수 있는 거잖아. 당신이 안 도와주면 방법이 없어. 제발 살려줘. 은유 우리 딸이야. 제발 살려달라고……."

절절하게 호소하며 그녀에게 매달렸다. 미친 사람처럼 울부짖었지만, 세희는 미동조차 없었다. 시린 겨울 같던 그 냉랭한 표정이 나를 내려보았다.

"의미 없는 말 그만하자. 아무리 빌어도 달라지는 건 없어."

잔인한 거절이 두 귀에 꽂히자 뒤늦은 복수심이 화르르 불타올랐다. 참을 수 없는 분노가 끓어올라서 당장에라도 경찰서로 달려가고 싶었다. 제발 저 여자 좀 잡아가라고, 나를 속이고 수명을 빼앗아 갔다고, 저 여자 때문에 내 딸을 살릴 수 없다고……. 하지만 분하게도 공소시효가 지난 지 오래였다. 설사 법의 처벌이 있다고 해도 나의 처절한 증오심을 넘어설 수는 없었다. 이래서 사적 제재를 하는 건가 하는 생각도 들었다. 그렇다고 은유를 두고 끔찍한 범죄를 저지를 수도 없는 노릇이었다. 안쓰럽게도 나의 복수는 또 현실에 부딪히고 말았다.

"되돌릴 수 없다고……."

실의에 빠져 낙담하고 있던 그때, 한 가지 방법이 떠올랐다.

해서는 안 될, 그러나 할 수밖에 없는.

"…… 아니, 있어. 아직은!"

좌절이 나를 덮치려던 찰나, 불법 어플에서 봤던 그 남자의 얼굴이 선명하게 떠오른 것이다. 세희의 남편, 공태영! 그의 혈액형이 은유와 똑같은 O형이라는 것도!

바닥에서 얼른 일어나 재빨리 카페를 뛰쳐나갔고, 급히 차에 올라타려던 세희의 팔을 덥석 붙잡았다.

"그 남자와 다시 혼인신고 했어? 공태영, 그 사람."

"뭐? 그건 왜 물어?"

"정확한 확인이 필요해서. 그러니까 말해. 둘이 혼인신고 했냐고!"

세희는 어이없는 표정을 지었다.

"시간이 얼마나 지났는데, 아직도 나한테 미련이 남은 거야? 여전히 어리석네. 그럼 나한테 질릴 수 있게 분명히 말할게. 그 남자와 다시 혼인신고 했어. 사정상 잠시 위장 이혼했던 것뿐이니까. 그러니 당신이랑 헤어지자마자 바로 합치는 게 당연한 거 아니야? 원하던 답을 알려줬으니 깔끔하게 정리할 수 있겠지? 미련 좀 그만 떨어."

나의 질문에 미련 따위는 남아 있지 않았다. 지금 나에게 가장 필요한 정보만 얻었을 뿐. 그녀의 뻔뻔한 대답에 섬뜩한 비소를 흘렸다.

"잘됐네."

"뭐?"

"내가 마지막 기회라고 말했지. 후회하지 않을 기회를 놓친 건 당신이야."

"그게 무슨……"

이제, 나도 냉소적으로 변할 차례였다.

"각오해. 내가 당신한테 빼앗긴 거, 다른 식으로라도 돌려받을 테니까."

8

돌이킬 수 없는 계약

"추천인 등록 미리 해놓은 게 신의 한 수였네."

일전에 가연이 받은 문자에서 공지사항을 확인하라는 내용을 본 후, 어플 이용 규칙을 찬찬히 살펴보다가 신규 회원 가입 방법을 보게 되었다. SECRET B의 새 회원이 되려면 기존 회원이 추천인으로 등록해야만 가능했다. 그때 만일을 대비해 나를 추천인으로 등록했었다. 경찰에 협조해야 할 일이 생길 수도 있을 것 같아서 해놓은 건데, 지금 내 상황에 절묘하게 맞아떨어졌다. 덕분에 회원 가입을 무사히 완료할 수 있었다. 어플에 로그인을 하고 공태영의 정보를 찾아서 여러 페이지를 확인하고 있을 때, 그날처럼 팝업창이 화면에 나타났다.

회원 정보를 반영한 〈맞춤형 추천리스트〉를 확인하시겠습니까?

반색하며 OK 버튼을 클릭했다. 그사이 다른 사람과 계약이 된 건지 기존 리스트에 있던 몇 명이 바뀌어 있긴 했지만, 다행히 공태영의 정보는 그대로 남아 있었다. 마치 먹잇감을 발견한 듯

두 눈이 번뜩였다. 그 남자의 개인정보 옆에 있는 네모 칸에 즉시 체크를 하고 1차로 기본금액을 결제했다. 곧바로 검게 블러 처리되어 있던 부분이 사라지며 숨겨져 있던 내용이 드러났다.

```
⟨S - No. 84⟩
이름 : 공태영
제시금액 : 3억
혈액형 : O형                        사진
나이 : 47세
현재 예측 수명 : 85세
```

세희가 나에게 거짓말을 한 것이 하나 더 있었다. 자신의 딸과 남편의 혈액형이 달라서 나를 이용했다고 했지만, 불법 어플에 올려진 정보에 의하면 세희 남편의 혈액형은 O형이었다. 그러니 내 딸인 은유와 혈액형이 똑같은 동시에 세희의 딸인 지아라는 아이와도 혈액형이 같다는 사실이었다. 그렇지만 달리 생각해 보면 이 부분은 꼭 세희가 거짓을 말했다고 볼 수만은 없다. 반대로 그 남자가 세희에게까지 자신의 혈액형을 속였을 가능성도 배제할 순 없으니. 무슨 까닭인지는 알 수 없어도 분명한 건, 둘 중 하나는 거짓을 말하고 있다는 것이다. 그 남자의 속내

를 조금이라도 더 알기 위해 추가금액을 결제하고 선택 정보를
확인했다.

〈선택 정보〉 – ♛ 추가결제

학력 : 대졸

직업 : 회사원 (현재 휴직 중)

범죄 이력 : 없음

혼인 여부 : 기혼   사진

자녀 유무 : 2녀

지원 이유 : 급전이 필요해서

"2녀? 첫째 말고 다른 자녀가 더 있어?"

의외였다. 오래전에 만났을 때도, 며칠 전에 봤을 때도 세희의
입에서 다른 자녀의 이야기는 나오지 않았다. 굳이 나에게 말할
필요가 없어서 그랬을 수도 있지만, 왠지 모르게 석연치 않은 기
분이 들었다.

"휴직 중…… 급전이라……."

이 두 가지만 봐도 수명 공여자로 신청한 이유는 분명해 보였
다. 그는 불가피한 이유로 인해 생활고를 겪고 있는 듯했다. 평
균적으로 5억 이상 부르는 다른 회원들에 비해 제시금액을 확연
히 낮춘 걸 보면 상황이 몹시 급해 보였다. 어느 정도 파악이 끝

난 나는 곧바로 공태영을 선택했다. 어플에 등록된 내 정보와는 별도로 신청서에는 수술받는 사람과 신청하는 사람의 이름을 따로 적는 칸이 있었다. 나는 두 곳 모두 진짜 이름 '백도훈'이 아닌 가짜 이름 '김현진'으로 기재했다. 만에 하나 계약도 하기 전에 세희의 귀에 먼저 들어가게 된다면 내 계획이 전부 틀어질 수도 있기 때문이다. 나의 정체가 탄로 날 수도 있는 불상사를 막기 위하여 미리 연막을 쳤다. 이 부분은 공태영을 직접 만나게 되었을 때 서로 조정하면 되니 일단은 다르게 적어서 신청해도 상관없었다. 그와 만남을 성사시키는 게 제일 중요하니까. 매칭 가능성을 높이기 위해 내가 제시하는 금액을 적는 곳에는 그가 부른 금액보다 1억을 더 올려서 기재한 후 신규 상담 신청서를 제출했다. 그러자 곧바로 안내 메시지가 화면에 나타났다.

상담 신청이 완료되었습니다. B가 검토 후 S와 매칭 여부를 안내하겠습니다. 결과가 나오기까지 최대 3일이 소요됩니다.

안내메시지를 보고 긴 한숨이 새어 나왔다. 매칭이 실패할 수도 있다는 의미도 내포되어 있어서 뜻대로 되지 않을까 봐 불안했다.

"하……. 또 기다려야 한다니……."

고작 3일인데도 나에게는 너무나 길었다. 거절을 당할 가능성도 있다는 생각에 노심초사하다 보니 회사 일이 손에 잡히지 않았다.

그렇게 불편한 며칠이 지난 후, 내 휴대폰에 문자 하나가 도착했다.

{S와 매칭이 되었습니다. 다음 단계 진행을 원하시면 어플에서 계약서를 작성하세요.}

불발되지 않아서 천만다행이었다. 애타게 결과를 기다리던 모습과 달리 나는 계약서를 바로 작성하지 않고 그 문자에 답장을 보냈다.

{계약서를 작성하기 전에 S와 먼저 면담을 나누고 싶습니다.}

행여나 그들의 규정에 어긋나는 행동이라 즉각 차단당할 수 있다는 우려도 있었지만, 나의 계획에 맞추려면 반드시 계약서를 쓰기 전에 공태영을 만나야만 했다. 조바심을 내며 초조하게 휴대폰을 바라보고 있을 때, 다시 문자 알림음이 울렸다.

{S와 미리 면담을 나누려면 추가금을 결제해야 합니다. 추가금은 공여자에게 지급하는 계약 금액과 별개이며 총금액에서 차감되지 않습니다. 면담 후, 공여자 또는 계약자의 변심으로 인해 계약을 하지 않는 경우에도 추가금은 환불이 되지 않습니다. 이 부분을 동의하며 추가금을 결제하시겠습니까?}

{네. 동의하고 추가금 결제하겠습니다.}

답장을 보내자마자 추가금 결제창으로 이동하는 링크 주소가 문자로 도착했다.

{아래 링크에 들어가서 추가금을 결제하시면 S와의 면담 날짜를 안내해 드립니다.}

그들이 시키는 대로 링크에 들어가 추가금을 결제했다. 그런데 이번에는 즉시 연락이 오지 않았다.

"설마 피싱을 당한 건 아니겠지?"

불안이 스멀스멀 기어 올라와도 섣불리 행동할 수는 없었다. 사기인지 아닌지는 조만간 판가름 날 테니 일단은 기다려보기로 했다.

답답했던 오전을 보내고 늦은 오후가 되었을 때쯤, 휴대폰 벨이 울렸다. 이번에도 낯선 번호였고, 오전에 받았던 문자의 번호는 아니었다.

"여보세요."

[저…… 김현진 씨 휴대폰 맞나요?]

내가 만든 허상의 이름이 귓가에 들려오자 긴장이 되어 침을 꼴딱 삼켰다.

"네. 누구시죠?"

[SECRET B에서 연결된 S입니다.]

처음으로 그의 목소리를 듣는 순간 온몸에 전율이 흘렀다. 면담 날짜를 알려준다기에 당연히 어플 측에서 다시 연락이 올 줄 알았는데, 이렇게 바로 그와 마주하게 될 줄이야. 아무리 전화상이라 해도 느닷없는 조우가 적잖이 당황스러웠다.

[계약서를 작성하기 전에 저를 만나고 싶다고 하셨다던데……]

나지막한 목소리에 조심스러운 말투.

"네. 가족이 중요한 수술을 받게 되는 거니 신중하게 결정을 해야 할 것 같아서요. 계약 전에 만나 뵙고 어떤 분인지 직접 확인을 하고 싶었습니다."

내가 긴장한 것을 공태영에게 들키지 않기 위해 최대한 목소리를 중저음으로 깔고 애써 태연한 척 대답했다.

[아, 그러실 수 있죠. 그럼 언제 만날까요?]

"오늘, 바로 만납시다."

⏳ ⏳ ⏳

퇴근 후, 집으로 가는 방향이 아닌 반대 방향으로 차를 몰았다. 각자가 있는 곳에서 대략 중간 지점쯤 되는 한적한 공원에서 만나자고 하니 태영도 떳떳하지 못한 입장 때문인지 군말 없이 알겠다고만 했다.

어둠이 짙게 내린 밤이 돼서야 공원에 도착했다. 늦은 시간이라 인적이 드물어서 사방이 고요했다. 한 벤치에 자리를 잡고 그에게 문자를 보냈다.

{공원 입구에서부터 다섯 번째 가로등 아래에 있는 벤치에 있습니다.}

잠시 후, 저벅저벅 발걸음 소리가 들려서 고개를 들어보니 키가 180cm 정도 되어 보이는 남자가 나에게로 다가오고 있었다.

"김현진 씨?"

말없이 자리에서 일어나자 확신을 했는지 그가 먼저 자신을 소개했다.

"안녕하세요. 저는 공태영입니다."

통화를 나눌 때보다 그의 목소리가 한층 밝았다. 태영은 자신의 이름을 소개하며 나에게 악수를 청했다. 서로 악수를 해도 되는 사이인지 언뜻 생각하다 떨떠름하게 그가 내민 손을 잡았다. 나의 차가운 속내와 대조될 정도로 그의 손에서 온기가 전해져왔다. 이질감이 느껴져서 설명할 수 없을 만큼 기분이 묘했다.

오늘 처음 만나는 그와 나는 공통점이 있었다. 둘 다 세희의 남편이라는 것. 서로가 다른 것은 나는 과거형이지만, 그는 현재형이라는 것. 그리고 나는 그 사실을 알고 만났지만, 그는 아직 모르고 있다는 것.

"일단 앉으시죠."

나란히 벤치에 앉자 둘 사이에 어색한 기류가 흘렀다. 불편한 정적을 먼저 깬 건 나였다.

"뜸 들여봤자 소용없으니 단도직입적으로 말하겠습니다. 저는 김현진이 아닙니다."

"네? 그게 무슨……"

"차세희, 아시죠?"

그녀의 이름을 듣자 태영의 눈동자가 흔들리며 놀라는 기색이 역력했다.

"그, 그 이름을 어떻게……. 다, 당신 누구야?"

심하게 말을 더듬을 정도로 태영은 크게 동요하고 있었다. 몹시 당황하는 그와 반대로 기밀을 먼저 누설한 나는 차츰 긴장이 가라앉으며 나름 포커페이스를 유지했다.

"공태영 씨와 거래할 사람."

태영은 도저히 못 참겠다는 듯 자리에서 벌떡 일어났다.

"별 이상한 사람 다 보겠네. 나 말고 다른 사람 찾아보시죠."

어느 정도 날 선 반응을 예상했기에 개의치 않았다. 나는 몇 발짝 앞서 걸어가는 그의 등 뒤에 대고 큰 목소리로 외쳤다.

"공태영 씨! 여기까지 찾아왔다는 건, 당신에게도 이 거래가 필요하다는 뜻 아닌가요?"

나의 말을 들은 태영은 가던 걸음을 멈칫했다.

"세희의 이름을 들은 이상, 이대로 그냥 돌아간다면 당신은 계속 신경이 쓰일 겁니다. 나의 존재가."

"……."

"어차피 여기까지 왔으니 제시할 조건을 다 듣고 난 후에 공태영 씨가 직접 거래를 할지 말지 결정해도 늦지 않겠죠. 내가 이 자리에 김현진으로 나오게 된 이유까지도."

잠시 그 자리에서 머무르던 그는 굳은 결심을 한 듯 다시 뒤를 돌아 나에게로 성큼성큼 걸어왔다. 가로등 불빛에 비친 그의 얼굴에는 여전히 고민의 흔적이 엿보였다. 나만큼이나 내적 갈등을 하고 있을 그를 고이 보내지 않기 위해 곧바로 나의 존재를 알렸다.

"다시 제대로 인사드리죠. 제 이름은 백도훈입니다. 당신과 거래를 나눌 계약자이자, 차세희의 전남편입니다."

"......!!"

무방비 상태에서 정확히 저격을 당한 그는 미처 감추지 못한 당혹감을 고스란히 드러냈다. 전남편이라는 충격적인 말을 듣고도 무슨 소리냐고 바로 되묻지 않는 걸 보니 세희가 나에게 한 파렴치한 행동을 대략 알고 있는 눈치였다. 단지 나의 얼굴만 몰랐을 뿐, 세희와 연관된 '나'라는 사람이 있다는 것을 이미 인지하고 있는 듯했다. 처음부터 둘이 같이 도모한 것인지 아니면 세희의 단독 범행인지는 알 수 없지만, 전남편의 존재를 알고 있다는 자체만으로도 공태영 역시 나를 농락하는 것에 묵시적으로 동의했음을 나타냈다. 최악의 결론에 도달하자 걷잡을 수 없는 분노가 맹렬하게 솟구쳤다. 그러나 지금은 분출할 때가 아니다. 무턱대고 화를 폭발시키면 자칫 일을 그르칠 수 있기에 거세게 치솟는 분노를 억지로 눌러 삼키고 말을 이어 나갔다.

"공태영 씨가 어디까지 개입했는지, 나에 대해 얼마나 알고 있는지에 대해서는 구태여 묻지 않겠습니다. 내가 아는 것은 차세희가 수명 나눔을 받기 위해 나에게 의도적으로 접근해서 사기 결혼을 한 것이고, 목적을 달성하자마자 공태영 씨에게 돌아간

것입니다. 그러고 나서 둘이 재결합을 했다는 것도 차세희를 통해 직접 들었어요. 당신과 차세희가 다시 혼인신고를 했다는 게 사실인가요?"

"……네."

의외의 반응이었다. 아니라고 발뺌하지 않고 이렇게 순순히 대답할 줄은 몰랐다. 차세희와 다르게 공태영은 일말의 가책이라도 느끼는 것인가. 설령 그렇다 한들 이제는 아무래도 상관없었다. 이미 둘은 나에게 악의 공동체나 다름없으니.

"그 여자가 그러더군요. 나한테 파렴치한 사기를 친 이유가 자신의 딸을 살리기 위해서라고. 아주 뻔뻔하게도. 내가 확인하고 싶은 건, 바로 이 부분입니다. 차세희는 나에게 빼앗아 간 수명을 공지아 양에게 이미 나눔 했다고 말했습니다. 그래서 다시 수명을 돌려줄 수 없다고 주장하고 있는데, 이 부분도 정확한 사실 맞나요?"

태영은 죄를 시인하듯 고개를 떨구었다.

"백도훈 씨의 수명으로 지아를 살린 게 맞습니다."

공태영의 입을 통해 비극적인 현실을 들으니 숨이 턱 막혀왔다. 그 말을 들은 두 귀를 도려내고 싶을 정도로 참담했다. 나의 수명으로 내 딸이 아닌 피 한 방울 섞이지 않은 남의 딸을 살렸다는 사실에 아연실색할 수밖에 없었다.

"하나만 더 묻죠. 차세희는 공태영 씨의 혈액형이 딸과 맞지 않다고 했습니다. 그 이유로 혈액형이 같은 나에게 접근한 거라고 말했어요. 그런데, 내가 확인한 바로는 어플에 등록된 당신의 혈액형은 O형이었고, 공지아 양과 똑같은 혈액형이었습니다. 차세희와 당신, 둘 중에 누가 거짓말을 하고 있는 건가요?"

"……."

좀 전까지 어려운 질문에도 회피하지 않던 그가 이번에는 선뜻 답을 하지 못했다. 어둠 속에서도 그가 떨고 있음을 직감했다. 나는 공태영이 주저하거나 재차 발길을 돌리지 않게 쐐기를 박아야만 했다.

"어플에 공태영 씨가 제시한 금액이 3억이었죠? 나는 그 금액에 1억을 더 제시했는데, 변경하겠습니다. 만일, 공태영 씨가 나와 계약을 하게 된다면 1억을 추가로 올리겠습니다. 첫 번째 조건을 충족했을 때 2억을 선지급하고 수명 나눔 수술까지 잘 성사되고 나면 나머지 3억을 드리죠. 선지급금까지 다해서 총 계약 금액은 5억입니다."

"네? 제시한 금액보다 2억이나 더 준다는 말인가요?"

돈 이야기가 나오니 솔깃했는지 태영의 태도가 사뭇 달라졌다.

"네. 그러기 위해서는 조건이 하나 더 있습니다. 현재 공태영 씨가 휴직 중이라고 되어있던데, 내가 있는 곳으로 직장을 옮겨야 합니다. 나름 괜찮은 회사니 입사조건이나 연봉은 나쁘지 않을 겁니다."

여러 가지 정황으로 미루어 볼 때 현재 공태영은 휴직이 아닌 실직 상태일 거라고 짐작했다. 만일 나의 추측이 맞다면, 취업을 할 수 있게 해준다는 조건도 그의 구미를 당길 테니 일부러 미끼를 던진 셈이었다.

"굳이 그렇게까지······."

말은 그렇게 하면서도 태영은 정색하거나 단박에 거절하지 않았다. 분위기상 얼추 나의 예상대로 흘러가는 듯했다. 나는 찰나의 순간을 놓치지 않고 얼른 이견이 없을 만한 다른 이유를 꺼냈다.

"우리의 관계는 언제 터질지 모르는 시한폭탄과 같기 때문이죠. 누구 하나 뒤통수를 쳐도 이상하지 않을 만큼. 이 거래를 무사히 끝내려면 나에게도, 당신에게도 나름의 안전핀이 필요하지 않겠어요? 그렇기에 계약 기간에는 우리가 같은 회사에서 생활하는 게 맞다고 판단했습니다. 서로가 눈에 보여야 안심할 수 있을 테니."

앞서 거부하기 힘든 거액을 제시해서 그런지 태영은 바로 거절하지 않고 초조한 얼굴로 눈동자를 굴렸다. 분명 고심하고 있다는 뜻이었다.

"하지만, 이 모든 게 가능하기 위해선 먼저 물었던 질문에 대한 정확한 답을 들어야만 합니다. 당신이 O형이 아니라면 딸과 혈액형이 맞지 않기 때문에 나는 당신과 계약할 수 없습니다. 공태영 씨, 어플에 기재된 대로 혈액형이 확실히 O형 맞나요?"

심란한 마음을 드러내듯 태영의 표정이 한껏 일그러졌고 연달아 한숨을 내쉬었다. 나는 그의 반응을 놓치지 않고 유심히 관찰했다. 식은땀이 나는지 자신의 손을 연신 만지작거리던 태영은 초조한 표정으로 휴대폰 시계 화면을 여러 번 들여다봤다. 그렇게 기다림의 시간이 지난 뒤, 마침내 결단을 내린 그가 입을 열었다.

"……네. O형이 맞습니다."

나는 회심의 미소를 지었다. 그를 옭아맬 끈을 손에 쥐게 되었으니.

"O형이 맞다면, 당신이 차세희를 철저히 속인 게 되겠군요. 자신의 딸에게 수명을 주지 않기 위해 거짓을 말한 쓰레기라……. 이 사실을 차세희와 당신의 딸에게 알린다면 어떻게 될 것 같습니까?"

"지금 나를 협박하는 건가요?"

발끈하는 태영과 달리 나는 동요하지 않고 차분히 말했다.

"협박이 아니라 거래를 위한 필수 조건이라고 해두죠. 서로에게 그런 빌미라도 있어야 쉽게 거절할 수 없을 테니. 흔히 핑계 없는 무덤은 없다고 하죠. 공태영 씨에게도 거짓말을 할 수밖에 없는 부득이한 사정이 있었을 거라고 여기겠습니다. 어차피 나는 당신의 그 이유가 뭐가 됐든 상관없으니까요. 내가 바라는 것만 들어준다면."

"수작 부리지 말고 솔직히 말해요. 이런저런 추가 조건까지 붙여가며 달래더니 이제는 반협박까지 하는 이유가 뭐죠? 백도훈 씨가 나에게 진짜로 바라는 게 대체 뭐냐고요?"

나는 흔들림 없는 눈빛과 결연한 의지를 갖추고 그를 직시했다.

"수명 나눔 계약! 나도 내 딸을 살리기 위해 반드시 수명을 나눔 받아야 합니다. 그러기 위해선 공태영 씨와 계약을 해야겠죠. 이건 당연히 공태영 씨도 알고 있는 부분일 테고, 이제 본론을 말하겠습니다. 내가 진짜로 원하는 건, 어플을 통하지 않고 나와 공태영 씨가 1대1로 계약을 하는 겁니다."

"네? 1대1 계약이요?"

"불법 어플을 통하게 되면 금방 경찰에게 탄로가 날 테고 법의 심판을 받을 가망성이 크니까요. 나는 딸이 수명을 나눔 받을 때까지 이 계약을 무사히 끝내야만 합니다. 아무런 변수 없이. 그러니 가능한 법의 경계를 넘지 않는 선에서 당신과 계약을 하려는 겁니다. 따지고 보면 이것도 위법이긴 하지만, 그나마 덜 위험한 방법이라고 판단했습니다."

"좀 이해가 안 되네요. 우리가 가족이 아닌데, 법의 경계를 넘지 않고 어떻게……."

몇 날 며칠 동안 머리를 싸매며 긴 고뇌의 시간을 보냈다. 이 결심을 하기까지……. 생각만으로도 억장이 무너져 말을 꺼내기전, 이를 악물었다. 여러 번 입술을 달싹이다가 마지막 고민을 끝내고 심호흡을 크게 들이켰다. 결코 쉽지 않은, 그리고 돌이킬 수없는, 이 말을 스스로 입 밖으로 꺼내야만 한다. 은유를 살리려면 이 방법밖에 없으니.

"마지막 조건은 공태영 씨가 내 아이를 입양하는 것입니다. 서류상 내 딸의 아빠가 되어달라는 말입니다. 그리고 1년 후, 당신의 수명을 은유에게 나눠주면 됩니다."

8. 돌이킬 수 없는 계약 **189**

뒤늦게 각성한 나는 세희에게 경고한 대로 빼앗긴 것을 다른 식으로라도 돌려받겠다고 결심했다. 누군가는 미친 짓이라고 말할 것이다. 교활하고 비열하다며 손가락질해도 어쩔 수 없다. 나에게는 이 방법이 목숨줄과 다름없으니. 다른 공여자보다 공태영이 적격인 이유는 은유의 친모인 세희의 현재 배우자라는 사실 때문이었다. 이혼 가정에서 자녀가 한 부모를 따라가는 것은 흔한 일이니 완전히 모르는 사람이 하는 것보다는 그가 입양을 하는 편이 그나마 주위의 의심을 덜 사게 될 것이다. 그리고 수명 나눔이 성공했을 때 간접적으로나마 차세희에게 복수를 할 수 있다는 점도 계산에 넣었다. 이런 부분까지 치밀하게 염두에 두는 내 모습이 한편으로는 놀라우면서도 다른 한편으로는 매우 실망스러웠다. 그러나, 이미 시작을 한 이상 여기서 멈출 수는 없다. 차라리 더욱더 주도면밀해져야 한다. 철두철미하게 필수 조건까지 내거는 것도 잊지 않았다.

"중요한 것은 공태영 씨가 무슨 수를 써서라도 차세희를 설득해야 합니다. 단, 입양하는 것에 대해서만. 이건 부득이하게 배우자의 동의가 필요한 부분이니. 그 외, 우리의 수명 나눔 계약에 관한 모든 내용은 철저히 비밀로 해야 합니다. 그 누구에게도. 물론 차세희까지도. 확실한 비밀 유지 가능한가요?"

나조차도 모르던 내 모습에 소름이 쫙 끼쳤다. 이중적인 건, 태영에게 제안을 하는 내내 겉으로는 태연한 척하고 있어도 속으로는 깊은 자괴감에 몸부림치고 있었다는 것이다. 수락과 거절

사이 아슬아슬한 줄타기 속에 목이 타들어 갈 때쯤, 그가 조심스레 대답했다.

"생각할 시간이 필요합니다."

선택의 기로에 놓인 태영은 거절 대신 모호한 시간을 청했다.

"그러시죠."

그의 대답을 듣자 자괴감이 금세 안도감으로 바뀌었다. 사람은 간사한 동물이 맞다. 평소에는 타인을 배려하고 인간으로서 최소한의 양심을 지키고 산다고 자부하지만, 나약한 인간은 위기의 순간이 닥쳤을 때, 그 다짐을 쉽게 저버린다. 나 역시도 마찬가지였다. 세희와 가연도 그랬기에 공태영은 어떤 선택을 하게 될지 지켜보고 싶었다.

만일, 이 계약이 제대로 성사된다면 일말의 죄책감은 누구의 몫이 될 것인가.

며칠의 시간을 달라고 했던 태영에게서 드디어 연락이 왔다. 불안감에 밤을 꼬박 지새운 지 딱 일주일이 되던 날이었다.

{오늘 밤, 9시에 만나죠. 지난번 만났던 그 공원에서.}

공원에 도착하자 오늘은 태영이 먼저 와서 기다리고 있었다. 가로등에 비친 그의 표정이 지난 만남 때와는 다르게 다소 비장해 보였다.

"결정은 내렸나요?"

"백도훈 씨와 계약하겠습니다."

"그 말은, 입양에 관해서 차세희를 설득했다는 뜻인가요?"

"네."

몹시 의외였다. 그렇게 쉽게 결단을 내릴 수 있는 일이 아니었기에. 어찌 일주일 만에 가능하다는 말인가. 특히나 은유를 자신의 딸이 아니라고 끝까지 부정하던 세희가 아니던가.

"먼저 제안한 내가 이런 질문을 하는 게 좀 어이없긴 한데, 차세희를 어떻게 설득한 거죠?"

이걸 물어보는 게 맞나 싶으면서도 솔직히 궁금했다. 호락호락하지 않은 차세희를 알고 있으니 태영에게 제안하면서도 반신반의했었다. 그런데 이토록 빨리 수락이 떨어질 줄이야……. 의아해하는 나의 물음에 공태영이 처음 보는 표정을 지었다. 약간은 거만해 보이면서도 찬 기운이 감도는. 마치 세희가 내게 보인 표정처럼.

"무슨 수라도 쓰라면서요."

"그러긴 했는데……."

"백도훈, 당신이 곧 죽을 거라고 했습니다."

"……!!"

전혀 상상조차 못 한 말이었다. 무슨 수를 써서라도 세희를 설득하라고 먼저 내뱉은 건 나였지만, 그 미끼가 내가 될 거라고는 꿈에도 예상치 못했다. 심장이 철렁 내려앉고 이마에서 식은땀이 주르륵 흘러내렸다. 그런 나와 반대로 그는 태연하게 설명을 늘어놓았다. 차세희를 설득한 방법에 대해.

"백도훈 씨가 먼저 나를 찾아왔다고 했습니다. 세희에게 나눔을 한 탓에 수명이 현저히 줄어들었고, 엎친 데 덮친 격으로 건강까지 악화되었다고. 그동안 수명을 늘리려고 부단히 애를 썼지만, 사기를 당한 충격 탓인지 건강이 회복되질 않았다고 말했습니다. 그렇게 세희의 양심과 연민을 자극했죠. 단번에 거절할수 없게끔. 백도훈 씨가 떠나고 나면 어린 딸이 세상에 혼자 남게 되니 나에게 입양을 해달라며 간곡히 부탁하고 갔다고 했어요. 세희에게 찾아가면 바로 거절할 것 같아서 어렵게 나를 찾아온 거라고. 그래도 남보다는 낫지 않겠냐는 말도 덧붙이며……."

믿기지 않았다. 적어도 내가 아는 한, 차세희에게 이런 연민을 자극하는 말들이 먹힐 리 없었다. 무릎을 꿇고 처절하게 울면서 애원하던 나에게는 얼음장처럼 냉정하던 그녀가 공태영의 몇 마디 말에 쉬이 흔들렸다는 것이 도저히 믿기지 않았다.

"그 말을 듣고 결심을 했다고요?"

내 반응이 답답하다는 듯 공태영이 바지 주머니에서 담배와 라이터를 꺼냈다. 공원에서 피우면 안 된다는 걸 아는지 주위를 두리번거리며 사람이 없는 것을 확인하고는 손으로 가리고 담배에 불을 붙였다. 이내 하얗게 뿜어져 나오는 연기가 그의 얼굴을 완전히 가렸다. 의뭉스러운 속내를 도저히 알 수 없도록.

"세희에게도 죄책감이라는 게 있으니까요. 무엇보다 자신이 낳은 딸이 세상에 혼자 남는다는데, 보통의 사람이라면 그런 말을 들었을 때 미안하고 죄스러운 마음이 들겠죠."

심히 이상했다. 차세희는 그렇게 부정하던 은유의 존재를 공태영은 쉽게 딸이라고 인정했다. 더 이해가 되지 않는 건, 세희를 비난하는 듯한 표현이 그의 말 속에 포함되어 있다는 것이다.

"참 기괴하네요. 다른 남자 사이에 아이를 낳은 건데, 아무렇지 않게 말을 한다는 게. 상식적으로 도저히 이해가……."

공태영은 기분 나쁜 표정으로 내 말을 싹둑 잘랐다.

"집집마다 말하기 힘든 피치 못할 사정이란 게 있잖아요. 그리고 상식적이지 않은 건, 이 거래도 마찬가지 아닌가요? 그렇게 사사건건 따지려면 애초에 이 거래도 안 하는 게 맞겠죠. 내 말이 틀렸어요? 백도훈 씨?"

발끈하는 그의 말에 반박할 수 없었다. 여전히 의문을 품은 나의 표정에 공태영은 영업 비밀을 말하듯 차세희를 회유한 방법을 하나 더 꺼내놓았다.

"입양을 하더라도 아이를 바로 데려오는 건 아니라고 했습니다. 당신이 죽기 전에 서류만 미리 옮겨놓는 거라고 했죠. 뒤에 하려면 일이 더 복잡해서 그런 거라고."

내 반응을 살피며 잠깐 뜸을 들이던 태영은 짧게 한숨을 쉬고는 다시 말을 이었다.

"그리고 아이를 입양하게 되면 내 직장도 구해주고 거액의 양육비도 일시불로 준다고 했습니다. 어차피 직장은 당신이 먼저 제의한 부분이고, 양육비는 거래금액 중에 일부로 충당하면 될 것 같아서요. 뭐, 백도훈 씨를 위해 둘러댄 건 아닙니다. 저 나름대로 수명 나눔이 무사히 마무리될 수 있는 시간을 벌어둔 거죠. 그래야 이 거래가 완벽히 성립될 테니까."

오히려 이번에는 공태영이 이 계약에 적극적인 것처럼 느껴졌다. 그런 공태영과 달리 나는 그의 긴 설명을 듣고 허망했다. 결국 차세희 역시 입양을 허락한 이유가 그와 똑같이 돈 때문이라는 말인가. 사무칠 정도로 절절하던 나의 부탁에는 끄떡도 하지 않던 그녀가 알량한 말과 추악한 돈에 넘어가다니.

바닥에 아직 남아 있던 양심으로 인해 꺼져갈 뻔했던 이 거래의 불씨를 다시금 활활 타오르게 했다. 그녀를 향한 원한을 되새김질하며 절대 잊지 않겠다고 다짐했다. 모진 결심을 내려놓지 않도록 공태영도 일전에 내가 느꼈던 모습과는 사뭇 다른 모습을 보였다. 살짝 어수룩하면서도 일정 부분은 반듯한 느낌도 있었는데, 오늘 본 태영의 모습에서 어쩌면 나보다 더 용의주도한 사람일 수도 있겠다는 생각이 들었다. 목적을 위해서 수단과 방법을 가리지 않는.

불법 어플에 자신의 정보를 등록한 이유 역시 돈 외에도 다른 목적이 있을지도 모른다는 합리적인 의심도 생겼다. 하지만 그런 식으로 파고들자면 한도 끝도 없다. 더욱이 나도 매우 급한 상황인 건 마찬가지라 쉽사리 거부할 수도 없는 노릇이었다. 고대했던 것이 고심으로 변하였고, 앞 번에는 그가 혼돈에 빠졌다면 이번에는 내 몫이었다. 쉴 새 없이 몰아치던 혼란 속에 갈팡질팡하던 나는 마침내 결단을 내렸다.

"계약합시다."

비장하게 말을 내뱉은 이상 더는 물러설 곳이 없다. 나는 품속에서 미리 준비해 온 계약서를 꺼냈다.

"수명 나눔 계약서입니다. 찬찬히 읽어보고 동의하면 아래에 사인하세요."

수명 나눔 계약서

 백도훈 (이하 "갑"이라 함)과 공태영 (이하 "을"이라 함)은 다음과 같이 수명 나눔 계약을 체결한다.

1. 기간 : 갑과 을이 계약서를 작성한 시점(날)부터 ~ 3년까지.

   (단, 수명 나눔 수술은 입양 신고 및 입양 서류 등록이 완료된 날짜부터 최대 2년 안에 받아야 하며, 수술 후 남은 기간은 회복을 위한 치료 기간으로 한다.)

2. 나눔 수명 : 20년

3. 계약 금액 : 총 5억 (입양 신고 완료 후 2억 지급, 수명 나눔 후 3억 지급)

4. 기본 조건

   – 을은 갑의 자녀 백은유 양을 입양한다. 법적으로도 입양 신고 및 서류 등록을 완료하여야 한다.

   – 수명을 나눔 할 수 있는 시기가 도래했을 때, 을은 갑의 자녀 백은

유 양에게 20년의 수명을 나눔 하는 수술을 받아야 한다.

- 갑은 을에게 입양 신고를 마쳤을 때 2억을 선지급하고, 수명 나눔 수술을 받았을 때 3억을 지급한다.

- 을은 수명 나눔 수술 후에도 백은유 양의 회복에 필요한 병원 진료 및 치료를 주기적으로 성실히 받는다.

- 수명 나눔이 완료되면 을은 갑의 자녀를 서류상 파양하고 백은유 양은 갑의 서류에 복적한다.

5. 세부 조건

- 계약서를 작성한 순간부터 계약 기간이 끝날 때까지 갑은 을의 스케줄과 건강 상태를 관리할 수 있으며, 을은 갑에게 자신의 스케줄과 건강 상태를 보고할 의무가 있다.

- 을은 계약 기간 동안 2주에 한 번씩 백은유 양이 병원에 통원 치료를 받으러 가는 날에 동행하여야 한다. 필요시 을도 진료 및 검사를 받아야 한다.

- 을은 계약 기간 동안 목숨이 위험할 수 있는 행위는 (전문 등반, 글라이더 조종, 스카이다이빙, 스쿠버 다이빙, 행글라이딩, 수상 보트, 패러글라이딩, 모터보트, 자동차 또는 오토바이에 의한 경기, 선박 탑승 등) 절대 하지 않는다.

- 을은 계약 기간 동안 음주 및 흡연, 마약을 하지 않는다. 그 외의 건강을 위협할 수 있는 모든 것을 일체 금한다.

- 을은 계약 기간 동안 매일 2시간씩 운동을 하고, 올바른 식단으로 건강 증진에 노력해야 하며, 매일 수명측정기에 나오는 결과를 갑

에게 알려야 할 의무가 있다.

– 을은 계약 기간 동안 모든 이동수단의 운전이 금지되며 출근과 퇴
근은 반드시 도보로 이동하여야 한다. 회사 생활 중에도 과도한
야근이나 회식은 금한다.

6. 비밀 유지

– 갑과 을은 본 계약의 체결 및 이행 과정에서 알게 된 상대방의 비
밀정보와 계약 조건에 관한 내용을 계약 이외의 목적으로 사용하
거나 제삼자에게 직, 간접적으로 누설, 공개 또는 제공하여서는
아니 된다.

– 비밀 유지 의무는 본 계약 기간 중은 물론 계약 기간 종료 또는 만
료 후에도 존속한다.

– 을은 배우자 차세희에게도 입양 외에는 계약에 관한 모든 내용을
함구하여야 하며 파양 후에도 파양 사유 및 계약 내용에 관해 비
밀 유지를 하여야 한다.

7. 위약금

– 을이 비밀 유지 의무를 위반하거나 수명 나눔을 이행하지 않는 경
우에는 계약 금액인 5억의 5배에 해당하는 금액을 갑에게 즉시
배상하여야 한다.

(갑) 성　명 :　　　　(서명)

(을) 성　명 :　　　　(서명)

"하……. 생각한 것보다 조건이 꽤 디테일하네요."

계약서를 살피던 태영이 담배 한 개비를 자연스레 꺼내어 무의식중으로 입에 물었다.

"거기에 사인하면 그 담배가 마지막이 될 겁니다."

중요한 계약 내용을 잊지 말라는 뜻으로 내가 일침을 놓자 태영이 어이없다는 듯 헛웃음을 피식 흘렸다. 그러곤 보란 듯이 담배 끝이 몽땅해질 때까지 쉬지 않고 연기를 피워댔고, 이내 옅은 불씨가 남은 담배꽁초를 구둣발로 마구 비벼서 꺼트렸다.

"이제 됐죠? 끝."

치기 어린 학생이 훈계하는 선생님에게 대드는 것처럼 의기양양한 표정을 짓는 그의 모습에 이번에는 내가 실소가 터져 나왔다. 오늘 공태영의 새로운 모습을 몇 번이나 본 것 같다. 짧은 순간에도 은근한 승부욕과 강한 자존심을 드러내기도 했는데, 정작 본인은 모르는 듯했다. 왠지 컨트롤이 쉽지 않을 것 같은 건 내 기분 탓일까. 원래 잘 알던 사람은 아니니 나의 섣부른 판단일지도 모른다. 그래도 이것보다 더한 성격은 앞으로도 보고 싶지 않았다.

"계약하게 되면 공태영 씨의 스케줄은 전부 내가 관리하며, 공태영 씨는 일거수일투족을 나에게 보고해야 합니다. 하루 일과 관리부터 건강 관리까지 전반적인 생활이 내가 짠 스케줄표대로 이루어질 겁니다. 위험하고 자극적인 것은 자제하고 스스로 절제하는 태도에 익숙해져야 한다는 뜻이죠."

갑과 을. 계약 후, 공태영과 나의 위치를 정확하게 짚어 주었다. 방금처럼 불필요한 반항이나 불손한 태도를 보이지 않게 지켜야 할 선을 넘지 말라는 뜻도 내포되어 있었다.

"와, 내가 무슨 큰 경기 앞둔 운동선수도 아니고. 듣기만 해도 벌써 피곤하네요."

"시작하기도 전에 앓는 소리는 사양합니다."

"네, 네. 알겠습니다. 이제 설명 끝났나요?"

태영은 못마땅한 듯 입술을 비죽였다. 나는 그가 툴툴대느라 중요한 부분을 놓칠까 봐 한 번 더 강조했다.

"한 가지 남았습니다."

"또 뭐죠?"

"계약서에 기재된 대로 2주에 한 번씩 딸의 통원 치료가 있습니다. 공태영 씨도 수술 전부터 주기적으로 동행해야 합니다."

"안 그래도 그 내용을 읽고 궁금했어요. 수술 전에는 왜 동행해야 하나요?"

"병원에서도 의심을 사지 않아야 하니까요. 그러려면 수술받기 전에 미리 의료진과 안면을 터놓는 게 좋겠죠. 당신이 남이 아니라는 인식을 심어주는 게 중요할 테니. 당연히 저도 같이 갈 겁니다. 일단은 딸이 충격받지 않게 당신을 먼 친척으로 소개할 거예요. 조금 익숙해지고 수술 시기가 되면 그땐 다시 설명하기로 하죠."

태영은 내 얼굴과 계약서를 번갈아 보며 고개를 절레절레 흔들었다.

"그 잘난 돈만 아니면 절대로 못 할 짓이네요. 기분도 더럽고. 젠장."

뒤에 혼잣말은 작게 말했어도 그의 성질이 드러나는 말이라 내 귀에 크게 닿았다.

"그 잘난 돈, 공태영 씨 말고도 기다리는 사람 많습니다. 이제 서로가 원하는 조건이 얼추 정리된 것 같으니 시간 그만 끌고 최종결정하죠. 만에 하나 공태영 씨가 오늘 사인하지 않는다면 미련 없이 바로 다음 공여자를 만나겠습니다. 더럽고 치사해도 그돈만 있으면 대기 공여자는 차고 넘치니."

사실 그럴 마음은 추호도 없었다. 그럼에도 오늘 간파한 태영의 성격을 일부러 자극했다. 은근한 승부욕을 건드릴 것. 강한 자존심을 역으로 이용할 것.

"누, 누가 아, 안 한다고 했나요? 여기에다 사인하면 되죠?"

계산이 통했다. 갑자기 마음이 급해진 태영은 (을)이라고 적혀 있는 성명과 (서명) 사이의 공백을 손가락으로 가리키며 한껏 목소리 톤을 높였다. 나는 재차 갑의 위치를 각인시켰다.

"다시 묻겠습니다. 계약 내용은 제대로 숙지했나요? 계약 위반 시 위약금이 5배입니다. 계약 기간 동안 이 계약서에 적힌 모든 조건에 맞춰 성실히 임해야 합니다."

"네. 여러 번 읽고 확인했습니다."

"모두 동의하면 사인하시죠."

태영은 자신의 이름 세 글자를 날린 글씨체로 (서명) 위에 사인을 했다.

"혹시 모르니 그 옆에 지장도 찍으시죠."

품속에서 인주를 꺼내 공태영 앞에 내밀었다. 이번에도 그가 고개를 가로저었다.

"나도 웬만큼 꼼꼼한 사람인데, 백도훈 씨는 진짜 철저하네요. 와, 겪으면 겪을수록 기가 막힐 지경이에요. 두 손 두 발 다 들겠어요."

칭찬을 가장해 비아냥대면서도 그의 오른쪽 엄지손가락은 자연스레 붉은 인주로 향했다. 시키지 않아도 손가락에 인주가 골고루 묻도록 야무지게 여러 번 꾹꾹 누르더니 계약서 위에 힘을 주어 세게 눌렀다. 이내 선명하고 붉은 지문이 종이 위에 그대로 새겨졌다. 나도 (갑)이라고 적혀 있는 옆자리에 사인과 지장을 남겼다. 이 계약의 끝에 후회만 남는 일이 없기를 바라며.

"이제 완전히 계약된 거죠?"

"지금 이 시간부로 수명 나눔 계약이 체결되었습니다. 잘 부탁합니다. 공태영 씨."

"네. 저도 잘 부탁합니다. 백도훈 씨."

나는 돌이킬 수 없는 계약을 기어코 하고야 말았다.

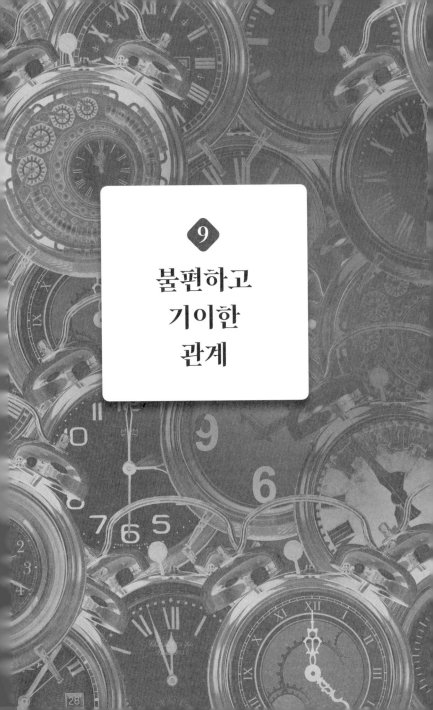

9

불편하고
기이한
관계

"내일부터 회사로 출근하면 됩니다. 경력직에 맞춰 직급은 기존과 같은 과장이며 급여는 전 직장보다 높게 책정했습니다. 대신 병가 휴직 중인 직원의 대체 인력으로 입사하는 조건입니다. 우리의 계약 기간이 종료됐을 때, 공태영 씨가 임시직 기간이 끝나서 회사를 그만두는 것으로 하는 게 여러모로 깔끔하겠죠. 회사 주소는 여기 명함 참고하시고."

태영은 내가 건넨 명함을 두 손으로 받아들고 빤히 바라봤다.

"관리팀 부장? 회사에서 끗발이 좀 있나 보네요. 그럴싸한 일자리도 척척 내어줄 만큼."

인사 관리팀으로 채용 및 입퇴사 업무도 담당하고 있어서 실행에 옮길 수 있었다. 정규직이 아닌 임시직 정도는 부장 타이틀을 맡고 있는 내 선에서 면접을 보고 채용이 가능했다.

사실 태영이 대체로 들어가는 자리는 가연의 자리였다. 그 일이 있고 나서 가연은 불안 증세를 보였고 결국 오랜 기간 병가를 내기로 했다. 다리 흉터 치료와 재활 치료를 병행할 시간도 필요했다. 가연이 치료를 온전히 받을 때까지 우리 사이의 일은 잠시 미뤄두기로 했다.

"혹시나 해서 물어보는데 임시직으로 입사해도 업무 평가가 좋으면 정규직이 될 가망성도 있는 건가요?"

태영의 질문에서 미리 추측한 부분이 확실해졌다. 비정규 임시직이라도 선뜻 받아들인 이유를.

"사실 어느 정도 예상은 했는데, 그래도 확인차 묻겠습니다.

공태영 씨 전 직장에서 휴직이 아니라 실직인가요? 혹시 자발적인 퇴사가 아니라 해고라면 지금 정확하게 말해주세요. 만에 하나라도 나중에 문제가 됐을 시, 백도훈 씨를 채용한 내가 불이익을 받는 것을 감수하고 입사를 진행해야 하니 이 부분은 짚고 넘어가야겠네요."

나의 물음에 태영의 표정이 딱딱하게 굳어졌다.

"이렇게 된 거 숨길 필요도 없겠네요. 네. 백도훈 씨 예상이 맞아요. 전 직장에서 해고를 당했습니다."

짐작했던 부분이라 덤덤하게 되물었다.

"해고 사유는 뭔가요?"

"……회사 공금 횡령."

이것 또한 미리 유추했던 몇 가지 이유 중 하나여서 그다지 놀랍지는 않았다. 일반인에게 큰돈이 걸려있는 문제는 거의 다 비슷하니. 도박 아니면 주식. 혹은 범죄에 연루되는 게 대부분이었다. 그렇지만 지금 회사 입사에는 이 부분이 걸릴 수 있으니 비밀에 부쳐야만 했다.

"어플에 추가 정보인 범죄 항목에는 '없음'으로 기재되어 있었는데."

"아직은 빨간 줄이 안 그어졌으니까요. 그렇게 안 되려고 당신과 계약한 겁니다."

"공금 횡령을 한 이유를 물어봐도 되나요?"

"주식에 투자했다가 빚더미에 앉아서 그만……. 일시적으로 회사 공금을 빼돌려 재투자한 다음 주식이 잘 되면 다시 채워놓으려고 했습니다. 그런데, 그마저도 실패했고 빚은 감당하지 못할 정도로 어마어마하게 불어나서……. 불행 중 다행인 건 전 직장에서 그동안의 정을 생각해서 빼돌린 공금과 추가 손실금만 전액 상환하면 법적인 조치까지는 취하지 않는다고 했어요. 정해진 기간 안에 돈만 갚으면 문제가 해결된다는 생각에 불법인 걸 알면서도 어플에 정보를 등록했고, 내 수명을 담보로 한 이 계약까지 하게 된 겁니다. 썩은 동아줄이라도 붙잡아야 하는 상황이라……. 나도 예전에는 돈 때문에 보험 사기 같은 거 치는 사람들을 보면 그저 한심하다고만 생각했는데, 막상 내 일이 되고 보니 말이 달라졌어요. 백도훈 씨가 봤을 때도 이 정도 금액에 수명까지 파냐고 생각할 수도 있겠지만, 사람이 극한 상황에 내몰리면 어쩔 수 없이 바닥을 드러내게 되더라고요. 추악한 민낯을……. 뉴스만 봐도 그렇잖아요 몇 억이 아닌 몇 백에도 끔찍한 범죄가 일어나는 세상이니까."

자신의 치부인데도 불구하고 한번 말문이 터지니 공태영은 거리낌 없이 술술 털어놓았다. 어쩌면 그동안 답답한 속을 털어놓을 상대가 필요했을지도 모른다. 사람은 심적으로나 물질적으로 빈곤할 때 더욱 외로워지는 법이다. 그럴 땐 누군가의 손길과 누군가의 공감, 그리고 따뜻한 위로를 원한다. 하지만 공태영이 간과한 점이 있었다. 나는 그의 편이 아니라는 것. 위로를 건넬 만큼의 온정이 내겐 남아 있지 않다는 것. 공태영에게는 이 일이 확실한 약점이었고, 나에게는 그를 옭아맬 두 번째 기회였다.

"알겠습니다. 일단 전 직장에서 있었던 일은 덮어 놓고 입사를 진행하겠지만, 그 일 때문이라도 업무 능력과 상관없이 정규직 전환은 어려울 것 같네요. 그리고 이 회사에서는 절대로 그런 범죄를 저질러서는 안 됩니다. 이 부분은 계약서에 추가조항으로 넣겠습니다. 불가피한 상황이 생기면 언제든 퇴사하는 것으로요. 만일 또다시 이곳에서 불미스러운 일이 발생한다면 위약금뿐만 아니라 법적 조치까지 받게 될 겁니다. 이 부분 동의하시죠? 여기는 전 직장처럼 너그럽거나 정이 있는 곳이 아니니."

단호한 나의 말에는 중의적인 의미가 담겨 있었다. 그제야 아차 싶었는지 태영의 목소리에 자신감이 줄어들었다.

"……네."

아무 일도 없었다는 듯 미리 프린트 해둔 스케줄표를 건넸다.

"이건 내일부터 적용할 스케줄입니다. 매일 아침 지켜야 할 루틴이 있어요. 눈을 뜨자마자 수명측정기로 검사한 후 결과를 카톡으로 전송, 영양제와 아침 식사를 섭취, 공복 운동 30분, 이렇게 루틴이 마무리되면 시간 맞춰 출근하면 됩니다. 퇴근 후 일정도 스케줄표에 기재되어 있어요."

설명을 듣던 태영의 표정이 점차 일그러졌다. 대놓고 불편한 기색을 보여도 개의치 않고 설명을 이어갔다.

"근처에 회사 기숙사가 있는데, 타지역 거주 중인 직원을 우선으로 입주가 가능해서 미리 신청했어요. 거기서 회사까지 15분

거리니 계약 내용처럼 도보로 출퇴근하면 되고, 출퇴근 시 도보로 걷는 건 매일 해야 하는 운동 2시간에 포함되지 않으니 참고하세요. 기숙사 근처에 운동 센터도 따로 등록했어요. 근무가 끝나면 구내식당에서 저녁 식사 후 퇴근하여 센터에서 운동 1시간 30분을 한 뒤 기숙사로 귀가하면 됩니다."

태영은 프린트물의 내용과 나의 입을 동시에 확인하며 눈동자를 위아래로 굴렸다. 미간에는 어느새 굵은 주름이 잡혀있었다.

"이렇게 매일 해야 한다는 거죠? 대략 예상은 했지만 심하게 빡빡하네요."

"주말과 공휴일은 부득이한 사정이 생겼을 때 조금 조정이 가능해요. 대신 평일은 반드시 지켰으면 합니다. 천재지변이나 사고 같은 특수한 경우로 공태영 씨의 생사가 오가지 않는 한."

"와, 마지막 말은 좀 섬뜩하네요. 그렇게 겁을 주면서 주말과 공휴일은 조.금.조.정.이.가.능.하.다.고 말하는 건 좀 모순적이지 않아요? 그것도 사.정.이.있.을.때.만 나름 인심 써서 편의를 봐주는 부분도 있다, 뭐 이런 식으로 일종의 생색내기용인가요?"

태영은 일부러 딱딱 끊어서 내 말을 도로 되돌려주고는 입꼬리를 비틀어 올렸다.

"무슨 일이든 특별한 변수라는 건 존재하니까요. 되도록 평일 중에는 그런 일이 없길 바라는 겁니다. 일주일에 5일 동안 루틴을 정확히 지키면 2일 동안 흐트러지더라도 쌓아둔 5일이 헛수고가 되지 않겠지만, 그 반대인 경우에는 결과가 확연히 달라지겠죠. 그게 건강이 됐든, 아니면 다른 무엇이 됐든. 그래서 가급적이면 평일 5일은 규칙적으로 지키길 바라는 겁니다.”

잔소리를 듣기 싫다는 듯 귀를 후비적대던 태영은 슬며시 바지 주머니에 손을 가져갔다. 습관적으로 담배를 찾는 듯했다.

“이제, 안 됩니다.”

나는 놓치지 않고 엄격한 말투로 지적했다. 당황한 태영의 눈이 휘둥그레졌다.

“네?”

“담배, 음주. 그 외에도 건강을 해치는 모든 것. 계약서에 적혀 있는 것처럼 혹시 모를 마약 같은 것도.”

태영은 화들짝 놀라며 주머니 언저리에서 헤매던 손을 잽싸게 들어서 강력하게 손사래를 쳤다.

“마, 마약이요? 무슨 그런 소리를! 사람을 대체 어떻게 보고! 내가 돈 사고는 쳤어도 그런 심한 사고까지는 안 칩니다.”

“아니면 됐습니다. 요즘 워낙 일반인에게도 마약이 많이 퍼졌다는 뉴스를 봐서 경고 차원에서 말한 거예요. 암튼 여러모로 건강을 해치는 행동은 주의해 주세요. 수술을 받기 전까지 건강 관리는 필수입니다.”

“각오는 했어도 보통 일이 아니네요.”

“당연히 그렇겠죠. 보통 일에 5억을 거는 머저리는 없으니까. 내일부터 시작입니다. 아무쪼록 값어치를 하길 바랍니다. 공태영 씨.”

{오늘 측정된 수명은 85세입니다. 영양제와 아침은 먹었고 이제 운동 시작합니다.}

메시지와 함께 숫자가 적힌 화면이 보이는 수명측정기 사진과 음식이 조금 묻어있는 빈 그릇 사진이 카톡으로 왔다. 공태영이었다. 식사까지 인증하라는 말은 하지 않았는데, 생각보다는 확실한 성격인 듯했다. 어제 비아냥대던 모습에 대충하진 않을까 내심 걱정했는데, 오늘 행동을 보니 불안한 마음을 조금 내려놔도 될 것 같았다. 30분 후, 운동이 끝났는지 운동기구 계기판에 나온 수치도 사진을 따로 보내주었다.

{수고했어요. 나중에 회사에서 만납시다.}

출근 준비를 하는데 평소와 다르게 긴장이 됐다. 굳어있는 내 표정을 보고 가연이 물었다.

"당신 요즘 무슨 일 있어요?"

"아니……. 왜?"

"최근 들어 걱정이 있어 보여서요."

내색하지 않으려고 나름 노력했는데도 가연은 나의 달라진 분위기를 벌써 눈치채고 있었다. 속마음을 들켜서 적잖이 당황했지만 애써 태연한 척 둘러댔다.

"다들 걱정 하나씩은 가지고 사는 거지. 살아가면서 아무 걱정도 없는 게 오히려 더 이상한 거 아닌가. 나는 별일 없으니까 신경 쓰지 말고 오늘도 병원 조심히 다녀와. 치료도 잘 받고. 나 회사 다녀올게."

가연은 집을 나서는 나를 가만히 바라보고 있었다. 그녀의 시선이 느껴져도 일부러 뒤를 돌아보지 않았다. 더는 가연에게 숨길 수 없음을 직감했기에.

회사 앞에 도착하니 저 멀리서 태영이 걸어오는 모습이 보였다.

"도보로 걸어오는 규칙도 지켰네요."

"뭐, 값어치를 하려면 첫날부터 어길 수는 없으니까요."

받아치는 걸 보니 속으로는 마뜩잖은 모양이었다.

"5층 영업팀으로 가면 미리 업무 인수인계가 되어 있을 겁니다."

"알겠습니다."

짧은 대화를 나누고 각자의 사무실로 향했다.

"안녕하세요. 오늘부로 영업팀에 입사하게 된 공태영입니다."

그의 입사 소식에 한차례 회사가 떠들썩했다. 가연의 복직이 아닌 뜬금없는 뉴페이스의 등장에 직원들은 입을 모아 가연의 퇴사를 언급했다.

"진짜 그만두나 봐. 하긴 그런 일이 있었는데 어떻게 다시 오겠어?"

"백 부장님은 잘만 다니잖아. 아내한테 그 난리가 났는데도. 재혼이라서 그런 건가? 무심한 건지. 아님 뻔뻔한 건지."

"그래도 백 부장님이 뻔뻔한 캐릭터는 아니지 않아? 나는 나름 회사에서 이미지 괜찮다고 생각했는데."

"이 와중에 그게 중요해? 누군 그만두고 누군 다니고 불공평하잖아. 백 부장님이 그대로 다니는 거면 오 과장님도 다시 오는 거 문제없는 거지."

"어휴, 그런 소리 하지도 마. 나는 솔직히 오 과장님 이제 보기 무서워. 진짜 소름이지 않냐? 자기 다리를 스스로 찔렀다는 게."

"맞아. 나 그 자리에 있었는데, 그 모습 직접 보고 완전 충격받았잖아. PTSD 올 뻔했다니까."

"근데 왜 그랬는지 이유는 들었어?"

"무슨 내막인지는 정확히 모르지. 다들 쉬쉬하니까."

"암튼 말도 없이 그만뒀다니 뭔가 시원섭섭하네. 같이 오래 다녔는데."

"나는 다른 건 모르겠고 새로 온 후임자가 괜찮기만 하면 돼. 일머리만 있으면 나한테 피해 없잖아. 안 그래도 오 과장님 업무까지 더해져서 일이 산더미였는데, 이제 넘길 사람 생겨서 다행이네."

당사자들은 원치 않았음에도 잘 모르는 사람들의 입방아에 수시로 오르내렸다. 거기다 덤이라던 눈총까지. 퇴사한 것을 직접 확인한 사람은 아무도 없는데, 멋대로 튀어나오는 말에 가연의 퇴사가 기정사실화되고 말았다. 낙을 핑계 삼아 사람들은 여전히 아무렇지도 않게 입을 가벼이 놀려댔다. 타인의 상처 따윈 안중에도 없다는 듯이.

점심시간이 되어 구내식당으로 들어가자 태영이 여러 직원들에게 둘러싸여 있었다. 적응을 잘할 수 있을지 오전 내내 걱정한 게 무색할 만큼 그는 오늘 처음 만난 직원들과도 화기애애하게 담소를 나누고 있었다. 의외로 사교성이 있는 편인 것 같았다. 이 부분도 나의 예상을 보기 좋게 빗나갔다. 내가 본 모습부터 지금의 모습까지 공태영의 성격은 쉽게 판단하기 어려울 정도로 다양하게 느껴졌다. 상황에 맞게 시시때때로 변하는 것처럼. 하루도 아니고 단지 오전만 지났을 뿐인데, 이미 몇 명은 친해졌는지 태영에게 농담을 건네며 친근하게 대했다. 몇 년을 함께했던 가연에게 쉽게 등을 돌리는 사람들의 모습에 실망을 금치 못했고, 빠른 태세전환 또한 나를 질리게 했다. 왠지 모르게 나의 구역에 그가 침범한 기분이 들었다. 문득 정규직 가능성을 묻던 태영의 얼굴이 떠올랐다. 살짝 기대를 머금은. 그런 연유로 직원들과 친분을 쌓는 것처럼 보였다. 어리석게도 그는 모르고 있었다. 아무리 이미지 관리하며 노력해봤자 소용없는 일이라는 것을. 나는 그의 헛된 기대에 여지를 줄 마음이 추호도 없으니.

"공태영 씨, 잠깐 나 좀 보시죠."

정원으로 꾸며진 회사 옥상으로 올라갔다. 회사 안의 유일한 쉼터였다.

"무슨 일이시죠?"

"직원들과 쓸데없이 친분 쌓지 말라는 경고하려고 불렀습니다."

"네? 그런 건 계약서에 없잖아요."

"계약 내용에 대해 제삼자에게 누설하지 말 것. 이 사항을 지키려면 입조심부터 해야겠죠. 사람 관계에서 친분이 쌓이면 은연중에 실수하기 마련이니까. 그래서 업무에 관한 내용이 아니라면 사담을 자제하라는 말입니다."

"아니, 그건 좀……."

나는 그의 말을 싹둑 잘랐다.

"아! 혹시나 불필요한 희망 회로를 돌리고 있는 것 같아서 미리 말하는데, 이 계약에서 공태영 씨의 회사 근무는 나에게 필수 조건이 아닙니다. 관리 방법을 바꾸게 되면 굳이 회사를 거칠 필요가 없으니까요. 계약서에 회사 근무에 대한 추가 조건을 넣은 이유이기도 하죠."

"무슨 뜻이죠?"

"나는 공태영 씨가 원하는 건, 아무것도 들어줄 생각이 없다는 뜻입니다. 돈 외에는. 그러니 명심하세요. 경고는 딱 한 번뿐입니다."

⌛⌛⌛

그날 이후 나의 경고가 통한 건지 태영은 회사에서 사람들을 멀리했다. 단 한 사람 송한나 대리만 빼고. 정확히 말하자면 태영보다는 송 대리가 먼저 다가갔다. 태영은 나의 경고대로 적당한 선을 지키고 있으니 타인이 먼저 관심을 보이는 것까지 내가 차단할 수는 없었다. 처음 출근하던 날부터 태영에게 관심을 보였던 그녀는 구내식당에서 간간이 존재감을 드러냈다. 타 부서라 서로가 마주치는 곳이라고 해봤자 회사 복도와 옥상 아니면 구내식당 정도였는데, 굳이 보고 싶지 않아도 식당은 매일 같은 시간에 가는 곳이다 보니 그녀가 태영에게 호감을 보이는 모습이 자주 눈에 띄었다. 식사 중에 태영이 딱히 별말을 하지 않았는데도 그녀는 일부러 크게 웃으며 그의 말에 호응하는 모습을 보였다. 특유의 눈웃음을 치며.

"어머, 진짜요? 신기하다. 나도 그렇거든요. 나랑 공 과장님 되게 잘 맞는 거 알아요?"

목소리도 평소와 달리 간드러졌다. 맞장구와 동시에 태영의 어깨를 살짝살짝 치며 은근한 스킨십까지 하는 그녀를 보니 속이 뻔히 보였다. 그러고 보면 태영이 꽤 호감상이긴 했다. 키도 훤칠하니 크고 옷 스타일도 깔끔하게 잘 입었다. 무슨 향수를 쓰는지 그가 지나간 자리에는 은은한 향기가 남았다. 얼굴도 나이에 비해 꽤 동안인 편이었다. 나와의 계약 때문에 태영은 회사에서 자신의 신상을 거의 드러내지 않았기에 기혼자라는 사실 역시 송 대리는 모르는 듯했다. 유난히 태영에게 적극적인 송 대리의 모습을 볼 때면 괜한 노파심에 신경이 쓰였다.

〈원래 사람들 입이 가장 무섭잖아요. 확인되지 않은 소문도 금세 퍼지고. 다들 진실보다는 가십을 훨씬 좋아하니까. 회사를 다

니다 보면 소문의 대상이 되는 게 제일 두려운 것 같아요.〉

가연의 병문안을 왔을 때, 회사에서 소문나는 게 제일 두렵다고 했던 그녀가 아니던가. 나도 모르게 걱정을 하다 고개를 절레절레 흔들었다.

"알아서 하겠지. 다 큰 어른들인데."

외근을 나갔다가 들어가는 길에 회사 입구에서 송 대리와 딱 마주쳤다. 가볍게 인사를 하고 지나치려는데, 송 대리가 내게 말을 걸었다.

"부장님, 오 과장님은 좀 어떠세요?"

다소 의외였다. 회사에서 누군가 가연의 안부를 물어오는 건 처음이었기에. 그 일이 벌어진 후, 나에게 직접적으로 가연의 일을 묻는 건, 회사에서 암묵적으로 금기시되는 분위기였다. 나도 사생활에 대해 알리고 싶지 않아서 굳이 말을 꺼내지 않았다. 그런데, 예고도 없이 송 대리가 먼저 말을 꺼내니 적잖이 당혹스러웠다. 그러면서도 한편으로는 서로 같은 부서이기에 가연과 송 대리 사이에 내가 모르는 친분이 있을지도 모른다는 생각이 들었다. 병원에 가방을 직접 가져다주기까지 했던 걸 보면.

"많이 좋아졌어요."

"그래요? 다행이다. 오 과장님은 언제쯤 복직하세요?"

느닷없는 질문이었다. 어쩌면 가연의 안부보다는 이게 본론이었을지도. 풀어졌던 경계 태세를 다시 갖추고 되물었다.

"그건 왜 묻는 거죠?"

조금은 쌀쌀맞은 반응에 당황했는지 그녀의 얼굴이 살짝 붉어졌다.

"아, 다들 오 과장님이 그만둔다고 워낙 떠들어대니 또 그런 말 들으면 제가 한마디 하려고요. 복직 시기라도 알면 반박하기가 더 나을 것 같아서요. 오 과장님한테 제가 따로 할 말도 있고."

한껏 예민해진 탓에 잠시나마 오해를 한 게 미안했다.

"생각보다 서로 많이 가까웠던 사이인가 보네요. 그렇다면 내가 대신 말하는 것보다 송 대리가 직접 오 과장에게 전화해서 물어보는 게 나을 것 같아요."

"그 생각도 해봤는데, 저는 괜찮아도 오 과장님은 전화 받는 게 불편할 수도 있을 것 같아서요."

"그럼 내가 먼저 물어보고 괜찮으면 송 대리에게 전화하라고 할게요."

방금까지 걱정을 해주던 그녀가 갑자기 난처한 표정을 지으며 손사래를 쳤다.

"아니, 그렇게까지 안 해주셔도 괜찮아요. 그냥 안부차 물어본 거라. 저 사무실 들어가야 해서 이만 가볼게요."

서둘러서 들어가는 그녀를 보며 묘한 기분이 들었다. 안부차라고 했지만, 그녀의 질문이 좀 의아했다. 사람들 앞에서 가연의 편을 들어주고 싶다는 건지, 아니면 진짜 가연의 복직 시기가 궁금하다는 것인지, 그것도 아니라면 다른 이유가 있어서 가연을 기다리고 있다는 뜻인지 송 대리의 의도를 정확히 파악하기가 어려웠다.

"아까 송 대리가 따로 할 말이 있다고 했던 것 같은데, 왜 전화는 거부하는 거지? 대체 무슨 말이기에……."

⧖ ⧖ ⧖

태영과의 거래는 생각보다 물 흐르듯 흘러갔다. 한 번도 어긴 적 없이 태영은 스케줄표에 맞춰 매일 규칙적으로 루틴을 지켰다. 이 부분도 나의 선입견을 깨트려주었다. 의외로 착실한 그의 모습에 없던 신뢰라도 솟아날까 봐 나 혼자 염려가 될 정도였다. 미리 언급했던 스케줄 조정이 가능한 주말에는 종종 세희가 있는 곳으로 가는 것 같았다. 주말 부부 생활을 하는 건지, 세희와 어디까지 상의가 된 건지, 나 역시 사람인지라 궁금하긴 했지만, 구태여 묻지는 않았다. 거기까지는 내가 관여할 부분이 아니기에. 이 계약이 완만히 진행되려면 나 역시 확실한 선을 지켜야 하니.

제일 중요했던 입양 부분도 세희가 친모라서 문제없이 진행되었다. 나의 예상대로. 서류상일 뿐이라 주위 환경이 달라지는 건 아니다 보니 은유에게는 밝히지 않을 수 있어서 천만다행이었다. 하지만 가연은 달랐다. 이 일을 진행하며 배우자를 속인다면 나는 세희와 똑같은 악인이 되어간다는 죄의식에서 결코 자유로울 수 없다. 사실대로 말한다 해도 내가 느끼는 죄책감의 무게는 동일하겠지만, 그래도 가연에게는 솔직하게 털어놓기로 했다. 그동안의 일과 누군가는 비난할 이 계약을.

사실을 알고 그녀가 상처를 받거나 혹은 기함하며 쓰러질 수도 있어서 잔뜩 긴장하며 어렵사리 말을 꺼냈다. 그런데, 길었던 나의 고뇌가 무색할 만큼 모든 사실을 듣고도 가연은 별로 놀라지 않았다. 마치 마음의 준비라도 하고 있었던 사람처럼.

"은유만 살릴 수 있으면 다 괜찮아요. 당신 뜻대로 해요."

나의 예상과는 완전히 다른 반응이었다. 수명 나눔에 관한 계약 내용과 불법 어플을 통해 태영을 알게 된 것, 그리고 세희와 연관되어 있다는 사실까지 모두 들었음에도 그녀는 화를 내지도, 흥분하지도 않았다. 위법을 저지르며 수명 나눔 계약을 진행한 나를 탓하지 않는 그녀를 보니 예전에 맞선 본 이야기를 꺼냈을 때가 떠올랐다. 은유를 살릴 수만 있다면 괜찮다는 그녀의 말이 고마우면서도 왠지 모르게 뒷맛이 씁쓸했다. 다행이라고 생각해야 하는데, 기분이 개운하지가 않은 건 왜일까.

"당신, 진짜 괜찮아?"

확답이라도 받고 싶었는지 괜찮다는 말을 들었음에도 다시 이기적인 질문을 던졌다. 이미 답을 정해 놓은.

"네. 은유를 위한 일이니까요."

가연의 그 말에 여전히 남아 있었던 일말의 불신이 사라졌다. 은유에 대한 진심을 의심했던 게 미안해질 정도로.

걱정했던 가연의 허락까지 떨어지자 일이 차근차근 진행되었다. 계약서대로 통원 치료를 하며 은유와 공태영은 안면을 트게 되었다. 극도로 싫은 상황이었지만 나중에 수술을 받기 위해서라도 꼭 필요한 절차였다. 같이 검사를 받아야 하는 부분도 있었고 수술 직전에 갑작스레 만나는 것도 은유에게 거부감이 들 수도 있기 때문이다. 먼 친척뻘이라고 소개해서인지 은유는 공태영에게 삼촌이라고 불렀다. 유치하게도 나는 그 모습이 보기 싫었다. 몇 달 동안 같이 병원을 다니며 공태영도 의외로 은유에게 살갑게 대했다. 원래의 성격인 건지 아님 가식인 건지는 알 수 없어도 자상한 그의 태도에 은유는 가연을 이모라고 부르기 시작했던 그때처럼 서서히 공태영을 따르는 모습을 보였다. 그 모습을 불안하게 지켜보면서 둘 사이에 더 이상의 친분이 쌓이는 것을 막아야 한다는 생각이 들 때쯤, 은유가 뜻밖의 말을 꺼냈다.

"나 삼촌 집에 놀러 가고 싶어."

충격적이었다. 너무 놀라서 표정 관리조차 되지 않았고 지진이 난 것처럼 동공이 심하게 흔들렸다.

"…… 뭐?"

"삼촌한테도 딸이 있대. 나보다 언니래. 그냥 한번 보고 싶어. 나는 외동이라 언니 있는 친구들이 부러웠거든."

핏줄이 당긴다는 게 이런 의미인가. 한 번도 본 적 없는 사람이 보고 싶어지다니……. 딸의 갑작스러운 말을 쉽사리 받아들일 수가 없었다.

"그, 그건 안 돼. 은유야."

"왜?"

나도 모르게 말을 더듬자 이상하다는 듯 은유가 되물었다. 우리의 비정상적인 관계를 은유에게 절대 들켜서는 안 된다. 공태영은 내가 컨트롤할 수 있어도 차세희를 만나게 되면 나의 예측 범위를 벗어난다. 불안한 마음을 내색하지 않으려고 최대한 목소리를 가다듬어 봐도 내 의지와 상관없이 미세하게 떨리는 것까진 막을 수 없었다.

"그게…… 은유가 갑자기 집에 놀러 가고 싶다고 하면 삼촌 입장에서는 불편할 수도 있잖아. 요즘 회사 일로 많이 바쁠 텐데."

어색하게 둘러대는 내 모습에 은유가 고개를 갸웃거렸다.

"아닌데? 삼촌이 괜찮다고 했어."

"그럴 리가 없는데……. 진짜 괜찮다고 했다고?"

"응. 삼촌이 먼저 나한테 말한 거야. 방학하게 되면 집에 놀러 오라고."

사색이 되어 집을 뛰쳐나왔다. 어둠이 짙은 늦은 밤인데도 급하게 차를 몰았다. 그렇게 정신없이 도착한 곳은 바로 회사 기숙사였다. 공태영이 머무는 호수 앞에 도착해서 거칠게 초인종을 눌렀다.

"누구…… 어? 이 시간에 무슨 일……."

문을 열고 나온 태영을 밀치듯이 안으로 들어갔다. 방에 아무도 없는 것을 확인하고 감정을 실어 공태영에게 버럭 소리쳤다.

"당신, 지금 뭐 하자는 겁니까?"

"갑자기 찾아와서 다짜고짜 무슨 말을 하는 거예요? 알아듣게 말을 해야……."

"왜 은유에게 당신 딸을 만나라고 한 거죠?"

내가 쳐들어온 이유를 알게 된 태영이 긴 한숨을 쉬며 고개를 가로저었다.

"하……. 그거 때문에 이 늦은 시간에 찾아온 건가요?"

"딴소리 말고 묻는 말에나 대답해요. 얼른!"

태영은 인상을 구기며 머리를 신경질적으로 긁어댔다.

"와, 진짜 돌아버리겠네. 나도 가운데서 이러지도 저러지도 못하고 난감해서 죽겠다고요!"

뒤통수를 얼얼하게 맞은 건 난데, 도리어 태영이 억울하다는 반응을 보이는 게 의아했다.

"그게 무슨 말이죠?"

태영은 몹쓸 습관을 이기지 못하고 손이 주머니로 향하려다 이내 자각하며 멈칫했다. 말을 할지 말지 고민스러운지 입술을 달싹이던 태영은 이윽고 말문을 열었다.

"잊었어요? 우리 둘은 입양이 가짜라는 걸 알지만 세희는 진짜로 알고 있다는 거."

뜬금없는 말이었다. 나는 공태영에게 왜 그랬는지 물었는데, 지금 차세희가 왜 나오는 것인가.

"그래서요? 그게 뭐가 어쨌다는 거죠? 이 일이랑 무슨 상관이……."

"세희가 은유를 만나보고 싶어 한다는 뜻입니다."

피가 거꾸로 솟는 것 같았다. 이제 와서 은유를 만나고 싶다니 그게 가당키나 하는 말인가. 나의 분노 게이지가 미친 듯이 오르는 중임을 전혀 눈치채지 못한 태영은 차근히 그녀의 입장을 전했다.

"세희는 몇 달 후면 은유가 우리 집으로 오는 것으로 알고 있잖아요. 그래서 그 전부터 조금씩 만나면서 지아와 은유가 자연스럽게 친해졌으면 하는 것 같아요. 어찌 됐든 둘은 자매니까 미리 친해질 수 있는 계기를 만들어 주면 좋을 것 같다고."

자매라는 단어와 친해질 수 있는 계기라는 말에 어처구니가 없어서 실소가 터져 나왔다. 사람이 이렇게까지 염치없고 이기적일 수 있다니.

"뻔뻔해도 유분수지! 미치지 않고서야 어떻게 그런 말을……. 누가 누구와 자매라는 거야? 그까짓 피 좀 섞인 게 뭐가 대수라고!"

한껏 흥분해서 나도 모르게 말을 놓으며 고함을 치자 태영의 얼굴도 금세 붉으락푸르락해졌다.

"그까짓 피라고 치부하기엔 우리가 너무 멀리 왔다는 생각 안 들어요? 솔직히 당신이 나를 공여자로 선택한 이유도 그것 때문 아닌가요? 은유가 세희의 핏줄이라서, 그런 세희의 배우자가 나라서! 당신 복수에 나를 이용하려고 한 거잖아요.""

"……!!"

"하지만 나는 달라요. 이제 와서 하는 말인데, 당신과 계약한 게 돈 때문도 있었지만, 내가 수명을 나눔 할 사람이 세희의 딸이라서 결심한 이유도 있었어요. 세희 대신 은유에게 수명을 나눠주고 싶었으니까. 이렇게라도 세희의 죄책감을 조금이나마 덜어주고 싶었어요. 단순히 돈만 필요했다면 백도훈 씨가 아닌 내 조건에 맞는 다른 계약자도 찾을 수 있었겠죠. 굳이 입양까지 하면서 불편한 당신과 내가 왜 계약을 했겠어요? 이런 부분은 애초에 백도훈 씨도 충분히 짐작할 수 있었는데, 오로지 딸의 수명만 생각하느라 다른 부분은 신경 쓰지 않고 그저 본인이 믿고 싶은 대로만 믿은 거 아닌가요? 눈과 귀를 닫은 채로."

태영은 처음부터 나의 검은 속내를 눈치채고 있었다. 다 알면서도 그가 나와 계약을 결심하게 된 진짜 이유를 듣고 놀라지 않을 수 없었다. 복수심으로 시작한 이 거래에 어울리지 않는 동정심이었다. 누구보다 철저해야 했던 내가 놓친 부분을 지적당하자 당혹감을 감추지 못했다. 멘탈이 붕괴되는 와중에도 세희의 죄책감을 덜어주고 싶었다는 태영의 말에는 끝내 동의하기가 어려웠다. 내가 아는 한 차세희에게 그런 게 남아 있을 리 없으니.

갈대처럼 흔들리는 정신 줄을 겨우 붙잡았다. 지금 나에게 다른 건 중요하지 않다. 어떻게 해서든 은유와 세희의 만남을 막아야만 했다.

"그래도 둘이 만나는 건 다른 문제예요. 철면피인 그 여자는 그렇다 치고 공태영 씨 당신이라도 적극적으로 말렸어야 하는 거 아닌가요? 말리지는 못할 망정 은유에게 집으로 오라는 말을 먼저 꺼내서 이 사달을 만들면 어떡하냐고요! 그렇게 되면 당신이 삼촌이 아니라는 사실까지 은유가 다 알게 될 텐데…….”

“백도훈 씨, 진정 좀 해요. 그 부분은 세희에게 입조심하라고 미리 신신당부했어요.”

“그게 통할 거라 생각해요?”

“세희에게는 백도훈 씨가 죽을 날이 머지않은 상황으로 둘러 댔다고 했잖아요. 그래서 은유도 아빠가 죽는다는 사실을 알면 충격을 받을 테니 일단 입양 사실이나 이유, 우리 관계에 대해 한동안은 비밀로 하자고 세희를 설득했어요. 아직은 내가 먼 친척인 것으로 알고 있다고, 은유에게는 삼촌의 가족을 만나는 것으로 이야기하고 집에 데려올 거라고 했고요. 당연히 은유가 허락한다는 전제하에.”

뭔가 거슬렸다. 태영의 마지막 말이. 이 불편함을 해소하기 위해 다시 물었다.

“방금, 그 말은 내 허락은 필요 없다는 뜻인가요?”

나의 물음에 공태영이 이 순간을 기다렸다는 듯 의미심장한 비소를 지어 보였다.

“솔직히 말하자면 그렇죠. 서류상으로 따지면, 입양한 내 딸이니까.”

그동안 나에게 당한 것을 몇 배로 되돌려준 태영은 무력을 쓰지 않았음에도 나를 단숨에 제압했다. 불편함을 해소하기는커녕 더욱 무겁게 짓눌렀다. 통쾌한 표정으로 나를 내려보는 태영을 보니 도저히 참을 수가 없어서 그의 멱살을 세게 붙잡았다.

"방금 뭐라고 했어? 이 새끼가 진짜!"

눈이 제대로 돌아버린 나와는 대조적으로 태영이 느긋하게 말했다.

"여태껏 있는 대로 예의 차리는 척은 다 하더니 당신도 별수 없군요. 뭐, 이런 흐트러진 모습 보는 것도 썩 나쁘진 않네요. 그런 의미로 나는 세희 의견에 적극 찬성이에요. 그러니 백도훈 씨가 은유와 잘 이야기해서 조만간 서로 만나는 날짜를 잡기로 하죠."

태영은 특유의 기분 나쁜 표정을 지으며 내 신경을 자극했다. 이미 극도로 격분한 나는 멱살을 잡은 손에 힘이 잔뜩 들어갔다.

"공태영! 도대체 무슨 생각인 거야? 차세희와 둘이서 또 무슨 음모를 꾸미려는 거냐고!!"

"음모 같은 거 없어요. 나는 그저 엄마와 딸을 만나게 해주고 싶은 것뿐이에요. 세희가 그걸 원하니까. 모녀가 서로 만나는 게 잘못된 일도 아니고."

"모녀? 어디서 개수작이야! 그 여자는 모녀라는 말을 입에 담을 자격도 없어! 내 앞에서 은유가 자기 딸이 아니라고 말했다고! 속으로 자식이 아니라고 부정하면서 겉으로만 가식 떨면서 만나봤자 우리 은유만 더 힘들게 만들 거라고! 안 그래도 가엾은 애한테 지워지지 않는 상처만 남기게 될 텐데……."

내 말을 듣고 있던 공태영이 인상을 쓰며 눈과 입의 근육을 씰

룩거렸다. 왠지 화가 난 표정이었다. 태영은 아랫입술을 짓이기더니 알 수 없는 말을 꺼냈다.

"힘들고 상처받는 건, 세희도 마찬가지입니다."

"말도 안 돼! 그 냉정한 여자가 무슨 상처를 받는다고!"

그 순간, 공태영의 표정이 차갑게 돌변했다. 말투까지도.

"당신은 차세희를 몰라! 예전에도, 지금도, 그리고 앞으로도."

⧗⧗⧗

며칠 시름에 잠겼다. 그 와중에도 매일 루틴을 지키며 수명측정기의 결과를 카톡으로 보내오는 그의 태연함에 기가 막혔다. 그런 태영의 모습이 서로의 필요에 의해 계약으로 맺어진 사이임을 정확히 각인시켰다. 어쩌면 그게 맞는 건지도 모른다. 나도 감정을 배제하고 지금은 결단을 내려야 할 때였다. 하지만 연이은 쇼크로 혼자서 이성적인 판단을 내리기엔 역부족이었다.

"당신이 나라면 어떻게 하겠어?"

예전부터 나에게 고민 상담사였던 가연에게 물었다. 내가 속을 털어놓을 수 있는 유일한 사람이기도 하고 세월의 풍파를 견뎌온 그녀에게 때때로 위로와 해답을 얻어왔기에 다른 대안이 없었다. 일전에 답을 정해놓고 질문을 했던 것처럼 이번에도 이기적인 거일지도 모른다. 내 속이 편하자고 나보다 더 마음이 힘든 그녀에게 상담을 받는다는 것이. 그럼에도 그녀는 내가 털어놓은 고민을 귀담아들어 주었다. 가만히 이야기를 듣고 있던 가연은 갑자기 자리에서 일어나 은유의 방 앞으로 갔다. 방문을 살짝 열어보더니 은유가 곤히 잠들어있는 것을 확인하고는 다시 내 곁으로 다가왔다. 심란한 얼굴로 술과 잔을 챙겨온 그녀는 테이블 위에 천천히 내려놓고는 내 옆에 나란히 앉았다.

"이런 말 꺼내기 조심스러운데…… 당신이 싫어해도 세희 언니가 은유의 친엄마인 건 변하지 않는 사실이잖아요. 공태영 그 사람 말이 딱히 틀린 건 아니에요. 엄마와 딸이 만나는 게 잘못된 건 아니니까. 당신 입장에서는 당연히 싫어도 은유는 아닐 수도 있잖아요. 은유가 겉으로는 나를 좋아한다고 해도 속으로는 친엄마를 그리워하고 있을 수도 있고……. 아직은 어린아이니까 그럴 수 있다고 생각해요."

지난번과 다르게 내가 원하는 답이 아니었다. 고민을 해결해주길 바라서 어렵게 말을 꺼냈는데, 도리어 수심이 더 깊어지는 것 같았다.

"그럴 수 있다고? 아니, 어떻게……."

어느덧 얼굴에 슬픔의 그늘이 드리운 가연은 천천히 술잔을 기울였다.

"나는 은유 나이일 때, 아버지를 죽도록 미워하면서도 한편으로는 아버지의 빈자리를 그리워했어요. 참 이중적이게도……. 나를 힘들게 하는 사람이라서 그렇게나 밀어내고 거부했는데, 그런 사람이라도 내 곁에 있어 주길 바란 적도 있었어요. 너무 괴로워서 스스로 목숨을 끊으려 했던 날조차 속으로는 아버지가 나를 찾아와주기를, 힘들어하는 나를 바라봐주기를, 간절히 바랐어요. 그랬던 내가 지금은 미약하게 남아 있던 미련한 정마저 거의 다 사라졌죠. 반복되는 괴롭힘과 고통 속에 나는 아버지에 대한 정을 떼어낼 기회가 여러 번 있었지만, 은유는 아니잖아요. 오히려 기억이 없는 엄마가 더 짙은 그리움의 대상일 수도 있어요. 아무것도 경험해 보지 못했으니까. 당신한테 이런 말 정말 미안한데…… 아무리 당신이 아빠라 할지라도 아이의 속마음까지 전부 다 알 수는 없다는 말이에요."

힘든 말을 끝낸 가연은 지워지지 않는 과거의 감정을 이기지 못하고 두 눈에 눈물이 가득 고였다. 이해할 것 같으면서도 이해하면 안 될 것 같은 그녀의 말은 나를 심히 답답하게 만들었다.

"어떨 때 보면 당신은 속을 참 알 수 없는 사람이야. 생각해 보면 예전에도 내가 차세희에 대해 말했을 때 당신은 그 여자를 탓하는 말을 한 적이 없었어. 그저 곁에서 내가 하는 한풀이만 들어줬었지. 지금도 언니라는 말을 입에 담는 걸 보면 당신은 그 여자를 하나도 원망하지 않는다는 거야? 내가 얼마나 고통스러웠는지 제일 잘 아는 당신이……."

원망의 화살을 잘못된 방향으로 겨누는 나의 말에 가연은 연거푸 술을 들이켰다. 말을 꺼낼지 말지 한참을 망설이던 가연은 시름에 젖은 눈으로 나를 바라봤다.

"예전에 내가 말했죠? 사람이 너무 간절한 상황에 부딪히면

때론 하지 말아야 할 선택을 하기도 한다고……. 당신에게는 잔인하게 들리겠지만, 은유를 살리기 위해서 내가 브로커를 통해 불법 수술을 받으려 한 것과 당신이 공태영 씨와 수명 나눔 계약을 한 것이…… 세희 언니가 한 선택과 크게 다를까요?"

별안간 머리를 둔기로 얻어맞은 듯했다. 나는 차세희와 다를 거라고, 그 여자와는 다른 선택을 할 거라고 다짐하고 또 다짐했는데, 가연의 눈에는 내가 별반 다르지 않았다는 것이…….

불현듯 공태영이 했던 말이 뇌리에 스쳤다.

〈힘들고 상처받는 건, 세희도 마찬가지입니다.〉

태영도 가연과 같은 생각이었던 건가. 나와 세희의 행동이 그다지 다를 바 없다고.

"지금 그말…… 무슨 뜻으로 하는 거야? 설마…… 당신이 나를 비난하는 거야? 아니면 당신이 했던 잘못까지 무마하기 위해서 이딴 말을 하는 거야?"

도저히 받아들일 수 없었던 나는 감정이 격해져서 해서는 안되는 말을 내뱉고 말았다. 그동안 드러내지 않았던 마음을 들키자 이내 후회가 되어 나에게로 돌아왔다. 숨겨둔 속을 드러내면서까지 몹시 흥분해 소리치는 나를 보며 가연은 깊게 탄식했다.

"그 일이 있고 나서 당신은 나를 수없이 원망했을 거예요. 세희 언니처럼. 그러면서도 나와 헤어지지는 않았죠. 내가 아닌 은유를 위해서."

"그, 그건……."

"사람은 누구나 이중적이에요. 나는 그 사실을 남들보다 조금 일찍 깨달았을 뿐이고……. 그래서 함부로 누구를 비난할 수 없는 거예요. 세희 언니도, 당신도."

그제야 깨달았다. 그녀가 나의 잘못을 한 번도 질책하지 않던 이유를.

⌛ ⌛ ⌛

은유가 기다리던 방학이 되었고, 얼마 지나지 않아 차세희와 그녀의 딸을 만나기로 한 날이 다가왔다.

"아빠, 잘 다녀올게."

고민에 고민을 거듭하며 장시간의 숙고 끝에 내린 결정이었다. 가연의 충고가 크게 작용한 것도 있었고 태영이 말한 것처럼 세희가 입양에 대해 굳게 믿고 있으니 계속 만남을 미룬다면 의심을 살 수도 있는 노릇이었다. 하나의 거짓을 포장하기 위해서는 수많은 거짓이 들러리를 서야만 했다. 그러다 보니 어느샌가 나도 이 계약에 점차 지쳐가고 있었다.

"그래. 잘 다녀와."

세희와 은유의 만남이 어떤 결과를 초래하게 될지는 알 수 없어도 수명 나눔을 무사히 마치기 위해서는 이 선택이 최선이라고 믿어야만 했다. 다른 건 다 제쳐두고 그거 하나만 생각하기로 다짐했다. 대신 나의 끝없는 불안을 덜어주기 위해 은유와 함께 가연이 동행하겠다고 나섰다.

생각해 보면 우리 넷은 참 기이한 관계였다. 애초에 정상적이지 않은 계약을 한 탓에 비정상적인 만남까지 성사되고 말았다. 아무것도 모르는 은유는 한껏 들떠있었다. 내가 고아여서 친척 집에 가본 적이 없었기에 먼 친척이라고 둘러댄 태영에게 처음부터 자연스레 호감이 생겼는지도 모른다. 가연의 말대로 경험해 보지 못한 것에 대한 동경일지도…… . 그런 선망은 보지도 못한 언니에 대한 환상을 심어주기에 충분했다.

"언니랑 친해지면 같이 사진 찍어서 보낼게."

거리가 멀어서 수학여행 때처럼 2박 3일을 다녀오기로 했다. 이틀째 되던 날, 카톡으로 사진이 도착했다. 활짝 웃고 있는 은유와 세희의 딸이 똑같이 V자를 그리며 나란히 서 있었다.

{아빠, 지아 언니야. 예쁘지?}

아주 오래전, 세희의 치마폭 뒤로 숨던 어린아이가 어느덧 성인이 되어 은유보다 키가 훌쩍 자라있었다. 단발머리에서 찰랑이는 긴 머리로 변해있었고, 은유와 비슷한 원피스를 맞춰 입고 있었다. 누가 봐도 다정한 자매의 모습으로. 사진 속에서 세희의 딸이 나를 바라보자 휴대폰을 들고 있던 손이 점점 떨려왔다. 잊고 있던 그날의 충격을 또다시 마주했기에…… .

시간이 지나도 여전히 닮아있는 둘의 얼굴을 보고 나도 모르게 눈물이 툭 떨어졌다. 연이어 도착한 카톡을 확인한 나는 소스라치게 놀라며 휴대폰을 손에서 떨어뜨렸다.

{아빠! 놀라운 사실이 있어. 나 6학년 때 교통사고 났을 때 기억나? 우리 학교 버스랑 다른 학교 버스가 사고 났던 거. 그 고등학교 버스에 지아 언니가 있었다는 걸 알게 됐어. 그때 언니는 고3이었대. 내가 입원했던 그 병원에 언니도 같이 입원해 있었던 거야. 진짜 신기하지? 우리는 어떻게든 만날 운명이었나 봐.}

나는 악연이라고 생각했던 관계를 은유는 운명이라고 말했다. 가슴에 맺힌 응어리를 치며 통곡했다. 꼭 만나야 할 인연이면 어떻게든 만나진다는 말이 비로소 실감이 나자 속에서 터져 나오는 울음을 도저히 막을 길이 없었다.

"은유야……. 아빠도 이제…… 어떻게 해야 할지…… 잘 모르겠어."

인연과 악연 사이, 우리는 대체 어디까지 얽혀 있는 걸까.

⑩

극단적 오해
×
최악의 선택

이제 얼마 남지 않았다. 극심한 스트레스에 피골이 상접한 모양새가 된 나는 억지로 스스로를 달래고 있었다. 조금만 버티면 된다고, 이제 다 왔다고, 그렇게 하루에도 몇 번씩 나에게 최면을 걸었다. 아직은 무너져서는 안 되기에.

늘 그렇듯 아침 카톡 알림음이 울렸다. 당연히 태영의 수명 측정 인증샷일 거라고 생각하며 익숙하게 카톡을 확인한 나는 삽시간에 얼굴색이 변하며 질겁했다.

{백 부장님과 공 과장님이 불법적인 거래를 나눈 것을 알고 있습니다.}

선전포고 같은 내용도 놀라웠지만, 내게 카톡을 보낸 사람을 확인하고 더더욱 기겁하고 말았다.

"송 대리가 어떻게……."

너무도 의외의 인물이라 일순간 사고 회로가 정지되는 것 같았다. 당황한 나머지 답장조차 하지 못하던 그때, 두 번째 카톡이 왔다.

{오늘 저녁 8시, 카페 이노센트에서 뵙죠.}

순간 머릿속에서 공태영이 스쳐 갔다. 송 대리가 호감을 보인 그였고, 내가 모르는 사이 둘만의 친밀함이 더해졌는지도 모르는 일이었다. 가까운 사이가 될수록 비밀은 없는 법이니 그가 의심스러울 수밖에 없었다. 나는 송 대리가 아닌 공태영에게 카톡을 보냈다.

{점심시간에 회사 앞 고유식당에서 봅시다.}

얼마 지나지 않아 태영에게서 수명 측정 결과 사진과 함께 답장이 왔다.

{무슨 일이시죠?}

{무슨 일인지 알기 위해 만나는 겁니다.}

모호한 나의 카톡에도 더 이상의 답장은 오지 않았다.

오전에 급한 일은 미리 정리해 놓고, 점심시간이 되자마자 곧장 고유식당으로 향했다. 점심시간에도 그리 붐비지 않는 작은 규모의 백반집이었다. 내가 먼저 구석 자리를 잡고 앉아 있으니 공태영이 가게 문을 열고 들어섰다. 그는 내 앞자리에 털썩 앉으며 떨떠름한 표정을 지었다.

"회사 옥상에서 말해도 되지 않아요? 굳이 여기까지."

"일단 식사 먼저 주문해요."

"급한 이야기부터 듣고 나서요. 긴히 할 말이 있어서 따로 불러낸 것 같은데, 뜸 들이지 말고 바로 하시죠. 점심시간도 짧은데."

무뚝뚝한 반응에 내 얼굴도 딱딱하게 굳어졌다.

"송 대리에게 그쪽이 말했어요?"

가감 없는 나의 질문에 그가 기가 차다는 듯 되물었다.

"다짜고짜 무슨 말을 했다는 건가요?"

"우리의 비밀 거래에 대해서."

방금까지 관심 없는 것처럼 딴청을 피우던 그가 단숨에 눈이 커졌다.

"그게 무슨 소리죠? 송 대리가 뭘 알고 있다는 뜻인가요? 어떻게 안 거죠? 와, 이런 이야기 일 줄은 상상도 못 했는데. 진짜 어떻게 안 거지? 그럼 어떻게 해야 하지?"

태영은 두 손으로 머리를 감싸며 어안이 벙벙한 표정으로 횡설수설했다. 무관심하던 그가 급 흥분하는 걸 보니 특출난 연기자가 아닌 이상 비밀을 누설한 범인은 그가 아닌 것 같았다. 그래도 정확한 확인이 필요하니 거듭 물었다.

"거래에 대해서 송 대리에게 이야기한 적 없다는 말인가요? 송 대리가 아니더라도 그 누구에게도 말한 적 없나요?"

"네. 그걸 말해봤자 내가 손해인데 왜 말하겠어요? 거래가 깨지면 이때까지 죽어라 노력한 것도 다 물거품이 될 텐데."

"일단 공태영 씨 말을 믿는다는 전제하에 다시 묻겠습니다. 송 대리를 회사 밖에서 따로 만난 적은 없었나요? 우리의 계약서를 다른 사람이 볼 가능성은요?"

"밖에서 따로 만난 적 없어요. 백도훈 씨가 준 스케줄표대로 하려면 퇴근하고 운동 센터에 갔다가 기숙사로 곧장 가야 하잖아요. 계약서도 기숙사에 있는데……."

"계약서를 왜 거기에 두었죠?"

"세희가 보면 안 되니까 집에는 둘 수 없어서요. 기숙사가 1인실이라 어차피 저만 쓰니까 제일 안전하다고 여겼어요."

"혹시 그곳에 송 대리가 온 적이 있나요?"

"……!!"

무언가 떠올랐는지 태영의 눈빛이 번뜩였다. 시시각각 변하는 그의 표정을 보며 나까지 불안해졌다.

"아…… 있었어요."

"조금 전만 해도 밖에서 만난 적 없다면서요?"

"그건 따로 시간을 내서 만나는 걸 이야기하는 줄 알고……. 그리고 기숙사에 온 것도 아주 잠깐이라 그 부분은 미처 생각하지 못했어요."

밖에서 만나는 사이도 아니라면서 송 대리가 기숙사에 다녀갔다는 부분이 왠지 부자연스러웠다. 미심쩍은 부분이 남아 있어서 확인차 물었다.

"혹시나 해서 묻는데, 둘이 내연 관계인가요?"

나의 질문이 억울하다는 듯 태영이 펄쩍 뛰었다.

"그건 절대 아니에요. 그쪽과 내가 믿음이 있는 돈독한 사이는 아니더라도 이 부분은 믿어주세요. 제가 왜 송 대리와……. 그런 말도 안 되는 말은 꺼내지도 마세요."

"그런 사이가 아니라면 송 대리가 왜 공태영 씨가 있는 곳에 온 거죠?"

"송 대리가 집에서 출퇴근하는 게 멀어서 불편하다며 자신도 회사 기숙사에 들어오고 싶다고 했어요. 신청하기 전에 미리 구조를 보고 싶다면서 방을 좀 보여달라고 하더군요. 같은 부서에는 기숙사에 거주하고 있는 직원이 나밖에 없다면서. 잠깐이면 된다고 하도 부탁을 하기에……."

"왜 나에게 사실대로 말하지 않았죠? 퇴근할 때 말할 수도 있었잖아요. 메시지로 해도 되고."

"실은…… 송 대리가 비밀로 해달라고 부탁했어요. 남자 직원이 있는 곳에 자신이 다녀간 사실이 알려지면 회사 사람들에게 오해를 받을 수도 있고, 기숙사 신청도 거절될 수 있으니 회사 관계자들에게는 절대 말하면 안 된다면서……. 솔직히 저도 안일하게 생각했던 것도 맞아요. 퇴근길에 잠깐 둘러보는 거라 스케줄에 딱히 지장도 없고, 오래 머무는 게 아니니 백도훈 씨에게 굳이 말하지 않아도 괜찮을 줄 알았어요. 좀 더 신중했어야 했는데…… 죄송합니다."

내가 여전히 의심의 눈초리를 보내자 태영은 자신의 결백을 증명하기 위해 송 대리가 보낸 카톡을 나에게 보여줬다. 거기에는 공태영의 말대로 송 대리가 구조 때문에 기숙사 내부를 잠깐만 보여달라고 부탁하는 내용이 있었다.

"그게 언제쯤이죠?"

"카톡 날짜 보니 3주 정도 되었네요. 정말 죄송합니다. 이렇게 될 줄은 몰랐어요. 너무 방심했네요. 이제 어떻게 하죠?"

고심 끝에 나도 송 대리에게 받은 카톡을 태영에게 보여주었다.

"오늘 밤 8시, 삼자대면합시다."

⌛⌛⌛

태영 앞에서 당당하게 말한 것과 달리 오후 내내 초긴장 상태였다. 퇴근 시간이 되고 자리에서 일어나는데, 눈앞이 핑 돌며 몸이 휘청거렸다.

"침착하자. 백도훈. 이대로 무너져선 안 돼."

태영에게는 퇴근 전까지 송 대리 앞에서 절대 내색하지 말라고 신신당부했다. 약속 장소에도 마스크와 모자를 쓰고 조금 떨어진 다른 자리에서 대기하다가 신호를 줄 때 오라는 말도 잊지 않았다. 자신의 실수 때문인지 태영은 두말없이 그러겠다고 했다.

주차장에 내려가서 태영에게 카톡을 보냈다.

{약속 장소는 카페 이노센트, 마스크와 모자도 준비되었나요?}

언제부터 기다렸는지 맞은편 승용차에서 짧은 클랙슨이 두 번 울렸다. 뒤이어 카톡에 답장이 왔다.

{네. 먼저 출발하세요. 저도 곧 뒤따라갈게요.}

이런 긴장되는 순간에 태영의 카톡을 보고 헛웃음이 나왔다. 마치 비밀 첩보원이라도 된 것처럼 서로에게 신호를 주고받는 모습이 어이가 없었다. 우리가 전우애를 다질 사이도 아니니 기막힌 상황인 건 맞았다. 공공의 적이 생기면 동지가 된다더니 지금 딱 그 꼴이었다. 다만, 나에게 누가 적인지는 아직까진 정확히 판단할 수 없었다. 지금 나를 속이고 있는 게 공태영일지, 아님 송한나일지.

"가보면 알겠지."

선두로 차를 출발시키자 백미러로 뒤따르는 태영의 차가 보였다. 회사에서 카페까지 그리 멀지 않은 거리라 금세 도착했다.

차를 주차장에 대자 태영은 눈치껏 내가 있는 곳과 멀리 떨어진 구석 자리에 주차했다. 차에서 내려 가벼운 눈짓을 보내고 이노센트로 들어갔다. 정확히 10분 뒤, 모자를 푹 눌러쓴 태영이 카페로 들어와 제일 안쪽에 자리를 잡았다. 그렇게 잠복근무 같은 세팅을 마치고 송한나를 기다렸다.

"왜 이렇게 안 오지?"

기다린 지 20분이 지났음에도 송한나는 카페에 모습을 나타내지 않았다. 막연하게 시간만 계속 흘러가자 답답해서 전화를 걸었다. 몇 번의 신호음이 반복된 후, 수화기 너머 그녀의 목소리가 들렸다.

[네.]

평소 높은 톤과 밝은 목소리를 유지하던 것과 다르게 낮은 저음으로 전화를 받았다. 약간은 성의 없는 투로. 내가 알던 그녀가 맞나 싶을 정도였다. 여보세요, 라는 기본적인 말도 생략됐다. 한 글자의 짧은 대답이 묵직하게 다가와 나를 긴장시켰다.

"약속 시간이 꽤 지났는데도 안 와서 전화했어요. 아직 오는 중인가요?"

[아니요. 가기 싫어졌어요. 생각해 보니 굳이 갈 필요를 못 느껴서. 이렇게 전화로 말하면 되잖아요. 불편하게 서로 얼굴 맞댈 필요도 없고.]

얼마 전까지 나에게 살갑게 대하던 송 대리가 아니었다. 퉁명스럽다 못해 까칠하기까지 한 그녀의 두 얼굴에 흠칫 놀랐다.

"갑자기 왜 말을 바꾸는 거예요? 나한테 먼저 만나자고 연락한 건 송 대리잖아요."

[그건 키를 쥐고 있는 사람 마음이죠. 길게 말해봤자 서로 피곤하니 본론부터 말할게요. 백 부장님, 나에게도 돈을 좀 줘야겠어요. 공 과장님에게 5억을 주기로 약속한 것처럼 나도 두둑하게 챙겨주세요. 이참에 한몫 단단히 땡길 수 있게.]

방금 말을 듣고 확실해졌다. 송한나가 계약서의 내용까지 모두 알고 있다는 것을. 단순히 나와 공태영이 거래를 한 사실만 눈치챈 줄 알았는데, 훨씬 속속들이 알고 있다니 최악의 비상사태였다.

[원하는 액수 문자로 보낼 테니 내일까지 전액 현금으로 준비해요.]

수화기 너머로 송 대리의 기분 나쁜 웃음소리가 들려왔다.

"내가 왜 송 대리한테 돈을 줘야 하죠?"

[딸 살리기 싫어요? 내가 경찰에 꼰지르면 수명 나눔이고 나발이고 다 틀어질 텐데? 이대로 곧장 경찰서로 갈까요? 아직도 상황 파악을 못 하면 쓰나. 쯧.]

"송 대리!"

[허세도 부릴 수 있을 때나 부리는 거지, 지금은 그럴 처지도 못 되는데 괜히 서로 힘 빼지 말죠. 돈 좀 아끼려다가 백 부장님 눈앞에서 딸이 죽어버리기라도 하면 어쩌려고 그래요? 감당할 수 있겠어요?]

지옥에서 온 악마 같았다. 몹시 잔인하고 흉악무도한.

"말조심해요. 송대리. 참는 것도 한계가 있으니까. 하……. 도대체 어떻게 안 거예요? 기숙사에서 계약서를 본 건가요?"

[궁금해요? 하긴, 나라도 궁금하겠네. 특별히 인심 써서 말해 줄게요. 두 사람의 계약서는 기숙사에서 본 게 맞고, 불법 어플에 대해서는 원래부터 알고 있었어요. 사실 거기서 공 과장님 얼굴을 먼저 봤거든요. 회사에 출근하기도 전에. 알고 보면 내가 백 부장님보다 먼저 봤을걸요? 그래도 둘의 거래는 긴가민가했는데, 옥상에서 공 과장님과 백 부장님이 수상한 대화를 나누는 거 듣고서 확신했어요. 공 과장님한테도 일부러 기숙사 보여달라고 한 거예요. 확실한 증거를 잡으려고. 아! 하나 더 있는데 그것까진 차마 말 못 하겠네요. 백 부장님 충격받고 쓰러질까 봐. 그럼 내 돈줄도 끊기잖아요.]

무슨 대단한 자랑거리라도 되는 양 자신의 악행을 술술 늘어놓는 송한나의 모습이 섬뜩했다. 등골이 서늘해질 만큼.

"그 어플은 어떻게 알게 된 거예요? 원래부터 알고 있었다고 했잖아요."

내 질문을 들은 송한나가 기가 찬다는 듯이 혀를 끌끌 찼다.

[와, 백 부장님 아무것도 모르시네. 이건 알고 있을 줄 알았는데, 오가연이 아무 말도 안 했어요?]

심장이 덜컹 내려앉았다. 난데없이 송 대리의 입에서 가연의 이름이 튀어나오자 무슨 이야기가 뒤따라 나올지 두려웠다.

"갑자기 그 사람 이야기가 왜 나와요? 아니, 그것보다 방금 오가연이라고 한 거예요? 송 대리가 언제부터 오 과장을 이름으로 불렀어요?"

[아주 오래전부터. 가연이와 나, 동창 사이인데 몰랐어요?]

"동창이라고요?"

[쯧쯧. 어리석은 백 부장님. 아는 게 하나도 없네요. 다른 건 모르더라도 이건 알고 있죠? 불법 어플에 가입하려면 추천인이 있어야 한다는 거.]

"그건 왜……."

[오가연 추천인이 바로 나예요.]

⌛⌛⌛

숨이 제대로 쉬어지지 않았다. 도저히 운전대를 잡을 수 없어서 콜택시를 불렀다. 걱정스러운 얼굴로 송한나와 무슨 이야기를 나눴는지 묻는 공태영에게 아무 말도 꺼내지 못했다. 일단 가연부터 만나야 했다. 그녀의 이야기를 들어야 극심한 불안이 진정될 것 같았다. 제발 이번에는 나를 속인 게 아니기를 바랐다. 더는 가연에게 실망하고 싶지 않았기에.

그 일이 있고 나서 내가 가연을 겉으로 용서했던 것도 내가 조금이나마 덜 무너지는 쪽을 택한 것일 뿐, 완전한 용서나 이해는 아니었다. 상처를 헤집는 것보다는 덮어두는 편이 나을 거라 여겼는데, 지금에 와서 보니 그건 비겁한 임시방편에 지나지 않았다. 만일 이번에도 거짓이라면 벼랑 끝에서 버틸 힘이 없었다.

집에 도착해서 현관문을 거칠게 열고 들어가니 평소처럼 가연이 나를 맞이했다.

"다녀왔어요?"

"당신, 나한테 속이는 게 더 있었던 거야?"

눈에 불을 켜고 그녀를 매섭게 노려봤다.

"집에 들어오자마자 그게 무슨 말이에요?"

"송한나, 그 여자에 대해 나한테 할 말 없어?"

송 대리의 이름 세글자를 듣자 가연은 당혹감에 말문을 잃었다.

"솔직히 말해. 그 여자와 동창이라며? 불법 어플에 당신 추천인이 송 대리라고 하던데, 그게 사실이야?"

가연은 창백한 얼굴로 몸을 오스스 떨었다.

"…… 맞아요. 하지만 당신을 속이려고 한 건 아니에요. 어차피 어플을 통해 수술받는 것도 취소되었고 썩 좋은 이야기도 아닌데 굳이 들출 필요 없다고 생각했어요. 더군다나 한나와는 학교 다닐 때 친하던 사이도 아니었어요. 처음에는 그 애인지도 못 알아봤다고요. 입사하고 꽤 지나 동창이라는 걸 알게 된 거예요."

"그럼 어떻게 그 여자가 당신의 추천인이 될 수 있었던 거야?"

"사실은 송 대리가 회사 직원들에게 이런 어플이 있다고 은밀하게 알려주고 다녔어요. 지난 일을 돌이켜보면 한나가 수명 나눔이 필요한 사람을 물색하기 위해 가짜 친분을 쌓았던 것 같아요. 친해지고 경계가 풀어지면 고민을 털어놓는 게 쉬워지니까. 나도 그중에 한 명이었고. 특히나 나는 다른 사람보다 접근하기가 훨씬 수월했겠죠. 동창이라는 연결고리가 있으니."

가연의 말을 들으니 공태영에게 가까워지려고 애쓰던 송한나의 모습이 떠올랐다. 그 모든 행동이 호감을 표현한 게 아닌 철저한 물밑 작업이었던 건가. 단지 자신의 목적을 달성하기 위해 사람을 이용하다니. 알면 알수록 송한나는 무서운 사람이었다.

"당신 말에 따르면 송 대리가 은밀하게 수명 나눔 할 사람들을 모았다는 거야? 그 여자가 왜……."

"송 대리가 B니까."

"그, 그게 무슨 말이야?"

"한나가 불법 어플 브로커라고요."

기함할 듯이 놀라서 안색이 백지장처럼 창백해졌다.

송한나가 B였다니!

그렇다면 병원에 가연의 가방을 가져다준 것도 전부 계획적이었다는 말인가!

〈아! 하나 더 있는데 그것까진 차마 말 못 하겠네요. 백 부장님 충격받고 쓰러질까 봐. 그럼 내 돈줄도 끊기잖아요.〉

송한나의 말이 이런 뜻이었다니! 그 말을 하면서 속으로 나를 실컷 비웃어댔을 생각을 하니 기절초풍할 지경이었다. 더 이상의 충격은 없을 줄 알았는데, 매번 충격의 크기가 더해졌다. 모든 게 처음부터 의도된 행동이었을 줄이야!

가방에 휴대폰이 계속 울린다고 나에게 말한 것도, 병원을 나서자마자 전화를 건 것도, 의문의 문자를 보낸 것도, 전부 나에게 미끼를 던진 거였다는 사실에 경악을 금치 못했다. 송한나의 말처럼 나는 어리석게도 그 미끼를 덥석 물고 만 것이다.

　"송한나 그 여자, 처음부터 다 계획적이었어. 브로커가 이렇게 가까운 사람일 줄은 꿈에도 몰랐는데……."

　망연자실한 나를 보고 가연이 걱정스럽게 물었다.

　"혹시 한나가 당신 찾아간 거예요? 며칠 전에 나에게도 찾아왔어요."

　"뭐? 그럼 당신한테 할 말이 있다던 게……. 둘 다 지독하게 엮여버렸군. 그 여자의 농간에 우리가 놀아난 거야. 송 대리가 나를 협박했어. 딸을 살리고 싶으면 돈을 달라고."

　"그게 진짜예요? 이미 나한테도 여러 번 돈을 뜯어 갔는데……. 그땐 당신과 공태영 씨에 관한 말은 없었어요. 맨 처음에 내가 불법 거래를 하려던 걸 빌미 삼아 그동안 수차례 돈을 요구해 왔어요. 그런 식으로 다른 사람들한테도 소개해 놓고 불법적으로 계약하면 도리어 협박하며 돈을 이중으로 뜯어낸 것 같아요. 그래도 당신과 공태영은 어플을 거치지 않고 따로 계약했는데 왜……."

　"공태영과 내가 작성한 계약서를 송 대리에게 들켰어. 심증만 가지고 있던 상태에서 그 계약서를 보고 확신한 것 같아. 그리고 생각해 보면 그 여자가 브로커니 우리 정보를 가지고 있잖아. 어쩌면 계약을 파기한 순간부터 우리 둘이 따로 계약을 하는지 안 하는지 내내 감시해 온 걸지도 모르지."

"그럼 이제 어떻게 해요?"

"나도 잘 모르겠어. 이 상황에 어울리지 않는 말인데…… 그나마 불행 중 다행이라고 해야 하나……."

"뭐가요?"

"당신이 그 여자와 공범이 아니라서. 둘이서 같이 나를 기만하고 있었던 거면 도저히 못 견뎠을 것 같아. 사실 협박받는 것보다 그게 더 두려웠거든."

"미안해요. 나 때문에 이런 일이 생긴 것 같아요. 결혼 전에 내가 거짓말만 안 했어도……."

"아니, 내가 시작이었을 수도 있어. 이 모든 게."

⌛ ⌛ ⌛

다음 날, 송 대리는 연차를 쓰고 회사에 출근하지 않았다.

{원하는 걸 준비할 테니 오늘 밤 8시, 이노센트에서 만나죠. 돈을 받고 싶다면 오늘은 반드시 나오길 바랍니다.}

퇴근 후 1층 로비로 내려가니 익숙한 얼굴이 보였다. 딱히 마주하고 싶지 않은.

"아까부터 와서 퇴근할 때까지 기다리고 있었어. 자네한테 할 말이 있어서……."

석문이었다. 마지막으로 만났던 날과 다르게 얼굴이 꽤 수척해 보였다. 기분 탓인지 몸도 좀 야윈 것 같았다. 말투나 호칭도 그전과 다르게 차분했다. 그때처럼 1층에서 난동을 부리거나 흥분하지도 않고 역한 술 냄새도 풍기지 않았다.

"무슨 일이시죠? 제가 지금 급하게 가봐야 할 곳이 있어서요."

들어보나 마나 좋은 이야기는 아닐 테니 그냥 지나치려 했다. 그런 나를 놓치지 않기 위해 석문이 내 팔을 덥석 붙잡았다. 다급하게 잡은 것치곤 석문의 손에는 그다지 힘이 실려있지 않았다. 쉽게 뿌리치거나 무시할 수 있음에도 지난번과는 사뭇 다른 석문의 모습이 왠지 신경 쓰였다.

"제가 중요한 선약이 있어서 여유 시간이 15분 정도밖에 없어요. 시간상 따로 어디로 들어갈 수는 없고 제 차로 가서 이야기하시죠."

주차장에 가서 차에 나란히 올라탔다. 조수석에 앉은 석문이 어렵게 입을 열었다.

"가연이를 만날 수 있도록 자네가 좀 도와줘. 둘이 결혼했다는 거 알고 찾아왔어."

욕을 섞어 말하던 석문의 입에서 처음으로 가연의 이름이 나왔다. 하지만 일련의 사건들로 불신이 가득한 나는 냉소적으로 반응했다.

"이제 와서 그 사람은 왜 찾으시죠? 혹시 또 돈 때문인가요?"

"아, 아니. 그게…… 내가 살날이 얼마 남지 않았다고 해서……."

눈치를 살피며 말을 꺼낸 석문은 고개를 떨궜다. 반대로 나는 가슴속에서 울분이 치밀었다. 잠시나마 마음이 흔들렸던 내가 한심했다. 사람은 고쳐 쓰는 게 아니라더니 역시나 똑같은 패턴이라는 생각에 기가 막혔다. 안 그래도 괴로운 심정인데 석문까지 더해주니 울컥해서 언성이 높아졌다.

"참 염치도 없네요. 돈을 요구할 때는 자식 생각 같은 건 안중에도 없더니! 살날이 얼마 남지 않아서 딸을 만나고 싶다는 그 말을 제가 믿을 것 같아요? 설마 이번에도 딸에게 수명 나눔 해달라고 찾아온 건가요? 지난번에도 똑같은 거짓말로 속여놓고 그 방법이 통할 거라고 생각하셨어요?"

"……."

석문의 성질머리라면 벌써 쌍욕이 튀어나오고도 남았을 텐데, 어쩐 일인지 석문은 내 말을 잠자코 듣고만 있었다. 나는 더 화가 나서 속에 말을 퍼부었다.

"평생 고생한 딸이 가엾지도 않아요? 도대체 얼마나 더 괴롭히려고 그러세요? 가연이가 아버지 때문에 죽고 싶을 만큼 힘들어했는데, 또 가슴에 대못 박으려고 찾아온 건가요? 이제 제발 그만 좀 하세요!"

석문의 얼굴이 벌겋게 달아올랐다. 많은 사람들 앞에서 부끄러운 짓을 해도 수치심 따윈 없던 그가 지금은 새삼 느끼는 것처럼 안절부절 어찌할 바를 몰랐다.

"그런 거 아니야. 수명 나눔 해달라고 찾아온 게 아니니 제발 믿어줘. 그리고 어차피 손 쓸 수 없는 지경이라 나눔 수술조차 받을 수 없는 상태라고 했어. 너무 늦게 알았다면서…… 의사가 나에게 수명측정기로 확인해 본 적 없냐고 묻는데, 아무 말도 할 수 없었어. 그런 거 살 돈 있으면 술을 먹거나 노름이나 하겠다고 생각했었지. 이렇게 될 줄도 모르고…… 인간 이하로 살면서 자식까지 모질게 괴롭혔으니 하늘이 천벌을 내린 거야."

석문은 지나온 날들을 후회하며 회한의 눈물을 흘렸다. 나는 그 모습을 온전히 받아들이기가 힘들었다. 석문이 하는 말을 믿으려면 또다시 속아도 괜찮다는 전제가 필요했다. 석문 스스로 인간 이하라고 칭할 만큼 그는 여태 악독하기만 했다. 그런데도 석문의 눈물을 보니 마음이 썩 편하지는 않았다. 천벌을 받았다는 말에 동의하면서도 한편으로는 알 수 없는 기분이 들었다. 속이 시원해지기는커녕 오히려 갈피를 못 잡고 흔들리고 있는 내 모습을 이해할 수 없었다. 그러다 문득, 용서는 내 몫이 아니라는 생각에 약해지려던 마음을 부여잡고 일부러 사무적인 투로 물었다.

"저한테 하고 싶다던 말은 그게 다인가요? 이제 남은 시간이 얼마 없어서요."

시간이 없다는 말에 초조해진 석문은 마치 최후 변론을 하듯 말했다.

"이런 말 당연히 믿기 어렵겠지만…… 내가 곧 죽는다는 걸 알게 되니 뒤늦게 딸 생각이 났어. 그 애에게 씻을 수도 없는 죄를 수도 없이 지어서 이렇게 큰 벌을 받는 것 같아서……. 죽기 전에 미안하다는 말을 꼭 하고 싶었어. 딸의 얼굴을 직접 보면서……. 자라는 내내 그 애를 제대로 바라봐 준 적이 한 번도 없었으니…….”

왜였을까? 불현듯 정우가 떠올랐다. 죽기 전에 나에게 하고 싶은 말이 있다던……. 죽음을 앞두면 모두 그런 것인가. 석문의 말이 진짜라면 정우 때처럼 후회가 남지 않게 들어줘야 맞겠지만, 사람은 쉽게 변하지 않는다는 불변의 진리를 알기에 선뜻 부탁을 들어줄 수 없었다. 여전히 남아 있는 의구심 때문에 내적 갈등이 생긴 나는 바로 결정하지 않고 신중히 대답했다.

“일단 알겠습니다. 좀 갑작스러워서 생각할 시간이 필요할 것 같네요. 며칠 후에 다시 연락드릴 테니 연락처 알려주세요.”

“아니, 일주일 뒤에 내가 다시 찾아올게. 면목 없지만, 딸한테 말 좀 잘 전해줘.”

할 말을 다 끝낸 석문은 기력이 없어 보였다. 매번 허세를 부리며 큰소리를 치던 모습과는 확연히 달랐다. 살짝 마음이 누그러져서 내 딴에는 선심을 썼다.

“혹시 어디까지 가세요? 근처면 가다가 내려드릴게요.”

“그럴 필요 없이 자네 가는 곳에 내려주면 돼.”

“제가 어디 가는 줄 알고…….”

“상관없어. 다시 버스 타고 돌아가는 건 똑같으니 그냥 가는 곳에 내려줘.”

잠깐 망설이다가 마지못해 차에 시동을 걸었다. 약속 장소에 갈 때까지 우리 둘은 아무런 말이 없었다. 불편한 정적 속에 차를 몰았고 카페 이노센트 앞에 도착했다.

"저는 여기 들어가 봐야 하는데."

"아……."

차에서 내리자 석문이 우물쭈물하며 말했다.

"내가 이런 말 하는 게 우습다는 거 알아. 그래도…… 내 딸에게 평생 잘해 주게. 자네가 한 말이 구구절절 다 맞아. 못난 아비 때문에 평생 고생만 하고 산 가엾은 아이야. 나는 너무 늦어버렸으니 자네라도 진심으로 그 애를 아껴줬으면 해. 처음이자 마지막으로 딸을 위해서 하는 부탁이야."

이 말이 진심인지 아닌지 가늠하기가 어려웠다. 갑작스레 태도가 변한 석문의 모습이 무얼 의미하는지 알 순 없어도 방금 한 말은 나쁜 뜻이 아니라서 고개를 끄덕였다.

"네. 그럴게요. 그럼 저는 이만 가보겠습니다. 조심히 들어가세요."

내가 먼저 돌아섰고 뒤에서 석문의 시선이 느껴졌다. 이미 시간이 지체되어 돌아볼 여유가 없었다. 석문을 뒤로한 채 서둘러 카페 이노센트로 들어갔다. 주위를 두리번거리자 한쪽 구석에서 모자를 푹 눌러쓴 누군가가 손을 들었다. 가까이 다가가니 그녀의 얼굴이 보였다.

"왜 이렇게 늦었어요? 8시에 보자더니. 하마터면 갈 뻔했잖아요."

송한나는 까칠한 말투로 나를 쏘아붙이더니 못마땅한 얼굴로 눈을 흘겼다.

"오다가 갑자기 일이 생겨서요."

"핑계는 됐고, 돈은 준비했어요?"

나는 검은색 가방을 들어 보였다.

"여기 있어요."

송한나가 탐욕스러운 눈빛을 희번덕거렸다. 성미 급한 그녀가 손을 뻗어 가방을 잡으려 했고, 나는 재빨리 사수했다.

"이것도 일종의 거래인데, 그냥 주는 건 너무 위험 부담이 크죠. 이 돈을 넘기기 전에 반드시 비밀을 지키겠다는 확인이 필요하지 않겠어요? 돈만 받고 우리의 비밀을 발설하면 곤란하니."

단호한 내 말에 그녀는 콧방귀를 뀌었다.

"어이가 없네. 아이 생각은 안 해요? 백 부장님 입장에서 이런 여유 부리는 것도 사치인 것 같은데."

"아이 생각? 하, 자식 들먹이며 돈을 요구하는 파렴치한 사람이 그딴 말 하는 거, 너무 뻔뻔하다고 생각 안 해요?"

내 말을 들은 송한나가 거만하게 팔짱을 끼더니 사나운 눈빛으로 나를 노려봤다.

"그래서 뭐 어쩌라고요?"

"내가 돈을 건네면 외국으로 떠나요. 최대한 먼 곳으로. 다시는 한국에 돌아오지 않고 죽을 때까지 우리 이야기를 비밀로 한다는 게 조건입니다. 순순히 응하면 비행기 티켓은 내가 준비해 줄 수도 있어요. 그리고 이 가방에 들어있는 돈도 송 대리한테 다 넘길 거고."

불량한 자세로 소파에 기대고 있던 송한나는 한쪽 눈썹이 치켜 올라가더니 미간에 짙은 주름이 생길 정도로 얼굴을 찡그렸다. 이내 자세를 똑바로 고쳐 앉더니 고약하게 신경질을 부려댔다.

"뭔가 단단히 착각하고 있나 본데, 내가 백 부장님한테 조건을 내걸어야 맞는 거죠. 지금 누가 더 아쉬운 상황인지 모르겠어요? 그렇게 사태 파악이 안 되냐고요! 나한테 싹싹 빌어도 모자랄 판에! 당신이 한 짓, 만천하에 당장 폭로해 줘요? 회사에도, 집에도 낱낱이 까발려지면 좋을 리 없을 텐데."

사실 속으로는 두려웠다. 은유의 수술을 위해서라면 묻지도 따지지도 말고 허세조차 부려서는 안 됐다. 그렇지만 지금 송한 나의 페이스에 말려들면 이 일을 빌미 삼아 평생 끌려다닐지도 모르는 일이었다. 나뿐만 아니라 가연과 은유까지도…….

다른 가족까지 추잡한 구정물에 빠트려서는 안 된다. 더는 송 한나가 이 일을 거론할 수 없도록 내 선에서 완전히 범죄의 사슬 을 끊어내야만 했다.

어떻게 하면 수렁에서 벗어날 수 있을지 방법을 고심했다. 내 가 내린 결론은 송한나도 나와 같이 떳떳한 입장은 아니라는 것. 계약에 대한 비밀이 알려지게 된다면 나는 수술 계획이 틀어지 는 것이고, 가연이 그랬던 것처럼 미수에 그쳤으니 벌금형 정도

일 것이다. 그에 비해 송한나는 불법 어플의 브로커라는 사실이 밝혀지게 되면 직접 저지른 일들에 대해 중대한 죗값을 치르게 될 테니 그녀 역시 이 비밀이 드러나는 건 매우 위험한 일이었다. 그런 판단하에 그녀를 일부러 자극한 것이다.

"어차피 우리 둘 다 잘못을 저지른 건 마찬가지 아닌가요? 밝혀지면 나만 죽지 않겠죠. 오히려 들키면 나보다 송 대리가 더 난처하지 않겠어요? 이런 짓 한두 번 했을 리도 없을 테고. 솔직히 나보다 잘 알지 않아요? 누가 더 손해인지. 목돈이라도 챙기고 싶으면 내 조건을 받아들이는 게 나을 텐데."

생각처럼 호락호락하지 않은 내 모습에 화가 난 송한나는 자리를 박차고 일어났다.

"누가 후회하게 되는지 두고 보죠!"

자존심이 잔뜩 상한 송한나가 살기등등한 기세로 씩씩대더니 카페 밖으로 나가 버렸다. 이대로 그녀를 놓쳐서는 안 된다. 어떻게 해서라도 오늘 매듭을 지어야만 했다. 그녀를 붙잡기 위해 재빨리 따라 나가자 송한나가 택시를 잡으려고 차도 쪽을 향해 걸어가고 있는 게 보였다.

"송 대리! 잠시만…………!!!"

그 순간, 충격적인 일이 눈앞에 벌어졌다. 외마디 비명, 바닥에 낭자한 붉은 선혈. 그리고 피를 흘리며 쓰러진 송한나의 모습. 삽시간에 일어난 일이었다. 잔혹한 살인사건과 무참한 죽음을 생생하게 목격해 버린 나는 혼비백산하며 몸을 바들바들 떨었다.

"대, 대체 왜……."

뒤이어 나를 노리는 서슬 퍼런 시선! 곧바로 성난 칼날이 나를 향해 달려들었지만 이내 주위 사람들에게 제지되어 실패하고 말았다. 그가 저지른 끔찍한 범죄를 각인시키듯 길거리가 온통 사방으로 솟구치던 피로 시뻘겋게 물들었다.

"놔! 이거 놓으라고! 저 배신자 새끼도 똑같이 없앨 거야! 내가 처음이자 마지막 부탁이라고 그렇게까지 말했는데! 저런 놈은 백 번이고 천 번이고 끔찍하게 죽여야 해!"

어디서 나타났는지 이성을 잃고 잔뜩 격분한 석문이 송한나를 향해 거침없이 달려들었고, 날카로운 흉기로 잔인하게 찌른 것이다. 참혹한 사건 현장 속에서 오만 가지 감정이 소용돌이쳤다. 그중에서도 가장 격하게 몰아친 건 죽음의 공포였다. 두 눈으로 무자비한 살인을 목도하자 극심한 공포심이 나를 휘감아 짓눌렀고, 아연실색해서 바닥에 그대로 주저앉았다. 모여든 인파 속에서 여기저기 자지러지는 비명이 들려왔다. 누군가는 신고를 하고, 또 다른 누군가는 바닥에 쓰러져있는 송한나를 살피고 있었다. 제압당한 석문은 핏빛 바닥에 몸이 짓눌린 채로 끝까지 발악했다. 그는 독기가 서린 눈빛으로 죽어가고 있는 송한나를 노려보며 섬뜩하게 말했다.

"남의 것에 침 바르는 것들은 모조리 다 죽어야 해. 내가 죽는 것처럼, 너 같은 버러지도 죽어 마땅하다고!"

　　　　　　　　☒☒☒

　병원으로 옮겨진 송한나는 과다출혈로 결국 숨을 거뒀다. 석문의 범죄 이유를 전해 들은 나는 한동안 말문을 잃었다. 내가 카페에서 송한나를 만나는 모습을 보게 된 석문은 우리 둘의 이야기를 엿들었고, 내연 관계로 오해를 했던 것이었다. 돈을 준다는 이야기와 아이 이야기, 그리고 비밀을 지킬 것을 당부하며 외국으로 떠나라는 말에 혼자 확신을 했다고 한다. 자신이 죽기 전에 딸을 위해 해줄 수 있는 유일한 일이라 생각해서 범죄를 저질렀다는 것도……. 오해라는 게 이렇게 무서운 건지 미처 몰랐다. 거기에 석문의 폭력적이고 다혈질적인 성향이 더해져서 이런 비극적인 결과를 낳고 말았다. 사람은 쉽게 변하지 않는다는 불변의 진리를 깨지 못한 채.

　"경찰서에서 근무하다 보면 별의별 일이 다 있어요. 그중에서도 사소한 오해 때문에 벌어지는 사건들이 생각보다 많습니다. 사람들은 받아들이기 힘든 현실에 부딪히면 상대에게 사실관계를 먼저 확인하려고 하지 않아요. 대화로 해결하려는 노력보다 오히려 충동적으로 더 최악의 사건을 일으키곤 하죠. 이번에는 살인사건으로 이어져서 더욱 끔찍한 결과로 남게 되었고……."

　조사를 받으면서도 몸이 사시나무 떨듯 떨려서 좀처럼 진정이 되질 않았다.

　"아직 연락이 닿지 않았는데, 나중에라도 배우자분이 알게 됐을 때, 행여라도 극단적인 일이 벌어지게 될까 봐 염려스럽네요. 아버지가 자신 때문에 살인을 저질렀다는 말을 했으니……. 그것도 사위를 오해해서 그랬다고 하면 어떻게 받아들일지……."

경찰의 걱정이 들어맞았다. 뒤늦게 참담한 소식을 알게 된 가연은 받아들이기 힘든 현실을 비관하며 자신의 손목을 자해했고, 오랫동안 충격에서 헤어 나오질 못했다. 심리치료를 받으며 조금씩 나아지고 있던 불안증세도 도로 심해졌다.

"미안해. 다 나 때문이야. 그 자리에 같이 가지만 않았어도, 애초에 내가 송 대리를 만나지만 않았어도……. 아니, 처음부터 다 잘못인 건가……. 내가 이런 계약 자체를 안 했더라면……."

횡설수설하는 내 말에도 가연은 아무런 답이 없었다. 늘 어떤 이야기를 꺼내도 내 탓을 하지 않고 위로의 말을 건네던 가연이었는데, 이번에는 초점 없는 눈빛으로 자책하고 있는 나를 공허하게 바라볼 뿐이었다. 긍정도 부정도 하지 않는 그 모습이 가연과 나에게 앞으로 닥칠 변화를 알려주는 듯했다. 그리고 얼마 지나지 않아 슬픈 예감이 맞아떨어졌다.

"나는 아버지를 피하기 위해 당신과 결혼했어요. 당신을 좋아한 것도, 은유를 생각하는 마음도 진심이었지만, 어쩌면 아버지와 영원한 이별을 원했던 게 가장 큰 이유였는지도 몰라요. 하지만 이런 식의 이별을 바란 건 아니었어요. 아버지가 살인을 저질렀다는 사실도 받아들이기가 괴로운데, 내가 죽도록 원망했던 대상이 나를 위해서 그런 죄악을 저질렀다는 사실을 도저히 견딜 수가 없어요."

"가연아……."

"그때 말했죠. 사람은 누구나 이중적이라고. 다들 그렇기에 내가 누군가를 비난할 수 없다고 생각했는데, 사건이 일어난 이후로 나도 모르게 당신을 원망하며 탓하고 있었어요. 당신과 결혼만 안 했다면, 당신이 그 계약만 안 했다면, 당신이 송 대리를 안 만났다면……. 이런 생각이 끝도 없이 꼬리에 꼬리를 물고 나를 괴롭혔어요. 잔인한 이 상황을 견디기 위해 위로보다는 원망의 대상이 필요한 것처럼……. 늘 나보다는 당신과 은유를 먼저 생각했다고 여겼는데, 극한 상황에 닥치니 다른 건 보이지도 않아요. 이제 다 부질없어요. 내가 살려고 버티려면, 내가 영원히 괴롭지 않으려면 당신과 은유를 떠나야 할 것 같아요."

가연은 이제껏 쌓아왔던 원망을 남김없이 쏟아냈다. 그저 상처를 덮어두기만 했던 나의 비겁한 임시방편이 결국 곪아서 터지고 만 것이다.

"아버지 일로 많이 힘든 거 알아. 그래도 한 번만 다시 생각해 줘. 내가 더 잘할게. 내가 당신 곁에서 부단히 애쓰면서……."

애원하는 나를 바라보는 그녀의 눈동자는 이미 퇴색되어 뿌옇게 변해있었다. 마음의 결단을 굳게 내린 가연은 흔들리지 않았다.

"아니요. 처음부터 아니라는 걸 알면서도 시작했던 게 우리의 잘못이에요. 첫 단추가 잘못되면 마무리가 좋을 리 없다는 것을

다 알고 있는데도 애써 현실을 외면했던 것 같아요. 당신과 함께
하면 나는 아버지 일도, 세희 언니 일도, 은유를 위해 범죄를 저
지르려 했던 일도 전부 괜찮을 줄 알았는데, 어리석은 착각이었
어요. 처음부터 잘못되었기에 두 번째도, 세 번째도, 하나하나 다
뒤틀리고 있었는데, 억지로 끼워 맞추려고 했던 거예요."

　가연의 한탄을 들으며 겉으로만 그녀의 곁에 남아 있었던 나
의 비겁함을 질타했다. 그러면서도 면목 없이 그녀를 붙잡았다.

　"다시 노력하면 괜찮을 거야. 처음부터는 아니더라도 지금의
우리는 가족으로……."

　가연은 내 말을 듣지 않고 끊어냈다. 그녀의 마음처럼.

　"그래서 더 견딜 수 없는 거예요. 나는 당신과 가족을 이루기
위해 원래의 가족을 버렸고, 지금은 그 가족이 나를 위해 자신
을 버렸으니까. 평생 나를 위한 적이 없던 사람이 딱 한 번 나를
위해서 한 일이 이토록 끔찍한 결과를 낳았어요. 그 때문에 나는
아버지를 용서할 수도, 원망할 수도 없는 사람이 되어 버렸다고
요! 교도소에서 아버지가 목숨을 다하면 나는 당신을 똑바로 바
라볼 자신이 없어요."

　항상 내 앞에서는 무던하던 가연이었는데, 점점 감정이 격해
지며 울부짖었다. 고민을 들어주고 위로해 주던 건 언제나 그녀
의 몫이었기에 나는 어찌할 바를 몰랐다.

　"지금은 너무 힘들겠지만, 시간이 지나면 서서히 괜찮아질 거
야. 당신 힘들지 않게 내가 더 신경 쓰고 잘할 테니 제발……."

그녀를 달래기 위해 말을 하면서도 앞으로 괜찮아질 거라는 확신은 없었다. 그런 나를 아는 듯이 가연은 슬픈 얼굴로 고개를 저었다.

"살아보니까 시간이 지나면 괜찮다는 건 틀린 말이었어요. 지금 우리만 봐도……. 이제 그만해요."

말을 마친 가연은 미리 챙겨놓은 짐 가방을 들고 집을 나서려했다. 나는 다급해져서 그녀의 팔을 간절하게 붙잡았다.

"그럼 은유는……. 은유가 당신을 얼마나 좋아하는지 알면서…… 당신이 떠나면 은유가 어떨지 알잖아. 얼마나 슬퍼하고 힘들어할지……."

나의 말을 들은 가연은 한없이 씁쓸한 표정으로 나를 응시했다.

"방금 당신이 한 말에서 내가 떠나야 하는 이유를 정확히 알 것 같네요. 내가 떠나면 당신이 힘든 게 아니라는 거, 나를 붙잡는 이유도 당신이 나를 필요로 하는 게 아니라는 거."

"그, 그건……."

"은유가 힘든 건 마음 아프지만, 아까 말한 것처럼 이제는 내가 더 중요해요. 정신이 불안정한 상태에서 누군가를 돌볼 여력도, 자신도 없어요. 이 결정을 나중에 후회할 수도 있겠죠. 그래도 지금은 나만 생각하기도 버거워요. 이해를 바라진 않을 테니 붙잡지는 말아요."

더는 아무 말도 하지 못하고 가연을 붙잡았던 손을 천천히 내려놓았다. 나도 이미 알고 있었다. 내 욕심으로 가연을 곁에 두고 있었다는 것을. 은유의 수명을 위해서, 은유의 엄마 자리를 위해서. 온전한 가족인 척 하면서도 그녀를 외롭게 만들었고, 그녀에게 부담을 지게 했다. 정작 이기적인 건 바로 나였다. 억지로 이 관계를 유지하려 했던 속물이었으니.

완전한 이별을 고하고 그녀가 현관문을 나섰다. 나는 그 모습을 바라보지 못한 채 고개만 떨구고 있었다. 잠시 후, 다시 문이 열리는 소리가 나서 고개를 들자 만감이 서린 표정으로 그녀가 내 앞에 서 있었다.

"이건 죽을 때까지 말 안 하려고 했는데, 미련 같은 거 추호도 남기지 않기 위해 당신에게 해줄 말이 있어요. 서로에게 티끌만한 정조차 남지 않도록. 다 듣고 나면 당신의 기억 속에 내가 교활하고 나쁜 여자로 남게 되겠죠. 세희 언니에게 향했던 증오심이 나에게로 넘어올 테니."

"무슨⋯⋯."

"사실은 당신과 결혼하기 전에 세희 언니를 찾아갔었어요."

가연이 숨겨두었던 말을 꺼내자마자 켜켜이 쌓여있던 과거의 시간이 한순간에 처음으로 되감겼다.

"뭐라고? 그 여자를 왜⋯⋯."

"내가 은유와 혈액형이 다르니까 언니한테 수명 나눔 부탁하려고요. 혹시나 하는 마음으로⋯⋯. 그런데 언니가 이미 지아에게 수명을 나눠줬다고 말했어요. 당신이 들은 것처럼."

"보나 마나 거절했겠지. 그 여자는 피도 눈물도 없는 지독한 사람이니까."

"아니요. 당신이 모르고 있는 게 있어요. 사실은…… 나에게 불법 어플 알려준 거 세희 언니예요."

혼돈과 놀라움이 뒤섞여서 심장이 극렬히 요동쳤다.

"갑자기 무슨 말이야? 송한나가 당신한테 알려줬다고……."

"브로커가 한나인 건 맞아요. 하지만 그 불법 어플이 존재한다는 걸 나에게 맨 처음 알려준 건 세희 언니였어요. 썩 좋은 방법은 아니었지만 그렇게라도 은유가 수명 나눔 수술을 받을 수 있게 도와주려고 백방으로 찾아봐 준 거였어요."

"차세희가 왜……."

"세희 언니도…… 은유를 살리고 싶었으니까요."

거듭된 충격에 얼굴이 새파랗게 질려갔다. 정신 줄을 놓지 않으려고 이를 꽉 물면서 가까스로 버텼다. 그동안 내가 보고 느껴온 차세희의 모습은 대체 뭐란 말인가.

"마, 말도 안 돼! 은유가 자기 딸이 아니라고 악다구니를 쓰던 여자야. 내가 은유 아프다고 했을 때 놀라지도 않았다고!"

"당연히 놀라지 않았겠죠. 내가 말해서 은유의 병을 진즉에 알고 있었으니까. 이제야 묻는 건데, 공태영 씨는 계약 조건 때문에 한 거지만, 당신 앞에서 그렇게 냉랭하고 매몰차던 언니가 입양을 선뜻 동의해 준 게 좀 의아하지 않았어요?"

심히 당혹스러웠다. 자연스럽진 않았어도 나는 공태영이 한 말을 그대로 믿고 있었으니. 다른 이유는 생각해 본 적이 없었다. 왜 그랬을까. 가연의 말처럼 충분히 의심스러운 일이었는데.

"그, 그거야 공태영이 세희에게 내가 조만간 죽는다고 거짓으로 말해서…… 아, 아니, 내가 취업도 시켜 주고 양육비도 준다고 해서…… 공태영처럼 그 여자도 조건이나 돈 때문이었겠지. 다른 뜻이 있었을 리가……."

당황해서 어쩔 줄을 모르는 나를 보며 가연은 좀 전처럼 고개를 가로저었다.

"돈 때문이 아니에요. 언니는 은유가 아프다는 걸 알고 나서 죄책감을 견디지 못했어요. 자신의 복수 때문에 은유가 태어났고, 병까지 얻었으니까……. 지아를 보면서 은유를 떠올릴 만큼 애달픈데도 어린 딸을 한 번도 보듬어주지 못했으니까……. 그동안 은유를 걱정하며 나에게도 수시로 연락해서 괜찮은지 안부를 물었어요. 당신 모르게."

가연의 말을 들으며 예전에 공태영이 했던 말이 오버랩되었다.

〈세희에게도 죄책감이라는 게 있으니까요. 무엇보다 자신이 낳은 딸이 세상에 혼자 남는다는데, 보통의 사람이라면 그런 말을 들었을 때 미안하고 죄스러운 마음이 들겠죠.〉

〈세희의 죄책감을 조금이나마 덜어주고 싶었어요.〉

그저 본인들의 잘못을 포장하기 위한 핑계일 거라 생각했던 그 말이 진심이었다니!

돌이켜 보면 그때도 나는 공태영의 충고를 귀담아듣지 않았다.

<백도훈 씨도 충분히 짐작할 수 있었는데, 오로지 딸의 수명만 생각하느라 다른 부분은 신경 쓰지 않고 그저 본인이 믿고 싶은 대로만 믿은 거 아닌가요? 눈과 귀를 닫은 채로.>

미리 언질을 주었는데도 왜 나는 그 말을 무심히 흘려들었을까. 끝없는 후회가 한꺼번에 몰아쳤다. 자책할 겨를도 없이 연이은 가연의 말은 나를 더욱 채찍질했다.

"결혼 후에도 우리가 지속적으로 연락을 해왔기에 내가 은유를 데리고 언니를 보러 갈 수 있었던 거예요. 원래 알던 지인이라도 몇 년 동안 연락조차 없었던 사이라면 내가 선뜻 같이 가겠다고 말할 수 없었겠죠. 더군다나 우리는 복잡한 관계로 얽혀 있으니. 나는 당신이 이상하게 생각하거나 의심할 줄 알았는데, 자세히 묻지도 않고 그냥 넘기더라고요. 목적에 눈이 멀어서 다른 건 아무것도 보이지 않는 것처럼."

너무 놀란 나머지 온몸에 혼이 빠져나가는 듯했다. 은유와 나를 떠난 그날 이후로 줄곧 냉혈한 같았던 세희가 나에게는 증오의 대상이었다. 그런데, 지금 듣고 있는 말은 내가 알고 있는 것과 정반대였다. 세희가 은유를 내내 걱정하며 안부를 확인해 왔다는 것도……

"나중에 공태영 씨를 통해 당신이 곧 죽는다는 말까지 전해 듣게 된 언니는 이 모든 게 자신이 저지른 죄악으로 빚어진 업보 같아서 끝없이 자책했다고 했어요. 그래서 입양을 결정한 거예요. 남은 시간 동안 은유를 돌보며 속죄하기 위해서……. 그리고 마지막 방법으로 공태영 씨에게 도와달라고 간곡히 사정해 보려고 한 거였어요. 그 사람이 은유를 입양하게 되면 1년 뒤에 수명 나눔을 받을 수 있게 되니까. 하지만 언니는 모르고 있었죠. 공태영 씨와 당신이 불법적으로 수명 나눔 계약을 했다는 것을."

가연이 꺼내놓은 진실이 나를 압박하더니 단숨에 무너트렸다. 죽을 만큼 힘들어도 앞만 보고 여기까지 왔는데, 갑자기 내가 가야 하는 길이 뚝 끊긴 기분이었다. 극심한 충격에서 빠져나오지 못하는 나를 보면서도 가연은 계속 기함할 이야기를 이어갔다.

"나는 중간에서 모든 내막을 다 알면서도 당신이나 언니에게 아무 말도 해주지 않았어요. 오히려 이 비밀을 끝까지 묻어두겠다고 다짐했죠. 오로지 당신 곁에 있고 싶어서, 당신이 알게 되면 세희 언니한테 갈 것 같아서……. 어이없게도 내 이기심이 양심을 이겨버리더라고요. 나름 선하게 살아온 줄 알았는데, 내 안에도 악이라는 게 존재한다는 걸 그때 알게 됐죠. 평범한 사람도 악한 본성을 감추고 있다는 걸. 당신이 잘못을 저지르는 것을 알면서도 내가 질책하지 않고 방관했던 이유예요. 떳떳하지 못한 건 나도 마찬가지였으니까."

한순간에 가연과 나의 입장이 바뀌었다. 그녀가 미리 말한 대로 교활하고 나쁜 여자라고 소리쳐야 하는데, 차마 그럴 수 없었다. 오히려 양심을 거스른 가연의 모습이 마치 나를 보는 것만 같아서 괴로웠다. 오랫동안 속여온 가연을 비난할 수 없을 정도로 나 역시 중대한 잘못을 저질렀기에. 자신이 떳떳하지 못해서 잘못을 질책하지 못했다는 그녀의 말처럼. 모든 걸 감당할 수 없어서 세차게 도리질을 쳤다. 그렇게라도 귀에 들어오는 버거운 말을 떨쳐내고 싶었다.

"아, 아니야. 그거 아니잖아. 제발 아니라고 말해. 가연아…….나를 단칼에 끊어내고 싶어서 이런 말까지 지어내는 거야? 나한테 대체 왜 이래……. 여태껏 내가 어떻게 버텨왔는지 당신이 제일 잘 알잖아. 피를 토하는 심정으로 견뎌왔는데……. 이제 와서 이런 말을 하면 나는…….''

진저리를 치며 숨겨진 진실을 거부하는 나에게 가연은 쐐기를 박았다.

"전부 사실이에요. 이렇게 끝을 보게 될 줄 알았더라면 차라리 좀 더 일찍 털어놓는 건데……. 혈액형을 거짓말한 걸 들켰을 때라도 바로 떠났어야 했는데……. 당신을 속이기 시작한 순간부터 지금까지 내 마음도 지옥이었어요. 그래서 당신이 세희 언니와 은유가 만나는 걸 고민할 때 내가 과거 이야기를 꺼내며 설득한 거예요. 둘이 만나게라도 해줘야 모두를 속여온 내 죄가 조금은 덜어질 것 같아서……. 악독한 마음을 품고 다른 사람들을 괴롭게 했으면서 내 속은 편해지길 바라는 게 참 어이없죠. 돌이켜보니 다 허무하네요. 그런 짓까지 하며 악착같이 당신 곁에 있으려 했지만, 결국은 이렇게 떠나게 됐고, 스스로 비밀도 밝히게 됐으니."

갑작스레 복수심이 길을 잃어버리자 모든 게 망연해지기만 했다. 나는 여태 무얼 위해 필사적으로 달려온 것인가.

"나도 세희 언니처럼 죄를 짓고 후회하는 거 이제 그만하고 싶어요. 두 사람의 모습과 똑같이 기나긴 세월을 고통 속에서 살고 싶지 않으니까. 그래서 당신에게 하나 더 중요한 사실을 말해줄게 있어요."

"주, 중요한 사실이라니……. 이게…… 끝이 아니야? 서, 설마 이것 말고 내가 모르는 다른 일이 또 있는 거야?"

가연은 바로 말을 잇지 못하고, 멈췄던 눈물을 다시 보였다. 이윽고 그녀가 꺼낸 믿기 힘든 말에 나는 넋을 잃고 말았다.

"은유를 데리고 세희 언니 딸 지아를 만나러 갔던 날, 자매가 나란히 있는 모습을 보며 언니가 서럽게 울었어요. 나는 반대로 세희 언니와 지아, 그리고 은유가 함께 행복하게 웃는 모습을 보며 눈물이 났죠. 긴 시간을 돌고 돌아 만나도 셋은 참 자연스럽게 어우러졌어요. 여태껏 일부러 더 노력하고 애쓰던 나와는 다르게. 그래서 깨달았어요. 여기가 내 자리가 아니라는 걸. 그 사실을 알아버렸을 때, 미련 때문에 당신을 바로 내려놓지 못했던 게 천추의 한이 돼서 지금이라도 다 털어놓고 가려는 거예요. 당신이 여태 모르고 있던 비밀에 대해서."

"나는 지금 당신이 하는 말 하나도 못 알아듣겠어. 그 비밀이라는 게 대체 뭐야?"

　속이 새까맣게 타들어 가는 나를 보며 가연의 입에서 탄식이 절로 흘러나왔다. 이내 억장이 무너지는 얼굴로 심중에 묻어두었던 일을 힘겹게 꺼내놓았다.

　나만 몰랐던 그 이야기를.

　"그날 밤, 우연히 언니의 일기장을 보게 됐어요. 오랜 세월이 느껴질 정도로 낡아서 모서리가 닳고 색이 바래진. 읽으면서도 도무지 믿기지 않았어요. 너무도 충격적인 내용뿐이라 고민 끝에 언니에게 직접 물었어요. 일기장에 적힌 일들이 모두 진짜냐고⋯⋯. 그 말을 듣고 밤새도록 울던 언니는 새벽이 지나고 동이 틀 때쯤 자신의 과거 이야기를 들려줬어요. 이 모든 비극의 시작을⋯⋯. 세희 언니가 당신과 가짜로 결혼하며 복수를 계획했던 진짜 이유를요. 처음에는 나도 선뜻 믿기가 어려웠어요. 말 몇 마디 때문에 비극이 시작되었다는 게⋯⋯."

　"복수? 비극의 시작이라니?"

　"언니가 그러더라고요. 그때 복수를 멈추지 못한 게 후회가 된다고⋯⋯. 은유가 이만큼 자라고 나서야 뒤늦게 진실이 눈에 보인다고요. 이제야 모든 게 오해라는 것을 알겠는데, 그 순간에는 몰랐다고⋯⋯. 감당하기 힘든 충격을 받으니 자신의 눈과 귀가 닫히더라고. 아무 말도 들리지 않고, 아무것도 보이지 않게. 언니의 그 말을 들으면서도 오롯이 이해하기 힘들었는데, 이번에 아버지가 오해만으로 살인을 저질렀다는 것을 알고 나니 사람이 눈에 뭐가 쓰이면 그럴 수 있다는 걸 비로소 알게 되었네요. 너무나 가혹하게도……."

가연이 꺼내놓은 비밀은 석문의 살인에 버금가는 충격이었다. 도저히 믿을 수 없는, 쉽게 받아들일 수도 없는 지독한 현실을 마주한 나는 당장에라도 미칠 것만 같았다.

"제발 알아듣게 좀 말해! 세희가 무슨 오해를 했다는 거야?"

"그걸 알아내는 건 당신 몫이에요. 이게 내가 당신한테 주고 가는 마지막 선물이자 벌이니까."

11

수면 위로
드러난
비밀

〈세희 언니도…… 은유를 살리고 싶었으니까요.〉

그 말이 내 안에서 떠나질 않아서 견딜 수가 없었다. 내가 알고 있던 세희의 모습이 어디서부터 어디까지가 가짜란 말인가. 어느 것이 진실이고 어느 것이 거짓인지도 스스로 판단하기가 어려웠다. 숨을 헐떡이며 서랍 속에서 안정제를 꺼내 입에 털어 넣었다. 조금 진정이 되자 머릿속에 드는 생각은 단 하나였다.

"차세희를 만나야만 해."

그녀를 만나서 진실이 뭔지 확인해야 했다. 무작정 세희에게 전화를 걸었다. 안 받을 수도 있다는 각오도 했는데, 생각보다 그녀의 목소리가 빨리 귓가에 닿았다.

[여보세요.]

"나야. 혹시 오늘 만날 수 있어?"

강압적으로 만남을 통보했을 때와 달리 이번에는 차세희의 의사를 물었다. 나도 모르게 태도의 변화가 있었다. 아직 세희의 입으로 진실을 듣기 전임에도.

[무슨 일인데?]

"전화로 말하긴 그렇고, 만나서 해야 할 중요한 이야기야. 괜찮으면 시간 좀 내줘."

다행히 세희는 거절하지 않고 약속 시간과 장소를 말했다. 전화를 끊고도 한동안 멍하니 있었다. 솔직히 만나자고 먼저 말을 꺼내긴 했지만, 내가 몰랐던 사실을 확인하는 게 덜컥 겁이 났다. 이것보다 더한 충격이 나를 기다리고 있을 것만 같아서.

"차세희…… 그동안 나에게 무슨 비밀을 감추고 있었던 거야."

약속 장소로 향하는 내내 두려움에 몸서리쳤다. 겨우 도착했을 때, 차세희가 먼저 와서 나를 기다리고 있었다. 바로 들어가지 못하고 잠시 유리창 너머로 앉아 있는 그녀를 바라봤다. 어떤 말부터 꺼내야 할까, 머릿속으로 정리하려다 도저히 안 돼서 포기했다. 무거운 마음을 안고 카페로 들어갔다.

"갑자기 왜 보자고 했어?"

내가 자리에 앉자마자 그녀가 먼저 물었다.

"그게…….."

할 말은 수만 가지인데 입 안에서 맴돌기만 했다. 그런 나를 보며 세희가 답답한 표정을 지었다.

"일단 커피부터 시키자."

모락모락 연기가 나는 커피가 테이블 위에 차려졌다. 그걸 바라보면서 마음이 어지러이 흔들렸다. 우리가 마주 앉아 커피를 마신 게 언제였는지 까마득했다. 침울한 기색이 드러나지 않게 잠시 마음을 가다듬은 후, 조심스레 그녀에게 물었다.

"나에 대해…… 오해를 했다는 게 무슨 뜻이야?"

머릿속을 돌아다니는 수많은 질문 중에 그 말이 첫 번째로 튀어나왔다. 그 어떤 것보다 제일 궁금했던 부분이었으니. 뜻밖에 질문을 받은 세희는 두 눈이 휘둥그레졌다. 일부러 모르는 척을 하려는지 떨리는 목소리로 그녀가 되물었다.

"오해라니…… 그게 무슨 말이야?"

"가연이한테 다 들었어. 당신이 나에게 복수를 하기로 마음먹은 이유가 따로 있다고. 나는 당신한테 철저히 속았다고 생각했는데, 그게 아니라 복수였다는 말을 들으니 혼란스러웠어. 내가 뭘 잘못했는지 지난날을 돌이켜보고 또 아무리 생각해 봐도 무엇 때문인지 잘 모르겠어. 오해 때문이었다는 말도 잘 이해가 안 되고……."

커피잔을 들고 있던 세희의 손이 목소리처럼 떨리고 있었다. 천천히 테이블에 잔을 내려놓은 세희는 한동안 말이 없었다. 나는 그녀가 답을 내놓을 때까지 재촉하지 않고 가만히 기다렸다. 시간이 한참 흐른 뒤에 나는 그녀의 두 눈에 맺힌 처연한 눈물을 보게 되었다.

"그때도 지금처럼 우리가 얼굴을 마주하고 속 깊은 이야기를 했더라면 조금은 결과가 달라졌을까……. 이제야 모든 게 뚜렷하게 보이네. 너무 늦어버린 후에야……."

"세희야……."

"오래전 그때, 나는 그 사람이 하는 말을 철석같이 믿었어. 바보 같지만 그럴 수밖에 없었어. 당신과 둘도 없는 사이였으니까. 나보다 더 가까워 보일 만큼……. 지금 와서 생각해 보면 내가 참 순진했어. 너무 심한 충격을 받으니까 사람이 판단력이 흐려지더라. 일순간에 눈과 귀가 닫힐 정도로. 처음에는 당신이 죽을까 봐 겁이 났고, 나중에는 당신이 죽을 만큼 미웠어. 그렇게 내 안에 두 가지 마음이 공존하고 있었지. 아마 당신도 마찬가지였을 거야. 지나고 보니 용서와 복수는 종이 한 장 차이더라. 앞면도 뒷면도 똑같아서 언제든 바뀔 수 있는. 내가 속였을 때 당신이 한 번은 나를 용서해 준 것처럼. 나도 그랬기에 당신을 위해 말없이 떠났는데, 결국은 돌아와서 당신에게 복수를 했지. 아이러니하게도. 사람은 참 어리석은 동물이야. 아닌 걸 알면서도 시작하고 끝을 보고 나서야 깨달으니까. 하지만 후회를 할 땐 이미 늦어버렸고."

"대체 무슨 말을 믿었다는 거야? 네가 말하는 그 사람이 누구야?"

세희의 얼굴을 타고서 인고의 시간 속에 묻혀있던 눈물이 하염없이 흘러내렸다.

"당신이 가장 믿었던 사람."

"……!!"

| 세희와 도훈이 헤어졌던 그해 겨울 |

"왜 저를 따로 만나자고 하셨죠?"

조용한 카페 안에 마주 앉은 두 사람, 그 사이에는 어색한 적
막이 흘렀다. 고민의 시간이 엿보일 정도로 상대는 커피잔을 계
속 만지작거렸다. 세희는 지루한 듯 시계를 여러 번 들여다봤다.
이마에 맺힌 식은땀을 닦아내던 상대가 드디어 입을 열었다.

"도훈이에 대해 할 말이 있어서요. 세희 씨가 모르는 사
실……."

"제가 모르는 사실이요? 그게 뭐죠?"

시린 겨울인데도 상대는 따뜻한 커피가 아닌 찬물을 벌컥벌컥
들이켰다. 그러면서도 말을 쉽게 잇지 못했다.

"저 시간이 없어서 지금 가봐야 하는데 별일 아니면 다음에 만
나서……."

"도훈이와 저…… 서로 좋아하는 사이예요."

충격적인 발언에 소스라치게 놀란 세희는 자리에서 벌떡 일어
났다.

"지, 지금…… 무, 무슨 소리를 하는 거예요? 정우 씨!"

그해 겨울, 첫눈이 내리던 날, 세희를 찾아온 사람은 바로 도훈
과 가장 친했던 정우였다.

"세희 씨는 몰랐겠지만, 우리 사이 꽤 오래됐어요. 저는 남들
시선 따위 아무 상관도 없는데, 도훈이는 신경을 쓰는 편이라 여

자들과 가짜 연애를 하더라고요. 그중에 한 명이 세희 씨였고. 쉽게 말해 일종의 가면 같은 거죠. 자신의 진짜 모습을 감추기 위한."

"그, 그 말을 나더러 미, 믿으라는 거예요?"

"못 믿겠으면 이걸 봐요. 학창 시절부터 우리가 찍은 사진이에요. 세희 씨도 알고 있잖아요? 도훈이한테 남자든 여자든 친구는 나밖에 없다는 거. 항상 곁에 있는 사람도. 그 이유가 뭐겠어요?"

"말도 안 돼. 지금 당장 도훈이한테 물어보러⋯⋯."

"그 녀석 보기보다 엄청 여려요. 세희 씨가 묻는 순간, 도훈이가 무슨 짓을 할지도 몰라요. 스스로 목숨을 끊을지도⋯⋯. 숨기고 싶었던 비밀이 세상에 알려졌다는 수치심에 당장 죽을 수도 있다고요. 그게 싫어서 가짜 연애까지 한 녀석인데. 세희 씨가 알게 됐다는 걸 듣게 되면 자괴감에 몸부림치며 더욱 괴로워하겠죠. 그래서 오늘 제가 따로 찾아온 거예요. 이 사실을 모두 덮고 도훈이와 헤어져달라고 말하려고요."

"내가 왜⋯⋯."

"사실 그 녀석 세희 씨한테 들킬까 봐 사귀는 내내 전전긍긍했어요. 들키면 죽을 거라고 내 앞에서 자주 울기도 했고⋯⋯. 세희 씨를 속이고 이때까지 진심인 척 연기를 했는데 그 죄책감을 어떻게 받아들이겠어요. 그러니까 제발 세희 씨가 먼저 헤어지자고 말해줘요. 도훈이가 죽는 모습, 눈앞에서 보고 싶지 않으면."

"······ 헤어져."

"세희야, 헤어지자니······. 하루아침에 이러는 이유가······."

"더는 묻지 말고, 그냥 헤어지자. 미안해."

| 그녀의 일기 |

2월 8일

그와 헤어진 지 한 달이 넘었는데, 오늘에서야 뱃속에 아이가 있다는 사실을 알게 됐다. 그를 다시 찾아가고 싶었지만 어떤 반응이 나올지 몰라서 두려웠다. 내가 아닌 다른 사람을 사랑한다는 그에게, 이성이 아닌 동성을 좋아한다는 그에게 무슨 말부터 꺼내야 할까. 나와의 모든 것이 거짓이었다면 이 아이조차 그에겐 허구처럼 느껴질 텐데······. 솔직히 무서웠다. 그의 입을 통해 잔인한 확인사살을 듣는 것이. 축복만 받아도 부족할 아이가 그의 발목을 붙잡는 존재로 낙인찍히는 건 더더욱 원치 않는다. 왜 나는 아무 말도 하지 못한 채 그와 이별을 택했는지 한 달 동안 생각하고 또 생각했다. 후회의 눈물로 매일 밤을 지새우면서도 여전히 그를 찾아갈 수는 없었다. 도훈이가 사랑하는 사람이 하필 정우 씨였다는 사실이 나의 입을 도저히 뗄 수 없게 만드니까. 그 사실이 세상에 알려지면 도훈이가 죽을 수도 있다는 끔찍한 말이 나를 더 옴짝달싹하지 못하게 굵은 쇠사슬로 단단히 묶는 것만 같다. 모순적이게도 나는 그와 헤어지기로 결심했을 때, 절실히 깨달았다. 생각했던 것 이상으로 내가 그를 더 사랑하고 있었다는 것을.

10월 11일

며칠 전, 아이가 태어났다. 딸을 품에 안고 그 사람이 떠올라 오래도록 눈물이 멈추질 않았다. 우리의 아이가 세상에 태어났다는 사실을 그 사람은 평생 모르겠지. 보잘것없는 나의 선택으로 인해 아빠 없는 아이로 태어나게 한 것 같아서 한없이 미안했고, 어린 딸이 가엾어서 가슴이 미어졌다. 아빠가 없으니 이름을 짓는 것도 내 몫이었다. 긴 고민 끝에 '지아'라는 이름으로 지었다. '하늘이 내린 행복'이라는 뜻이 담긴 한자 복 지(祉)와 예쁠 아(娥). 이름으로라도 아이를 축복해주고 싶었다. 나중에 아이가 자라나 아빠의 부재를 깨닫고 슬픈 일이 생겼을 때, 이름으로 사랑을 전하고 싶었다. 엄마에게는 너의 존재가 행복이라고, 너는 누구보다 예쁜 아이라고, 그래서 내 성을 따른 '차지아'로 지은 거라고.

7월 31일

아이가 자라날수록 불쑥불쑥 그가 떠오를 정도로 딸은 아빠의 얼굴을 닮아갔다. 처음에는 자신이 있었다. 혼자서도 괜찮다, 혼자서도 잘할 수 있다, 그렇게 몇 번이고 다짐했다. 하지만 그건 어리석은 자만이었다는 것을 깨닫기까지 그리 오래 걸리지 않았다. 막상 아이를 낳아서 길러보니 혼자라는 게 너무도 버거웠고 오래전에 잊었던 가족이라는 단어가 문득 떠올랐다. 시간이 갈수록 이 아이를 지켜줄 사람이 나 말고는 아무도 없다는 사실이 몹시도 불안했다. 내가 부족한 엄마라서 아이에게 죄를 짓는 것만 같았다. 매일 밤, 어린 딸과 나의 서러운 울음소리를 들으며 내가 미혼모임을 절실히 실감했다.

5월 2일

세월 속에 잊고 있었던 공태영이 나를 찾아왔다. 고아원에서 어린 시절부터 남매처럼 지냈던 우리는 그가 입양이 되어 외국으로 가게 되면서 불가피하게 연락이 끊겼었다. 오랜 수소문 끝에 나를 찾았다고 했다. 나처럼 그에게도 딸이 있었다. 지아보다 2살이 많았고, 나와 같이 어쩔 수 없는 사정으로 인해 혼자서 딸을 기른다고 했다. 사연이 담긴 공통점은 서로에게 연민을 자아내기 충분했다. 몇 년 만에 만났는데도 어릴 때나 지금이나 똑같이 기구한 우리의 모습이 못내 안타까웠다.

4월 14일

태영의 딸이 불의의 사고를 당한 지 며칠 만에 오늘 세상을 떠나고 말았다. 누구보다 소중한 아이를 왜 그렇게 일찍 데려간 건지……. 해보고 싶은 게 많았던 그 해맑은 아이를 허락도 없이 데려가 버린 하늘이 원망스러웠다. 화장터에서 오열하던 태영의 모습이 잊히지 않는다. 어떤 말로도 위로가 되지 않을 거라는 걸 알기에 아무 말도 건넬 수 없었다. 하나뿐인 자식을 잃는다는 건 감히 상상도 할 수 없는 고통일 테니…….

6월 25일

딸을 떠나보내고 태영은 슬픔에 갇혀 폐인이 되었다. 나락으로 떨어진 그의 모습에서 처절했던 나의 과거가 겹쳐 보여 쉽게 다가갈 수 없었다. 그런 나와는 달리 지아는 자식을 떠나보낸 태영의 아픔을 따뜻하게 어루만져 주었다. 아이답게 순수했고, 어른보다 진심을 울렸다. 쉽게 슬픔을 토해내지 못하는 태영을 대신해 지아는 언니가 보고 싶다며 같이 울어주었다. 밥을 삼키지 못하는 태영에게 자신이 아끼는 간식을 나눠주기도 했다. 스스럼없이 다가오고 자신의 슬픔을 오롯이 표현해 주는 지아를 보며 태영은 적잖은 위로를 받는 듯했다.

8월 7일

오늘 태영이 나에게 말했다. 나와 지아가 곁에서 위로가 되어준 덕분에 시린 아픔을 가까스로 견디고 삶을 포기하지 않을 수 있었다고……. 그러니 언젠가 나에게도 힘든 일이 닥치거나 자신에게 큰 부탁을 해야 하는 일이 생기게 되면 말해달라고……. 무슨 일이라 해도 나를 꼭 도와주겠다고 했다. 나는 그럴 일 없을 거라며 가볍게 웃어넘겼다.

11월 19일

어제 수명측정기로 딸의 수명을 확인했을 때, 예측 수명이 너무 짧아서 하늘이 무너져 내렸다. 급하게 오늘 병원에 가니 청천벽력 같은 소리를 들었다. 지아가 MER이라는 병에 걸렸다는……. 난생처음 듣는 병명이었다. 태영의 고통을 곁에서 지켜봤기에 나는 지아만 무사히 자라준다면 아무것도 바라는 게 없었는데……. 가혹하게도 하늘은 단 하나의 바람조차 허락하지 않고 무참히 짓밟았다. 세상에 수명측정기가 나왔을 때 나는 관심이 없었다. 그래서 남들보다 늦게 확인했다. 그게 잘못이었을까. 왜 바로 확인하지 않았는지 너무도 후회스러웠다. 나를 죽도록 원망해 봐도 소용없었다. 그나마 다행인 건, 수명나눔 수술을 받으면 완쾌할 수 있다는 의사의 말이었다. 나는 지아를 보며 다짐했다. 무슨 수를 써서라도 딸을 살리겠다고.

11월 23일

딸에게 수명을 나눠 주기 위해 병원에 가서 검사를 받았다. 하지만 불행히도 거절당했다. 내 수명 정도면 충분하다고 여겼지만, 의사가 판단하기에는 아니었다. 현재의 예측 수명으로는 나눔을 하기에 위험 부담이 있다고 했다. 지금보다 수명을 더 연장해야 나눔이 가능하다는 의사의 말에 또다시 좌절할 수밖에 없었다. 왜 하필 가족에게만 받을 수 있을까. 다른 가족이 없는 내가 어떻게 해야 하는 걸까. 태영도 검사를 받고 지아에게 나눔해 주고 싶다고 했지만, 그는 가족이 아니라서 불가능했다. 그리고 딸을 떠나보낸 지 오래되지 않아 건강도 쇠약해진 상태였다. 이대로 포기할 순 없다. 기필코 방법을 찾아야 한다. 나의 유일한 가족인 지아를 반드시 살려야 하니.

11월 30일

운명의 장난처럼 휴대폰에 문자 한 통이 도착했다. 단체 문자였고 부고 소식이었다. 나에게 씻을 수 없는 상처를 주었던 민정우, 그가 세상을 떠났다는 내용이었다. 당연히 슬프지는 않았다. 오히려 나에게 소름이 돋았다. 부고 문자를 보며 슬픔보다는 안도가 앞섰기 때문이다. 속절없이 흘러가버린 시간 속에서 서서히 흐려져 가던 그 존재를 다시금 떠올리게 해주었으니.

백도훈, 그 사람이라면 내 딸을 살려줄 수 있을 것이다!

12월 1일

문자에 적힌 주소를 보고 장례식장을 찾아갔다. 서로 각별한 사이라 무슨 일이 있어도 그곳에 백도훈이 올 거라고 생각했다. 우리가 혼인신고가 되어 있지 않아서 걱정했는데, 알아보니 다행히도 유전자 검사로 친자가 맞다는 확인 서류만 있으면 서로 직계가족이니 수명 나눔이 가능하다고 했다. 그래서 백도훈을 만나면 빌면서 애원을 할 생각이었다. 내 딸을 살려 달라고⋯⋯. 제발 수명을 나눠달라고⋯⋯. 자존심 같은 건 전부 내다 버리고 그의 앞에 무릎이라도 꿇어서라도 딸을 살려야만 한다고 말이다.

수없이 다짐하며 힘겹게 빈소로 들어갔다. 그런데, 영정사진 앞에서 서럽게 울고 있는 그를 본 순간, 단단하다고 여겼던 나의 다짐이 순식간에 무너져 버렸다. 나에게 비수를 꽂은 사람을 위해 울고 있는 백도훈을 보니 피가 거꾸로 치솟는 것 같았다. 아빠도 없이 자란 내 딸은 몹쓸 병에 걸렸는데, 그의 눈물은 다른 곳을 향하고 있었다.

사람의 마음이란 건, 참 이상하다. 다 잊었다고, 다 덮었다고, 여겼던 모든 것들이 한순간에 생생하게 되살아났다. 이제는 그의 흔적을 영영 지웠다고 생각했는데, 여전히 내 안에 고스란히 남아 있었다. 뒤늦은 복수심까지도.

나는 참담한 심정으로 그의 앞에 무릎 꿇지 않고 뒤돌아섰다. 대신 비정한 결심을 했다. 그를 내 앞에 무릎 꿇리겠다고.

그의 행복과 수명을 빼앗겠다고.

12월 2일

태영에게 어려운 부탁을 건넸다. 내가 복수를 할 수 있게 제발 도와달라며 눈물로 사정했다. 그리고 나와 혼인신고를 해달라고 부탁했다. 나의 복수를 위해선 꼭 필요한 일이었다. 지아가 백도훈의 아이라는 사실을 숨기고 그를 완벽하게 속이려면.

모든 이야기를 들은 태영이 조심스레 말했다. 어차피 혼인신고를 해야 하는 상황이라면, 시간이 오래 걸리더라도 자신이 건강 관리를 해서 가능한 시기가 되었을 때 지아에게 수명을 나눠주겠다고. 하지만 그러기에는 지아가 수술을 받을 수 있는 시간이 한정적이었다. 태영은 이미 병원에서 안 된다는 통보를 받았기에 언제가 될지 모르는 먼 훗날을 기약할 수 없었다. 무엇보다도 끓어오르는 복수심에 눈이 멀어버린 나는 그 말이 귀에 들어오지 않았다. 나에게 고통과 절망을 안겨 준 백도훈을 처절하게 무너트리고 싶었다. 그리고 내 딸에게 다른 사람이 아닌 친부의 수명을 꼭 주고 싶었다. 그가 여태껏 친부로서 지아에게 해준 게 아무것도 없으니. 걷잡을 수 없는 분노와 증오심에 사로잡힌 나를 보며 태영은 꽤 놀라면서도 결정을 내리기까지 길게 고민하지 않았다. 내가 자신에게 부탁할 일이 생겼을 때, 무슨 일이라 해도 반드시 돕겠다던 그 약속을 지켰다. 이제 내 딸의 이름은 '차지아'가 아닌 '공지아'로 바뀔 것이다.

모든 준비를 끝낸 나는 장례식장으로 향했다. 삼일장의 마지막 날. 발인을 마치고 그가 지쳐있었다. 그는 주변에 누가 있는지 신경 쓸 여력조차 없어 보였다. 장례가 끝난 후, 진이 빠진 상태로 집으로 향하는 그의 뒤를 몰래 따라갔고, 그가 살고 있는 집과 호수를 알게 되었다. 최대한 자연스럽게 접근할 수 있는 방법을 모색한 나는 마침내 d-day를 정했다.

12월 31일, 그의 생일이자 우리가 헤어졌던 그 날로.

⌛ ⌛ ⌛

뒤늦게 모든 내막을 알게 된 나는 정신이 나간 사람처럼 울부짖었다. 정우의 거짓말이 이 모든 사달을 만들었다는 말인가. 너무 늦게 진실을 알게 된 나는 비명에 가까운 소리를 지르며 절규했다. 대체 어디서부터 잘못된 걸까. 나는 그를 친구 이상으로 생각한 적이 단 한 번도 없었다. 정우의 취향과 나를 그렇게 생각했다는 것조차 나는 전혀 모르고 있었다. 오래전 나에게 가족이 되어준다던 그 말에 다른 의미가 있을 줄은……

죽기 전에 나에게 꼭 하고 싶다던 말이 입양이었다는 사실을 털어놓으려 한 줄 알았는데, 지금 와서 보니 세희에 관한 이야기를 꺼내려 했다는 생각이 들었다. 자신을 얼마나 믿냐고 물었던 그 말이, 자신을 어떤 친구로 생각하냐는 그 말이, 나에게 많이 미안했다는 그 말이 이제야 머릿속에 또렷이 새겨졌다.

지난날 정우가 했던 말과 행동들이 주마등처럼 눈앞을 스쳐 갈 때마다, 숨은 의미가 하나씩 퍼즐이 맞춰질 때마다, 소름이 끼쳐서 좀처럼 진정이 되질 않았다. 제일 괴로웠던 건 내가 그렇게 믿고 의지했던 사람이 나의 등에 서슬 퍼런 칼을 꽂았다는 사실이었다. 의도했든 의도하지 않았든 항상 나의 숨통을 끊어놓은 사람은 가장 가까운 사람이었다. 당장이라도 죽을 것 같아서 숨조차 제대로 쉬어지지 않았다. 이 모든 비극이 한 사람의 알량한 말 한마디로 시작되었다는 것이 비참하고 애통했다. 깊은 절망 속에서 허덕이고 있을 때, 문득 경찰이 했던 말이 머릿속을 스쳐 갔다.

〈사소한 오해 때문에 벌어지는 사건들이 생각보다 많습니다. 사람들은 받아들이기 힘든 현실에 부딪히면 상대에게 사실관계를 먼저 확인하려고 하지 않아요. 대화로 해결하려는 노력보다 오히려 충동적으로 더 최악의 사건을 일으키곤 하죠.〉

마치 과거의 세희가 그런 선택을 할 수밖에 없었던 이유를 나에게 알려 주듯이…….

그동안 내가 알던 세상이 모두 거짓인 것만 같다. 나는 앞으로 어떻게 살아가야 한단 말인가. 대체 누굴 믿어야 한단 말인가.

이제는 내가 이 일을 계속 진행하는 게 맞는지조차 모르겠다. 세희를 향한 복수의 칼날을 갈면서 태영을 이용하며 수명 나눔 계약까지 했는데, 뒤늦게 알게 된 진실이 나를 절망과 고통의 심연으로 가차 없이 밀어 넣었다. 도저히 헤어나올 수 없도록.

"여기서 멈추고 수명 나눔을 포기해야 하나……."

계약을 하기 전으로 돌아갈 수 있다면, 나는 그때와 다른 선택을 하게 될까. 그런 의미 없는 생각을 수없이 해봐도 역시나 답은 같았다. 애석하게도 가연이 그랬던 것처럼 사람은 자신이 처한 상황에 따라 이기적인 결정을 내릴 수밖에 없었다. 그렇지만 그녀와 다른 부분도 있다. 정신이 불안정한 상태에서 누군가를 돌볼 여력도, 자신도 없다던 그녀의 말과 반대로 나의 마지막 의지는 단 하나, 은유였다. 결코 포기할 수 없는.

가연과의 결혼도, 태영과의 계약도, 처음부터 나의 목적은 오로지 딸의 수명이었으니 은유의 몸에 병이 사라지지 않는 한, 다시 돌아간다 해도 그 선택이 바뀔 리 만무했다. 그렇다면 극도의 이기심이라 할지라도 나는 그 끝을 볼 수밖에 없다.

"되돌리기엔 이미 늦었어. 백도훈, 하나만 생각하자. 은유만 살리면 돼. 그러면 되는 거야."

그날, 모든 걸 다 털어놓고 오해를 풀게 된 세희는 허무한 얼굴로 나에게 말했다. 아이들을 위해 지난날을 다 덮자고. 누구를 탓하는 것도 그만하자고.

그녀의 말대로 나도 여기서 멈춰야 하는 걸 아는데, 이제 수술 날짜까지 이틀밖에 남지 않아서 도저히 내려놓을 수가 없었다. 결국 나는 태영에게 과거의 일을 알게 되었다는 사실을 숨기기로 결심했다. 세희는 더 이상 과거를 들추지 않겠다고 했으니 태영에게 먼저 말을 꺼낼 것 같지는 않았다. 태영도 수술을 받는 날까지 세희를 만나지 않을 테니 조금만 버티면 된다는 생각에 마지막까지 철면피를 뒤집어쓰기로 했다. 은유만 살릴 수 있다면 모든 죗값은 달게 받겠다고 다짐하며. 설령 지옥의 낭떠러지로 추락한다 해도.

그렇게 고단했던 인내의 시간이 지나고 마침내 수술을 받는 날짜를 하루만 남겨 두고 있었다. 수술 전 검사에서도 태영이 은유에게 수명 나눔을 하는 것에 아무런 문제가 없었다. 오랫동안 건강 관리를 꾸준히 해와서 태영의 수명도 원래보다 많이 늘었다. 여러 일을 겪으며 나만큼이나 지쳤을 텐데도 그만두지 않은 태영에게 내심 고맙기도 했다. 세희의 말을 들어서인지 날을 바짝 세우던 처음과 달리 지금의 나는 태영에 대한 경계심과 원망이 다소 누그러졌다.

"드디어 내일이네요. 3시 수술이에요."

"네. 알고 있어요. 고속버스로 따로 이동할게요. 표도 미리 끊어놨어요. 그동안 운전을 오래 쉬어서 혹시나 자차 운전은 위험할 수 있으니까. 마지막까지 조심해야죠."

"고맙네요. 그런 부분까지 세심하게 신경을 써 줘서."

그에게 처음 건네보는 살가운 말이었다. 서로 고마운 사이가 될 수 없다고 생각했는데, 어쩐지 우리 사이의 변화가 느껴졌다. 회사 옥상에서의 첫 만남이 썩 좋은 기억은 아니었다. 그때와 달리 오늘은 쉼터라는 이름에 걸맞게 그와도 조금은 편해진 느낌이었다. 시작과 끝이 어찌 됐든 드디어 노력의 결실을 맺는다고 생각하니 뭔가 뭉클했다. 내일이면 나의 모든 고난이 끝날 거라는 기대도 내 안에 벌써 자리 잡고 있었다.

"내일 잘 부탁합니다. 오늘은 일찍 들어가서 쉬어요."

돌아서서 걸어가던 태영이 멈칫하더니 다시 나에게로 돌아왔다.

"회사는 언제까지…… 아니, 솔직하게 말할게요. 계약이 끝나더라도 가능하다면 회사는 계속 다니고 싶습니다."

잠시 흔들렸다. 나는 차세희에게 복수를 하기 위해, 은유의 수명을 나눔 받기 위해, 공태영을 이용했다. 한때는 그를 세희만큼 증오했고 복수를 위한 수단으로만 여겼다. 회사는 필수 조건이 아니라고까지 말했던 내가 아니던가. 그랬던 내가 은연중에 고민하고 있었다. 그를 회사에 남겨도 되지 않을까, 하는.

"일단 생각해 보겠습니다."

"지금, 정확히 말해주세요."

바로 거절을 하지 않았으니 태영이 수긍할 거라 여겼는데, 오늘따라 즉답을 바랐다.

"그건 좀 어렵습니다. 회사와 상의를 해보고 말을……."

"회사가 아니라 백도훈 씨가 해줄 마음이 없는 거 아닌가요?"

"그게 무슨……."

"다른 직원에게 들었습니다. 내 자리가 원래 오가연 씨 자리였다고."

"누구 자리였든 그게 무슨 상관이죠? 어차피 처음부터 임시직이라는 것을 알고 입사한 건데, 누구라도 들어오면 비켜줘야 할 자리임을 공태영 씨가 제일 잘 알고 있었잖아요."

"나는 상관이 있습니다. 오가연 씨가 복직하지 않을 거라는 걸 알게 됐으니까요. 당신을 영영 떠났으니. 그렇다면 누군가는 그 자리에 들어와야 하고, 기존에 있던 나도 계속 다닐 수 있는 가망성이 생겼다는 뜻이기도 하죠. 인사권을 쥐고 있는 백도훈 씨만 반대하지 않는다면. 오히려 백도훈 씨가 나를 적극적으로 추천해 준다면 재계약의 가망성이 더 높아질 거라고 판단했습니다. 그러니 지금 결정을 내려주세요. 내가 계속 이 회사에 다닐 수 있는지 없는지를."

평소의 그와 다르게 나를 재촉했다. 1년이란 시간이 흐르는 동안 그가 이렇게 막무가내인 적은 없었다. 태영의 진중한 눈빛에 나도 신중하게 생각했다. 오래 고민하면 할수록 부정적인 쪽으로 기울었다. 그가 회사에 남게 됐을 때, 어떤 변수가 생기게 될지 모르는 일이니. 세희와의 오해가 풀린다 한들, 우리의 관계가 편안해지긴 어려웠다. 수명 나눔 수술이 끝나면 모두와의 관계를 끊어내야 안전하다. 다 잃고 은유라도 지켜내려면…….

그러기 위해서는 시한폭탄 같은 변수를 끌어안고 있으니 깔끔히 떠나보내는 게 맞다는 결론이 내려졌다. 잠시 흔들렸던 마음이 도로 제자리를 찾았다.

"안 될 것 같습니다. 계약이 끝나는 대로 각자 원래의 자리로 돌아가는 게 안정적일 테니까. 솔직히 여태까지 같은 공간에서 지내는 것도 쉽지 않았습니다. 여러 사건까지 엮여 서로 얼굴을 계속 마주하는 것도 괴로울 테고. 상처는 가린다고 낫는 게 아니잖아요. 깨끗이 나으려면 서로에게서 흔적도 없이 사라져 주는 게 맞습니다."

태영은 실망감을 감추지 못했다.

"흔적도 없이 사라진다라……. 마지막 기대를 걸었는데, 처참하네요. 알겠습니다. 백도훈 씨의 뜻 받아들이죠."

마지막 기대라는 말이 왠지 낯설지 않았다. 나도 언젠가 세희에게 걸었던 것이니. 그리고 정우도 가족에게 걸었던 그것. 아마 가연과 세희도 나에게 그랬을 것이다. 간절한 기대가 무너지는 기분이 어떤 건지 나 역시 잘 알고 있다. 약간의 미안함과 알 수 없는 후회가 들려고 하던 순간, 공태영의 얼굴에서 왠지 모를 싸늘함이 느껴졌다.

그 싸늘함은 곧 현실이 되었다.

[지금 고객님께서 전화를 받을 수 없어 음성사서함으로 연결되며 삐 소리 후 통화료가 부과됩니다.]

신호음이 길게 울리고 공태영의 목소리가 아닌 차가운 기계음이 들려왔다. 지독한 데자뷔. 수술 당일, 공태영이 사라졌다!

내가 뱉은 말처럼 흔적도 없이. 그리고 오래전 세희가 사라졌던 그날과 똑같이.

나의 얼굴은 사색으로 변했고 휴대폰을 든 손은 심하게 떨리고 있었다.

"공태영 씨! 수술 시간이 다 되어 가는데, 대체 어디 간 거예요? 제발 연락 좀 받아요. 이제 시간이 별로 남지 않았다고요. 제발……."

음성 메시지를 수십 통 남겨도 공태영에게서 연락이 오지 않았다. 사방으로 수소문해도 그를 찾을 수 없었고, 결국 은유는 수명 나눔 수술을 받지 못했다. 회사를 계속 다니게 해달라던 그의 마지막 부탁을 거절한 게 불씨가 된 걸까. 흔적도 없이 사라져달라고 했던 내 말이 그를 자극한 걸까. 내가 거절하지 않았다면 공태영은 약속을 지켰을까. 이상하게 재촉하던 그의 신호를 왜 눈치채지 못했을까. 계약이 수틀린 것에 대해 아이러니하게도 공태영이 아닌 나에게서 원인을 찾고 있었다.

자책하며 머리를 쥐어뜯던 그때, 불현듯 그가 했던 부탁이 떠올랐다. 며칠 전 일인데도 정신이 없어서 잊고 있었다. 어머니가 수술을 앞두고 있어서 목돈이 필요하니 잔금 중에 미리 일부를 받게 해달라며 사정을 했었다는 것을. 서러운 눈물까지 보이며.

그동안 규칙을 어긴 적도 없었고 누구보다 착실했던 그였기에, 무엇보다도 그가 말한 사정이 나도 충분히 공감할 수 있는 안타까운 일이었기에 차가웠던 나의 마음이 움직였다. 이제 얼마 남지 않았다는 안일한 생각과 세희의 일까지 겹쳐 나도 모르게 방심한 것도 있었다. 상대에게 없던 믿음이 생기고 경계심이 풀린다는 것은 아주 위험한 일이었다. 은유가 그들과 교류를 하고 있으니 어느 정도 안심하는 부분도 있었다. 그래서 처음 하는 그의 부탁을 들어주었다. 목숨이 달린 일에 저울질하는 것은 은유를 위해서라도 하면 안 되는 일이라고 생각하며 공태영에게 돈을 건넸다. 오늘의 배신을 위한 빌드업인 줄도 모른 채.

더욱 비관적인 건 그가 나에게 뒤통수를 쳐도 나 역시 불법을 저지른 탓에 공태영을 신고할 수가 없었다. 내가 놓은 덫에 스스로 걸려들고 만 것이다.

⑫
겨울과 봄
사이

두 달이 넘어갈 때쯤, 공태영이 아닌 차세희가 나를 찾아왔다.

"공태영, 지금 어디 있어? 왜 그 자식이 아니고 당신이 나를 찾아와? 그놈이 내 돈 들고 말도 없이 사라졌어. 공태영 데려와! 당장 내 앞에 데려오라고!!"

그가 사라진 날부터 차곡차곡 쌓아둔 원망과 화를 세희에게 마구 쏟아냈다. 악을 쓰는 나를 딱한 눈빛으로 바라보던 세희는 침통한 얼굴로 천천히 고개를 저었다.

"그 사람…… 죽었어."

세찬 눈보라가 나를 벼랑 끝으로 사정없이 밀어버렸다. 마른 하늘에 날벼락이라는 게 이런 것인가. 도무지 납득할 수도, 믿을 수도 없는 말이었다. 이토록 갑작스러운 죽음이라니…….

"바, 방금 뭐라고 했어?"

"공태영, 이제 세상에 없는 사람이라고."

세희의 말이 떨어지자마자 내 주위가 검은 안개로 자욱해졌다. 그렇게 버티고 버텼는데……. 이런 결말을 보자고 내가 그 살얼음판 위를 죽기 살기로 건너왔단 말인가.

"내, 내가 그 말을 믿을 것 같아? 그, 그딴 거짓말 하지 마! 나 속이려고 그러는 거 다 알아. 이제 당신 잘못 아닌 거 알았으니까 서로 속이는 거 그만하자. 나 너무 힘들어……. 제발 공태영 어딨는지 말해줘. 당신에게 자세히 말할 수 없지만, 공태영과 내가 따로 약속한 일이 있었다고……. 꼭 해야 하는 일이야."

그동안 혼자 삼켜왔던 눈물이 왈칵 쏟아졌다. 씻겨 내려가지 않는 근심으로 핼쑥해진 볼을 적시며 끊임없이 흘러내렸다.

"속이려는 거면 멀리 도망가지, 내가 왜 당신 앞에 제 발로 찾아왔겠어."

세희의 수심 가득한 눈망울에는 허전함이 가득했고, 금세 눈물이 글썽하게 고였다.

"며칠 전에 그 사람 49재까지 치렀어."

이 말을 믿어서는 안 된다고, 믿으면 모두 다 물거품이 된다고, 머릿속에서 끝없이 메아리쳤다.

"거짓말! 나는 못 믿어! 다 거짓말이라고 말해!"

격분하는 나의 반응에도 세희는 자리를 뜨지 않았다. 깊디깊은 한숨을 내쉬고는 가방에서 무언가를 꺼냈다. 이내 그것을 내 앞으로 내밀었다.

"이게 뭐야?"

"봐. 당신이 더 잘 알겠지."

내용이 보이지 않게 여러 번 접힌 하얀 종이였다. 그걸 보자마자 불길한 예감이 들었다. 떨리는 손으로 그 종이를 펼쳐본 순간, 가슴이 덜컥 내려앉았다. 그건 바로 공태영과 내가 거래를 하기 위해 작성했던 수명 나눔 계약서였다.

"이걸 왜 당신이……."

수치심과 당혹감이 뒤섞여 안절부절못했다. 말도 제대로 나오질 않았다. 왜 계약서가 세희의 손에 있는 것인가.

"기숙사에서 그 사람 유품 정리하다가 발견한 거야. 여기 적혀 있는 내용 전부 다 사실이야? 그 사람이 약속을 어겼다는 게 이 거 말하는 거지?"

"……."

"왜 이런 계약을 했어? 설마 나한테 복수하고 싶어서 그랬던 거야? 그때, 다른 식으로 돌려받겠다고 말한 게 이런 뜻이었어?"

당황한 것도 잠시, 나를 비난하는 듯한 그녀의 말에 발끈했다.

"그래, 나 공태영과 계약했어! 당신도 그랬잖아. 딸을 살리기 위해서라면 영혼까지 내다 팔 수 있다고! 나도 마찬가지였어. 은유가 병에 걸린 걸 안 순간부터 제정신이 아니었다고! 나한테는 공태영의 수명이 절실했어. 그래서 거래를 한 거야. 나는 공태영이 필요한 돈을 주고 그는 은유에게 수명을 주기로. 그렇게 철석같이 약속해 놓고 수술하는 날, 내 뒤통수를 쳤어! 돈만 받고 잠적해 버렸다고! 은유는 수술을 받지 못해서 이제 죽을 날만 받아놓고 있어. 공태영 그 자식이 수명을 줄 때까지 시간을 허비하는 바람에 이제 다른 공여자를 찾아서 준비할 시간도 부족해. 또 불법을 저지르며 나는 미친 짓을 다시 시작해야 한다고! 지금 내 심정이 어떤지 당신이 알기나 해? 하루하루 피가 마르는 것 같아. 아무것도 모르는 가엾은 은유를 볼 때마다 가슴이 갈기갈기 찢어지는 내 마음을 아느냐고!"

피맺힌 절규에 세희는 고개를 떨궜다.

"그러니까 거짓말 그만하고 그 새끼 찾아와! 당장 찾아오라고!"

분에 못 이겨 테이블 위를 주먹으로 세차게 내리쳤다. 진동이

거세게 일며 테이블 위에 있던 찻잔이 바닥으로 내동댕이쳐졌고, 날카로운 소리와 함께 산산조각이 났다. 매 순간 나의 심장이 조각조각 뜯겨 나가는 것처럼.

"믿든 안 믿든 당신 마음이겠지만 다시 말할게. 그 사람 죽었어. 이유라도 알아야 당신이 그나마 믿을 테니 말해줄게. 그 사람이 죽은 이유는…… 당신이 그토록 바라던 수명 나눔 때문이었어."

"그게 무슨 소리야? 수명 나눔 때문에 죽었다니!"

충격과 공포의 연속이었다.

"그 사람이 은유에게 주려던 수명을 자신의 어머니한테 나눔했어. 그래서 은유한테 줄 수 없었던 거야. 수술 전날까지 고민했는지 고속버스표 하나가 서랍에 들어있었어. 은유 수술하는 병원이 있는 곳으로 가는……. 아마도 다른 하나가 더 있었겠지. 어머니 계신 병원으로 가는 표. 그건 이미 사용했으니 남아 있지 않았을 테고."

어머니가 수술을 앞두고 있다던 공태영의 말이 거짓은 아니었다. 은유에게 가기 위해 버스표를 사두었다던 그의 말도 사실이었다. 그렇다면 더 이해가 되지 않는 상황이었다.

"당신 말이 사실이라고 치자. 은유에게 가려고 고민하다 어머니한테 가서 수명을 나눔했다는 게 다 사실이라면 왜 갑자기 죽었다는 거야? 공태영은 계약 때문에 꾸준히 관리해서 충분히 건강했어. 수술을 받았으면 그 어머니까지 수명이 연장됐을 텐데,

갑작스레 죽었다는 게 말이 돼?"

"태영 씨 어머니는 무사히 수명을 나눔 받았지만, 태영 씨는 수술한 지 며칠 만에 사망했어. 나중에 알고 보니 수명 나눔 수술 경험이 전혀 없는 의사가 집도하다가 중간에 의료사고가 발생했던 거야. 그 사실을 알면서도 환자나 보호자에게 숨겼던 거였고, 병원에서 쉬쉬하느라 제때 치료를 받지도 못했어. 수명을 받은 어머니에게는 다행히 문제가 없었지만, 수명을 나눠준 그 사람에게는 치명적인 부작용이 생긴 거였지. 그렇게 손쓸 새도 없이 세상을 떠나고 말았어. 그런데……."

"다, 다른 일이 더 있어?"

"태영 씨가 그렇게 되고…… 어머니도 스스로 목숨을 끊었어. 그 사람이 수명을 나눠준 보람도 없이……. 자식을 죽게 만들었다고 자책하면서 아들을 따라간 거야. 솔직히 말하자면 좀 놀랐어. 태영 씨가 입양아였는데도 불구하고 그런 선택을 해서……."

생각지도 못한 결말이었다. 거듭되는 충격과 허망함에 어찌할 바를 몰랐다. 자식이 부모에게 수명을 나눔하자마자 세상을 떠났고, 수명을 연장했음에도 부모는 스스로 목숨을 끊으며 죽은 자식을 따라갔다는 이야기가 나를 호되게 꾸짖는 것만 같았다. 내가 알던 입양 가정과는 다른 결말이었다. 정우의 부모는 입양아라는 이유로 철저히 자식을 외면했는데, 태영의 부모는 입양아임에도 자식을 따라 세상을 등졌다니…….

"죽고 나서야 진심을 전한다는 게 떠난 사람에게도, 남은 사람에게도 참 못 할 짓이야. 깨달았을 때는 이미 늦었고, 돌이킬 수도 없으니까."

아무리 믿지 않으려 해도 함부로 지어내기엔 너무 중대하고 고통스러운 이야기였다. 성난 파도가 휘몰아치며 나를 통째로 집어삼켰다. 이제 거짓이든 뭐든 다 부질없었다. 그저 삶이 허무하게만 느껴졌다.

"그 이야기를 전하러 나를 찾아온 거야? 하루아침에 세상을 떠난 공태영을 대변해 주기 위해서?"

"태영 씨도 잘못한 부분이 있다는 거 알아. 그래도 당신과 나의 복수에 그 사람이 들어온 거고 예기치 못하게 원통한 죽음을 맞이했잖아. 세상을 떠난 마당에 오해는 풀어주고 싶었어. 그리고 오늘 찾아온 건, 다른 이유도 있어. 이거 받아. 당신한테 그거 전해주려고 온 거야."

세희가 내민 건 통장이었다. 은유의 이름으로 되어 있는.

"이건 왜……."

"의료사고라서 보상금이 꽤 나왔어. 생각보다 큰 액수였지. 사람 목숨값을 받는다는 게 참 씁쓸하더라. 너무 싫었지만 허망하게 먼 길 떠나는 사람 가는 길이라도 편하게 해주려면 빚진 돈부터 갚아야 할 것 같아서 꾸역꾸역 받았어. 회삿돈 갚고 남은 돈은 전부 그 통장에 넣었어. 태영 씨가 받은 돈 당신한테 되돌려주려고. 그 사람도 몰랐겠지. 자신의 목숨으로 갚게 될지는……."

　　무심한 시간은 빠르게 흘러갔고, 어느덧 겨울이 되었다. 병실에서 곤히 잠든 은유를 바라보다가 애틋하게 얼굴을 어루만졌다.

　　"은유야……. 살 수 있는 그날까지만 우리 행복하자. 그러고 나면 아빠가 우리 은유가 있는 곳으로 따라갈게. 미안해…… 정말 미안해…… 미안하다. 우리 딸."

　　더는 순리를 거스를 순 없었다. 살면서 겪지 말아야 할 일을 겪었고, 하지 말아야 할 일을 했지만, 결국은 아무것도 이루지 못했다. 덧없이 느껴지던 시간 속에서 문득 그런 생각이 들었다. 얼마 남지 않은 시간마저 슬픔으로만 채울 순 없다고…….

　　아직은 숨을 쉬며 살아있으니……. 그래서 은유에게 남아 있는 소중한 날을 아낌없이 살아내고, 은유가 세상을 떠나는 날, 나도 함께 미련 없이 떠나겠다고 마음먹었다.

　　창밖으로 새하얀 눈이 내리고 있었다. 비가 쉴 새 없이 내리던 그날은 유리창의 묵은 먼지가 씻겨 내려가지 않더니, 하얀 눈으로 아른하게 가려지자 잠시나마 세상이 깨끗하게 보였다. 올해의 첫눈을 바라보며 어느새 눈시울이 붉어졌다.

　　"다시 돌아왔네. 겨울이…….".

　　그때, 병실의 문이 열렸다. 소리가 나는 곳으로 무심코 고개를 돌린 나는 놀라움에 사로잡혔다.

"세희야……. 여긴 어떻게……."

뒤이어 들어온 누군가를 보고 곧바로 숨이 멎는 듯했다. 아무런 말도 하지 못한 채 굳어버린 나에게 세희가 다가왔다. 지아의 손을 잡고서.

"잘 지냈어? 우리 지아 처음 보는 거지? 갑자기 찾아와서 많이 놀랐겠네."

떨리는 심장을 부여잡고 그 애가 있는 쪽으로 어색하게 시선을 옮겼다. 예고도 없이 서로의 시선이 마주치자 나는 당황해서 어쩔 줄을 몰랐고, 지아는 그런 나를 보며 살며시 미소지었다.

"아……. 괜찮아. 그런데, 여긴 어떻게……."

"지아가 은유 걱정을 많이 해서 찾아왔어. 같이 오고 싶다고 해서. 긴히 할 말도 있고."

세희는 말을 끝내고 침상에 누워있는 은유를 바라보았다. 그 순간, 서리서리 슬픔이 뒤엉키며 그녀의 눈빛에 표현하기 힘든 감정이 일렁였다. 자신도 모르게 하염없이 흘러내리는 눈물이 그녀의 절절한 심정을 대변했다.

"…… 엄마가…… 다 잘못했어."

세희는 처음으로 깊숙이 감춰두었던 모성을 드러냈다. 억장이 무너지는지 둔탁한 소리가 날 만큼 주먹으로 가슴을 연달아 세게 치며 꺼이꺼이 목 놓아 울었다. 그녀가 묵은 애한을 쏟아내는 사이, 나는 지아를 가만히 바라보았다. 마음 깊은 곳에서부터 먹먹해지면서 참고 있었던 회한의 눈물이 내리흘렀다.

왜 그동안 알아차리지 못했을까…….

은유와, 그리고 나를 닮아있는 내 딸의 얼굴을…….

어린아이가 어엿한 성인이 될 때까지 그 긴 세월 동안 딸의 존재조차 몰랐던 나를 죽도록 원망했다. 금세 재회의 기쁨이 통곡의 시간으로 변했다. 지아의 눈가도 촉촉이 젖어 들었고, 언제 깨어났는지도 모르게 은유도 우리 셋을 바라보며 서럽게 울고 있었다. 그렇게 오랫동안 병실 안은 깊은 슬픔이 아지랑이처럼 피어올랐다.

다음날, 모르는 번호로 전화가 왔다.

"여보세요."

[아저씨, 저…… 지아예요.]

매우 뜻밖이었다. 지아가 나에게 전화를 할 거라고는 전혀 예상치 못했기에. 얼떨떨해서 실감이 나지 않았다. 내가 선뜻 말을 하지 못하자 지아가 다시 말을 이었다.

[제가 따로 만나 뵙고 싶어서 전화를 드렸어요. 아저씨께 중요하게 드릴 말씀이 있어서요. 어제 만났을 때, 말씀드리려고 했는데, 분위기상 차마 말할 수가 없었어요. 혹시 오늘 시간 괜찮으세요?]

이번에도 의외였다. 그럼에도 지아가 처음으로 내민 손을 놓치고 싶지 않았다.

"네. 괜찮아요. 어디서 만날까요?"

[제가 약속 시간과 장소는 문자로 보낼게요.]

서먹하게 통화를 끝내자 옆에 있던 은유가 궁금하다는 듯 내게 물었다.

"아빠, 방금 누구랑 통화했어?"

"…… 언니."

병원을 나서니 여전히 밖에는 눈이 내리고 있었다. 약속한 카페 앞에 도착해서도 곧장 들어가지 못하고 유리창 너머로 지아를 가만히 바라봤다. 과거의 진실을 알고 세희를 만나러 갔던 그날처럼. 울컥 쏟아지려는 감정을 간신히 추스르고 카페의 문을 열었다. 한 발짝 두 발짝 딸이 있는 곳으로 천천히 다가갔다.

"저기……."

조심스레 말을 걸자 지아가 자리에서 일어나서 인사를 했다.

"안녕하세요. 아저씨. 눈이 많이 와서 오실 때 힘들지 않으셨어요?"

"괜찮았어요."

"저에게 말씀 편하게 하세요. 아까 통화할 때도 존대하셔서 좀 어색했어요."

"아……."

서로 마주 보고 앉자 둘 사이에 무거운 공기가 흘렀다. 무슨 말부터 꺼내야 할지 고민하던 찰나, 지아가 먼저 말문을 열었다.

"제가 오늘 만나 뵙자고 한 이유는 은유 때문이에요."

"은유?"

지아는 긴 손가락으로 찻잔의 손잡이를 만지작거렸다. 어려운

이야기를 하려는 모양이었다.

"실은…… 아저씨의 수명 나눔 계약서를 봤어요."

상상도 못 했던 말에 얼굴이 뜨겁게 달아올랐다. 심상치 않은 이야기일 것 같아서 어느 정도 마음의 준비를 했지만 그게 나의 치부일 줄은 몰랐다. 그것도 자식의 입을 통해서.

"그, 그걸 어떻게……."

"엄마가 삼촌 유품 정리할 때 저도 옆에 있었거든요."

"삼촌?"

"아……. 저도 최근에 알게 됐어요. 태영이 삼촌과 엄마가 혼인신고가 되어있다는 걸. 저에게는 어릴 때부터 살뜰히 챙겨주던 삼촌이라 아버지 같은 분이긴 했어요. 그래도 서류로 가족이 되어있다는 건 삼촌이 떠나고 나서야 알게 되었네요. 그 계약서로 인해……. 그전까지는 엄마가 저에게 따로 말해 주지 않아서 성씨가 바뀌어 있었다는 것도 몰랐어요. 계속 원래 이름으로 불렸었고, 제가 직접 서류를 발급받을 일도 딱히 없었거든요. 뒤늦게 모든 걸 알고 솔직히 좀 놀라긴 했는데, 그 일 덕분에 오늘 아저씨를 찾아올 수 있었어요."

나에게 복수를 하기 위해 태영과 혼인신고를 했다던 세희의 말이 맞았다. 어른들의 잘못으로 자식들에게 씻을 수 없는 상처를 남겼다는 생각에 지아의 얼굴을 똑바로 바라볼 수 없었다. 떳떳하지 못한 아버지로 자식을 만나게 된 게 너무도 한스러웠다.

"삼촌과 아저씨의 계약서를 발견한 이후로 엄마가 매일 울었어요. 왜 그렇게 슬퍼하는지 이유를 알고 싶었어요. 그러다 문득 기숙사에서 얼핏 봤던 그 계약서가 떠올랐고, 엄마가 서랍 깊숙이 숨겨 놓은 걸 제가 찾아냈어요. 그래서 삼촌과 아저씨 사이에 있었던 일도 알게 됐고요. 엄마가 오랜 시간 구슬프게 울었던 이유까지도…….”

낯 뜨거워서 당장에라도 어디론가 숨고 싶었다. 누군가 내 잘못을 지적할 때, 감춰두었던 양심이 고개를 들 때, 그 자괴감은 이루 말할 수 없다. 그 대상이 자식이라면 더더욱.

“미안하다……. 너를 볼 면목이 없구나. 내가 그러면 안 되는 거였는데…….”

한때는 내가 피해자인 줄로만 알았다. 하지만 지금의 나는 의도치 않게 가해자가 되어있었다. 어른이 돼서, 부모가 돼서 어린 자식들에게 몹쓸 짓을 저질렀다는 죄책감이 일순간 심장을 꿰뚫고 지나갔다.

“아저씨가 다 잘못했어. 진심으로 미안하다. 지아야. 내가 어떻게 하면…….”

“저는 아저씨를 원망하러 온 게 아니에요.”

“그럼…….”

말을 하기 전에 지아는 휴대폰 화면을 바라봤다. 그 화면에 은유와 함께 환하게 웃으며 찍은 사진이 배경으로 되어있었다. 말을 꺼내기 전, 살짝 긴장한 듯 지아가 깊게 숨을 들이켰다.

“제가 은유에게 수명을 나눠주고 싶다는 말씀을 드리려고 왔어요."

"뭐? 지아가 왜……."

"은유가 내 동생이니까요."

"……!!"

지아의 입을 통해서 동생이라는 말을 듣자 순식간에 슬픔이
복받쳐 올랐다. 못난 부모들에 비해 자식들은 이미 서로를 보듬
어주고 있었다는 사실이 애달파서 가슴이 미어졌다.

"은유가 사고가 나서 입원했던 그 병원에 저도 입원을 한 적이
있어서 기록이 남아 있어요. 병원에 알아보니 보호자 동의만 있
으면 기존 검사 결과로 수술 가능 여부를 확인해 볼 수 있대요.
삼촌과 아저씨가 나눈 그 계약이 불행이기도 했지만, 그 덕분에
은유와 제가 서류상으로 자매가 되어있어서 이런 결정을 할 수
있었어요. 가족 관계여야 수명을 줄 수 있으니까……. 그리고 저
도 이제 성인이라 수명 나눔이 가능한 나이가 된 게 참 다행이라
고 생각했어요. 언니로서 동생에게 수명을 나눠줄 수 있게 됐으
니까요."

언니와 동생. 그 친근한 말을 세희와 나는 한 번도 해본 적이
없었다. 만감이 교차하며 마음 한구석이 한없이 아려왔다. 이런
나를 들키지 않게 지아 앞에서는 애써 침착한 척했다.

"지아가 은유를 위해 마음을 써 주고 어려운 결심까지 해준 건
정말 대견하고 고마운 일이야. 그렇지만 지아도 엄마한테 나눔
받은 거잖아. 그 수명을 은유에게 나눔 하게 되면 지아의 수명이

다시 줄어들 텐데……."

나의 걱정을 들은 지아가 휴대폰을 켜서 무언가를 찾더니 이윽고 내 앞으로 휴대폰 화면을 내밀었다. 화면에는 지아와 나이가 지긋하신 어르신이 웃으며 같이 찍은 사진이 보였다. 지아와 은유가 함께 있던 사진처럼.

"이분은 누구……."

"할아버지예요."

"지아에게 할아버지가 있어? 지아 엄마는 나처럼 부모님이 안 계신 것으로 알고 있는데."

"태영 삼촌의 아버지요."

"뭐?"

"태영 삼촌의 사망 신고를 하러 가셨다가 엄마와 혼인신고를 했다는 사실을 아셨대요. 삼촌은 한국에 먼저 들어왔지만 할아버지, 할머니께서는 쭉 외국에 계셨고, 수술 때문에 이번에 들어오신 거라 그전까지는 서로 자주 만나지 못했어요. 떨어져 있는 동안 삼촌에게 가족이 생긴 줄 알고 할아버지께서 저희를 찾아오셨어요. 혼인신고가 되어 있으니 엄마와 제가 태영 삼촌이 남기고 간 가족이라고 생각하셔서……."

이번에도 머리를 세게 얻어맞은 듯했다. 나의 잘못이 대체 어디까지 번져나간 걸까. 잘못된 선택으로 인해 죄 없는 사람들에게까지 깊은 상처를 남긴 나를 스스로 비난했다. 모든 원망의 화살이 날아들 것 같아서 떨고 있던 그때, 지아가 뜻밖의 이야기를 꺼냈다.

"엄마가 그동안의 일을 사실대로 다 말하고 할아버지께 진심으로 용서를 구했어요. 그리고 다신 못 볼 줄 알았는데, 며칠 후에 할아버지께서 다시 저희를 찾아오셔서 놀라운 말씀을 하셨어요. 저에게 수명을 나눠주고 싶다고……."

"어, 어떻게 그런 결심을……."

"삼촌이 은유에게 수명을 나눠주기로 약속했지만 끝내 못했잖아요. 그 수명을 할머니에게 나눔 했으니까……. 사실 처음에는 할머니께서 할아버지에게 수명을 나눠달라고 하셨대요. 그래서 해주기로 하셨는데, 막상 수술 날짜가 다가오니 겁이 나서 못 하셨고, 뒤늦게 그 사실을 알게 된 태영 삼촌이 할머니에게 나눔을 하게 된 거였어요. 가족을 다 잃고 나서야 할아버지는 그때의 선택을 많이 후회하셨대요. 그래서 이제라도 할아버지께서 삼촌 대신 은유에게 수명을 주고 싶다고 하셨어요. 아들이 고민을 많이 했을 거라며 하늘에서라도 괴롭지 않게 해주고 싶다고……. 은유와는 가족 관계가 아니라서 바로 줄 수 없으니 서류로 가족이 되어있는 저에게 간곡하게 부탁을 하셨어요. 할아버지의 수명을 받아서 은유에게 나눠줄 수 있느냐고. 이렇게라도 가족에게 지은 잘못을 참회하고 싶으니 할아버지의 마음이 편안할 수 있게 도와달라고……. 그리고 저에게 손녀딸이 되어줬으면 좋겠다고도 하셨어요. 하늘나라에 먼저 간 손녀도 오래도록 그리워했는데, 다른 가족마저 모두 떠나니 혼자 너무 외롭고 공허하다고 하시면서……."

이야기를 듣는 내내 놀라움을 감추지 못했다. 태영을 생각하
며 스스로 목숨을 끊은 어머니와 태영을 걱정하며 자신의 수명
을 나눠주겠다는 아버지. 그들은 정우의 부모와는 정반대였다.
입양아가 아닌 친자식으로 태영을 대했고 부모로서 자식에게 진
심을 다했다. 어머니는 죽음으로 마음을 표현한 건 안타깝지만
어떤 형태로든 자신의 진심을 자식에게 끝까지 전하려는 부모의
모습이 나에게 크게 와닿았다.

"마음이 편안할 수 있게 해달라는 할아버지의 그 말이 무슨 뜻
인지 알 것 같아요. 그래서 오늘 아저씨를 찾아온 거예요. 저도 은
유에게 수명을 나눠줘야 제 마음이 한결 편안해질 것 같거든요."

"지아야……."

"은유도 저와 같은 병이라는 거 알아요. 저는 수술도 받고 치
료도 잘 받은 덕분에 지금은 완치했어요. 저도 그때 다른 사람
에게 수명을 나눔 받지 못했다면 아마 이 자리에 없었을 거예요.
아플 때는 건강 관리를 해도 수명이 늘지 않았는데, 완치 후에는
꾸준히 관리하니까 처음보다 수명도 제법 늘었어요. 할아버지의
수명까지 나눔 받으면 은유에게 충분히 나눠줄 수 있어요. 그러
니까 걱정 안 하셔도 괜찮아요."

"아무리 그렇다고 해도 이건 쉽게 결정할 수 있는 문제가 아니
야. 지아 엄마도 분명히 반대할 거고."

"엄마에게도 이미 허락받았어요."

"허락을 받았다고? 그럴 리가……."

세희가 동의했다는 사실이 믿기지 않았다.

"내색하지 않아도 아저씨가 생각하는 것보다 엄마는 은유를 많이 걱정하고 있어요. 저도 마찬가지고요. 어제 은유를 만나고 와서 엄마가 자책하며 내내 울음을 그치지 못했어요. 엄마의 오랜 눈물에 은유가 담겨 있다는 걸 저는 알아요. 이제는 모두가 그만 슬펐으면 좋겠어요. 은유가 아프지 않아야 엄마와 나도 슬프지 않으니까……. 그리고 아저씨와 하늘에 간 삼촌도요."

내가 몰랐던 세희의 마음을 전하며 지아는 간절한 눈빛으로 나를 바라봤다. 함께 한 시간이 그리 길지 않은 동생인데도 수명을 나눠주려고 하는 따뜻한 마음이 닫혀 있던 나의 심장을 두드렸다. 하지만 그렇게 해서는 안 된다. 나는 이 아이에게 아무것도 바라면 안 되는 사람이니…….

"네 뜻은 잘 알겠어. 그러니 마음만 받을게. 어렵게 말했을 텐데 이렇게 거절해서 미안하구나. 공태영 씨가 세상을 떠난 이유를 알면서도 지아 너에게 힘든 부탁을 할 수는 없어."

"아저씨가 아니라 제가 부탁을 하는 거예요. 은유를 살릴 수 있게 해달라고요."

간절했던 지아의 눈빛에 굳은 의지까지 더해졌다.

"만에 하나라도 공태영 씨처럼 수술이 잘못될 수도 있어. 그런데도 두렵지 않니?"

나의 물음에 지아는 고개를 저었다.

"수술이 잘못되는 것보다 동생을 잃는 게 더 두려워요."

간신히 참고 있던 눈물이 봇물 터지듯 쏟아지며 완전히 시야를 가렸다. 가슴을 에는 듯한 아픔이 몰아쳐서 도저히 울음이 멈추질 않았다. 우리가 떨어져 있던 긴 세월 속에서 언제 이만큼 자랐을까. 자식들이 부모보다 낫다는 말이 뼈저리게 느껴졌다.

"차라리 나한테 화를 내고 욕을 해. 손가락질하고 나를 끝까지 원망해야지. 그게 맞잖아. 이 모든 게 내 잘못인데……."

죄책감에 몸서리치며 한참을 오열했다. 지아의 얼굴을 차마 바라보지 못한 채. 그런 내 곁에 다가온 누군가의 인기척에 천천히 고개를 들었다. 어느새 지아가 내 앞에 서 있었다. 눈물로 온통 얼룩진 얼굴로.

"사실은…… 다 들었어요. 계약서를 찾았을 때, 엄마에게 직접 물어봤거든요. 계약서에 적힌 백도훈이란 사람이 누구인지를요. 그때 알게 됐어요. 아저씨와 나의 관계를……. 은유가 내 친동생이라는 것과 내가 받은 수명이 친아버지의 수명이라는 사실까지도……. 이상하게 원망보다는 안도하는 마음이 먼저였어요. 내가 은유를 살릴 수 있는 이유가 하나 더 생겼으니까."

처음으로 마주한 딸은 나보다 속 깊은 어른이 되어 있었다.

"미안하다. 지아야……. 나는…… 너에게 아무것도 해준 게 없는데……."

"있어요. 그러니까 제가 처음으로 아버지에게 받은 것을 내 동생에게 다시 선물하는 거예요."

『삶은 이어진다. 누군가에게서 또 다른 누군가에게로.』

언젠가 들었던 그 말의 의미를 이제야 알 것 같았다. 오해와
복수는 끝을 향하게 하지만, 이해와 관용은 삶을 이어가게 해준
다는 것을. 나는 지아를 통해 비로소 깨달았다. 나의 미천한 증
오는 자식의 숭고한 용서에 비하면 아무것도 아니었음을.

어느새 쉼 없이 내리던 눈이 그쳤고, 단단하게 얼어붙어 있던
얼음길도 서서히 녹아내렸다.

마침내 우리의 시리던 겨울도 끝나가고 있었다.